Paris não tem fim

Paris não tem fim

Enrique Vila-Matas

Tradução
Joca Reiners Terron

COSACNAIFY

para Paula de Parma

I

Fui a Key West, Flórida, e me inscrevi na edição deste ano do tradicional concurso de sósias do escritor Ernest Hemingway. A competição aconteceu no Sloppy Joe's, o bar favorito do escritor quando vivia em Cayo Hueso, no extremo sul da Flórida. Não é necessário dizer que participar desse concurso – repleto de homens robustos, de meia-idade e com vasta barba grisalha, todos idênticos a Hemingway, idênticos inclusive em seu aspecto mais estúpido – é uma experiência única.

Há não sei quantos anos venho bebendo e engordando e acreditando – contra a opinião de minha mulher e de meus amigos – que cada vez mais me pareço fisicamente com meu ídolo de juventude, com Hemingway. Como ninguém nunca me deu razão nisso e tenho um caráter muito forte, quis dar uma lição a todos e, provido de uma barba postiça – que achei que melhoraria minha semelhança com Hemingway –, me apresentei ao concurso neste verão.

Devo dizer que passei por um vexame espantoso. É que fui a Key West, concorri e fiquei em último ou, melhor dizendo, fui desclassificado, e o pior de tudo é que não me afastaram da competição porque descobriram a barba postiça – pois não a descobriram –, e sim por minha "absoluta falta de semelhança física com Hemingway".

Para mim teria bastado ser admitido no concurso para demonstrar à minha mulher e aos amigos que tenho todo o direito de crer que a cada dia me pareço mais com meu ídolo de juventude e que isto é tudo ou, melhor dizendo, que isto é a única coisa que me resta para continuar me sentindo um pouco ligado sentimentalmente aos meus anos de juventude. No entanto quase me expulsaram a patadas.

Depois dessa humilhação, viajei para Paris e lá me reuni à minha mulher e nessa cidade passamos todo este último mês de agosto, ela dedicada à visitação de museus e às compras excessivas e eu, de minha parte, dedicado a tomar notas destinadas a uma revisão irônica dos anos de minha juventude que passei nessa cidade e nos quais, diferentemente de Hemingway, que lá foi "muito pobre e muito feliz", fui muito pobre e muito infeliz.

Passamos, pois, este último mês de agosto em Paris e em 1º de setembro, ao subir no avião que haveria de nos levar de regresso a Barcelona, sobre a poltrona de meu avião, fila 7 e letra B, achei esquecido por alguém um bloco de notas destinadas a uma conferência intitulada "Paris não tem fim", e fiquei vivamente surpreso. Era uma conferência marcada num simpósio sobre o tema geral da ironia e pensada para ser dada em Barcelona em três sessões de duas horas ao longo de três dias. Fiquei muito surpreso porque precisamente acabara de escrever em Paris anotações para uma conferência que tinha o mesmo título e estava agendada no mesmo simpósio e ainda por cima também durava três dias. Enfim. Fiquei com uma grande cara de idiota quando me dei conta de que tinha sido eu mesmo quem acabara de jogar esse bloco de notas sobre minha poltrona, do mesmo modo como os outros atiram o jornal do dia para assim tomar posse do lugar que lhes assinalaram no avião. Como podia ter esquecido tão rápido que havia sido eu quem acabara de jogar sobre a poltrona essas notas? Tudo o que agora posso lhes dizer é que elas dariam origem a "Paris não tem fim", a conferência que ao longo destes três dias terei a honra de ministrar a todos vocês.

2

Às vezes me verão improvisar. Como agora mesmo em que, antes de passar a ler minha revisão irônica de meus dois anos de juventude em Paris, me sinto impulsionado a lhes dizer que sei perfeitamente que a ironia brinca com fogo e que, ao zombar dos demais, às vezes acaba zombando de si mesma. Todos vocês sabem muito bem do que falo. Quando se finge o amor corre-se o risco de se chegar a senti-lo, quem parodia sem as devidas precauções acaba sendo vítima de sua própria astúcia. E, ainda que as tome, igualmente acaba sendo vítima. Já disse Pascal: "É quase impossível fingir que se ama sem logo transformar-se em amante". Enfim, me proponho a revisar ironicamente meu passado em Paris sem perder nunca de vista os perigos de cair na charlatanice que toda conferência encerra e sobretudo em nenhum momento esquecer que os alaridos de um charlatão constituem precisamente alvo excelente para a ironia dos que escutam. Dito isso, advirto-os também de que quando me ouvirem dizer, por exemplo, que Paris não tem fim, o mais provável é que o estarei dizendo ironicamente. Porém, afinal, não espero abatê-los demais com tanta ironia. A que pratico nada tem a ver com a surgida do desespero, pois estupidamente desesperado já fui o bastante quando jovem. Gosto de um tipo de ironia que chamo de benévola, compassiva, como a que encontramos, por exemplo, no melhor Cervantes. Não gosto da ironia feroz mas a que se move entre a desilusão e a esperança. De acordo?

3

Fui a Paris em meados dos anos setenta e lá fui muito pobre e muito infeliz. Me apeteceria poder dizer que fui feliz como Hemingway, porém assim eu voltaria simplesmente a ser o pobre jovem, valente e idiota, que enganava todos os dias a si mesmo e acreditava que havia tido bastante sorte de poder viver naquela água-furtada imunda que lhe alugara Marguerite Duras ao preço simbólico de cem francos por mês, e digo simbólico porque assim o entendi ou quis entender, já que não pagava nunca o aluguel de acordo com os lógicos, ainda que por sorte apenas esporádicos, protestos de minha estranha senhoria, e digo estranha porque eu presumia entender tudo o quanto me diziam em francês, salvo quando estava com ela. Nem sempre, porém muitas vezes, quando Marguerite falava comigo – lembro de ter comentado muito preocupado com Raúl Escari, que seria meu melhor amigo em Paris –, eu não entendia nada, mas absolutamente nada do que ela me dizia, nem sequer as reclamações do aluguel. "É que ela, como grande escritora que é, fala um francês *superior*", disse de imediato Raúl, sem que sua explicação me parecesse naquele momento muito convincente.

E que fazia eu na água-furtada de Duras? Pois basicamente tratava de levar uma vida de escritor como a que Hemingway relata em *Paris é uma festa*. E de onde saíra essa idéia de ter Hemingway como referência quase suprema? De quando tinha quinze anos e li de uma só vez seu livro de recordações sobre Paris e decidi que seria caçador, pescador, repórter de guerra, bebedor, grande amante e boxeador, quer dizer, que seria como Hemingway.

Alguns meses depois, ao ter de dizer que carreira universitária iria seguir, disse ao meu pai que eu queria "estudar para Hemingway" e ainda me lembro de seu esgar de grande surpresa e incredulidade. "Isso não se estuda em lugar nenhum, não é nenhuma carreira universitária", disse-me, e dias depois me matriculava em Direito. Fiquei durante três anos estudando para ser advogado. Um dia, com o dinheiro que ele havia me dado para passar o feriado da Semana Santa, decidi viajar pela primeira vez ao estrangeiro em minha vida; fui direto a Paris. Fui sem a companhia de ninguém e nunca esquecerei a primeira das cinco manhãs que passei em Paris, nessa primeira viagem à cidade onde alguns anos depois – naquela manhã eu não podia sabê-lo – acabaria vivendo.

Fazia frio e chovia essa manhã e, ao ter de me refugiar num bar do bulevar Saint-Michel, não demorei a me dar conta de que por um curioso acaso eu iria repetir, e protagonizar, a situação do começo do primeiro capítulo de *Paris é uma festa*, quando o narrador, num dia de chuva e frio, entrava em "um café simpático, quente, limpo e amável" do bulevar Saint-Michel e dependurava sua velha gabardina para secar no mancebo e o chapéu na palhinha de cima da banqueta, e pedia um café com leite e começava a escrever um conto e sentia-se atraído por uma jovem que estava sentada sozinha numa mesa do café, próxima a uma janela.

Ainda que tenha entrado sem gabardina e sem chapéu, pedi um café com leite, uma piscadela ao meu idolatrado Hemingway. Depois, tirei do bolso da jaqueta um caderninho e um lápis e me pus a escrever uma história que se passava em Badalona. E, como o dia em Paris era chuvoso e de muito vento, começou a fazer um dia assim em meu conto. Logo, numa nova e fantástica coincidência, uma garota entrou no café e sentou-se sozinha a uma mesa junto a uma janela próxima da minha e se pôs a ler um livro.

A moça era bonita, "de cara jovial como uma moeda recém-cunhada, se supuséssemos que se cunham moedas em carne suave de cútis fresca de chuva". Olhei-a com olhos admirados. Na Barcelona hipócrita e franquista da qual eu vinha era impensável ver uma mulher sozinha em um bar, e muito menos lendo um livro. Voltei a olhá-la e desta vez me aturdiu e fiquei com tesão. E disse a mim mesmo que ela também, assim como havia feito com o dia cruel, eu enfiaria em meu conto, e a faria passear por Badalona. Saí daquele café convertido em um novo Hemingway.

Alguns anos depois, porém, exatamente em fevereiro de 1974, voltei a Paris – dessa vez, ainda que não o soubesse, não para ficar cinco dias e sim dois anos. Eu não era o mesmo jovem vaidoso daquela manhã de chuva e frio. Continuava bastante idiota mas talvez não tão vaidoso e, por outro lado, havia aprendido a ser um pouco mais astuto e prudente. O que fui numa tarde quando, na rue Saint-Benoît, meu amigo Javier Grandes, a quem eu tinha ido visitar – melhor seria dizer espionar – em Paris, me apresentou a Marguerite Duras em plena rua e esta, surpreendentemente, em poucos minutos – guiando-se talvez pela confiança que Javier lhe inspirava – já me oferecera essa água-furtada na qual antes de mim desfilaram inquilinos mais ou menos ilustres da boemia e até mesmo algum político, também ilustre. Porque naquela água-furtada viveram antes, entre outros amigos de Duras, o próprio Javier Grandes, o escritor e cartunista Copi, a travesti delirante Amapola, um amigo do mago Jodorowsky, uma atriz de teatro búlgara, o cineasta *underground* iugoslavo Milosevic, e inclusive o futuro presidente Mitterrand, que em 43, em plena Resistência, lá se escondera por dois dias.

Fui na verdade astuto e prudente quando Duras, na última pergunta do coquete interrogatório intelectual a que me submeteu, fingindo que desejava averiguar se eu merecia ser o novo inquilino de sua água-furtada, me perguntou quais eram meus escritores favoritos e citei-a, entre García Lorca e Luis Cernuda. E, ainda que tivesse Hemingway na ponta da língua, evitei muito, muitíssimo, dizer seu nome. E creio que fiz muito bem, porque ela apenas coqueteava e brincava com suas perguntas, porém certamente um autor não muito de seu gosto – e parecia difícil que Hemingway o fosse – poderia ter arruinado a brincadeira. E não quero nem pensar o que teria sido de minha brilhante biografia sem aquela água-furtada.

4

Fui a Paris neste agosto e, ao passar com minha mulher pela esquina da rue Jacob com Saint-Pères, veio à minha memória o célebre episódio em que Hemingway, nos lavabos do restaurante Michaud, aprova o tamanho do pau de Scott Fitzgerald. Lembrava-me com tanta precisão dessa cena de *Paris é uma festa* que a repassei mentalmente em grande velocidade e até senti a tentação de olhar minha pica e, enfim, repassei-a de forma tão veloz que em poucos segundos fiquei sem ela, sem a cena, a pica continuou em seu lugar. Logo, andei uns segundos errante, sem ter nada no que pensar até que comprei *Le Monde*, tomei um táxi e fui com minha mulher ao terraço do Select, no bulevar Montparnasse, e ali, enquanto ela ia ao lavabo, desdobrei o jornal e entrei de cheio nas primeiras frases de um artigo de Claudio Magris em que ele falava de uma grande conspiração para assassinar o verão: "Verão meu, não termines, cantava Gabrielle D'Annunzio, que o amava por ser a estação da plenitude e do abandono da vida e quis que não se acabasse nunca...".

Tudo tem fim, pensei.

Tudo menos Paris, digo agora a mim mesmo. Tudo tem fim menos Paris, que não tem fim, me acompanha sempre, me persegue, significa minha juventude. Aonde quer que eu vá, viaja comigo, é uma festa que me segue. Pode acabar agora este verão, que se acabará. Pode o mundo afundar, pois se afundará. Minha juventude, porém, Paris, porém, há de nunca ter fim. Que horror.

5

Há no romance *Viagens com minha tia* de Graham Greene um breve diálogo que servia de epígrafe geral desta conferência de três dias, porém não li no princípio de tudo, quer dizer, quando devia tê-la lido e em todo caso lerei agora. Trata-se, senhoras e senhores, de uma epígrafe pouco ortodoxa, pois não ilumina o texto que a segue, neste caso, minha conferência. Geralmente as epígrafes são como um resumo do que nos espera, servem para que entendamos melhor do que trata o que vem em seguida. Minha epígrafe, ao contrário, não ilumina em absoluto o texto que a segue. Ou melhor dizendo, sim, o ilumina, mas o faz por meio do absurdo. Ilumina minha conferência, porque duvido que se chegue a saber o que pretendi exatamente dizer com ela sobre a ironia, do mesmo modo que não se sabe o que Graham Greene tentou dizer com seu diálogo, seguramente não quis dizer nada. Vocês me entenderão se lhes digo que muito mais se diz *não dizendo nada*? Aí vai o diálogo, minha epígrafe para esta conferência:

"– Se você continuar com ironia, não vou lhe contar meus problemas.

"– Mas há pouco você disse que a ironia é um efeito literário...

"– Sim, mas você não é um romance – disse Tooley."

6

Sou uma conferência ou um romance? Deus, que pergunta. Vocês me desculpem. Parece que regressei aos dias em que era jovem, vivia em Paris e estava desesperado e não parava de me fazer perguntas. Normalmente se abrem diante dos jovens horizontes de esperança, mas há os que escolhem o desespero, e eu não era um destes, pois não sabia muito bem por onde ir na vida e, além do mais, tinha a impressão de que estar desesperado era mais elegante, *vestia* melhor do que ser um pobre jovem apegado à esperança. O fato é que hoje tenho a impressão de estar voltando a ser aquele jovem que tantas perguntas se fazia. Sou uma conferência ou um romance? Sou? De repente, tudo são perguntas. Sou alguém? Sou o quê? Pareço fisicamente com Hemingway ou não tenho nada a ver com ele? Pelo que vejo, respeitável público, parece que vocês têm a mesma opinião que minha mulher e meus amigos. Vocês têm o mesmo semblante que eles e que os organizadores de Key West. Não sei por que, parece que estão me desclassificando. Fazem isso, sem dúvida, guiados por sua sensatez. Sem dúvida eu preciso acreditar que vou ficando cada vez mais parecido fisicamente com o ídolo de meus anos parisienses, pois somente isto ainda me une sentimentalmente aos meus dias de juventude. Por outro lado, creio que tenho direito de poder enxergar-me diferente de como me vêem os demais, me enxergar como der na veneta e que não me obriguem a *ser* essa pessoa que os outros decidiram que sou. Somos como os outros nos vêem, concordo. Eu, porém, resisto a aceitar tamanha injustiça. São anos tentando ser o mais misterioso, imprevisível e reservado possível. São anos tentando *ser um enigma para todos.* Para isso, com cada pessoa adoto uma postura diferente, procuro fazer com que não haja duas pessoas que me vejam da mesma maneira. Sem dúvida, essa esforçada tarefa se está revelando inútil. Continuo sendo como os outros querem me ver. E pelo visto todos me vêem igual, como lhes der na veneta. Se ao menos alguém, já nem digo muita gente, mas alguém, soubesse me ver fisicamente idêntico com Hemingway...

7

Jeanne Hébuterne se matou.

Nesta última visita a Paris tenho andado perseguindo sua sombra, lendo as idéias dos outros sobre ela, interessado na juventude desta infeliz artista, amante de Modigliani, de quem havia tido um filho – uma menina – e estava esperando outro quando o pintor – álcool e enfermidades várias – morreu.

Jeanne tinha muitos problemas com a burguesia, com sua família. No dia seguinte ao da morte de Modigliani, grávida de nove meses, abriu a janela do quinto andar da casa de seus pais, no número 8 da rue Amyot de Paris, e deixou-se cair de costas. Li a história de seu suicídio há trinta anos, quando era jovem e vivia em Paris, li e recordo que imaginei a rua e a queda, imaginei a cena completa, e logo a esqueci. Jeanne, porém, voltou a mim neste agosto em Paris, ao ler casualmente um artigo sobre seus amores com Modigliani e sua morte desesperada. E esse suicídio aos dezenove anos voltou a me impressionar, só que agora não pretendo esquecê-lo. Voltei a ler sua história encontrando-me em Paris e me dei conta de que podia procurar o número 8 da rue Amyot e, se esse imóvel e essa rua ainda existissem, examinar o lugar onde Jeanne se despediu da vida.

Não somente existiam a rua e a casa como ficavam perto de meu hotel. Por vielas estreitas, ajudado por um mapa da cidade, acabei topando com essa rua muito curta com sólidos edifícios antigos e que não deve ter mudado muito nos últimos oitenta e dois anos. Olhei da rua para a janela de Jeanne no quinto andar, olhei-a a partir do lugar, possivelmente exato, onde caiu seu corpo suicida, e me pareceu que toda a minha juventude e todo o meu verão cabiam nesse momento de vida e morte, cabiam nessa rue Amyot de Paris, cidade lotada de placas de recordações, mas que não colocou placa alguma no local onde Jeanne partiu. Nada na rue Amyot hoje recorda a tragédia que há oitenta e dois anos teve lugar ali. Nem sequer ramos de flores de algum cultivador secreto de sua lenda, nem um triste grafite na parede. Nada. Parece óbvio que não é considerada uma artista muito importante, embora sua morte tenha sido talvez mais artística do que toda a obra de Modigliani. E, além disso, se suicidou e os suicidas, já se sabe, não têm placas, não são celebrados nem comemorados.

Bem em frente ao imóvel de número 8 da rue Amyot onde ela, num trágico e ginástico desenho no ar, lançou-se ao vazio, instalaram um limpo e alegre ginásio para a burguesia do bairro, certamente adepta dos esportes e da família e não muito aficionada da arte, da boemia ou da morte por pirueta. Talvez os ginastas tenham se instalado ali de propósito. Como esses inimigos do tabaco que estacam com olhar de reprovação moral diante do primeiro pobre suicida que aparece fumando.*

8

O passado, dizia Proust, não só não é fugaz, como não se move de lugar. Com Paris se passa o mesmo, jamais saiu de viagem. E ainda por cima não tem fim, não acaba nunca.

* Uma vez escrito este fragmento para a palestra, inteirei-me casualmente – com grande surpresa – de que *O jantar*, um maravilhoso conto de Augusto Monterroso que eu havia lido muitas vezes, transcorre no 8 bis da rue Amyot de Paris: um endereço em que, apesar de ter lido muitas vezes o conto, não tinha reparado muito bem, mais atento provavelmente ao que o relato contava. Ali, pelo visto, no segundo andar, à esquerda, teve durante algum tempo um apartamento o escritor Alfredo Bryce Echenique, que um dia deu um jantar – o que dá título ao conto – para o qual convidou Monterroso, mas também Kafka, a quem esperaram na rue Amyot sem sucesso.

Ainda que eu, muitos anos depois, tenha encontrado essa rua com certa dificuldade "por vielas estreitas, ajudado por um mapa da cidade", ao contrário, para Monterroso foi bem mais simples: "Como em qualquer grande cidade, em Paris há ruas difíceis de encontrar; a rue Amyot, entretanto, é fácil, se a pessoa desce na estação Monge do metrô e depois, assim que puder, pergunta pela rue Amyot".

9

Neste verão, encontrando-me em Paris revisando meu passado, fui um dia com minha mulher a Nantes, no TGV, convidado a dar uma conferência sobre a ironia, quer dizer, a respeito do mesmo tema sobre o qual estou dissertando hoje, só que em Nantes – como dispunha apenas de umas poucas anotações destinadas ao que hoje é *Paris não tem fim* – enfoquei a conferência de outra forma.

"Senhoras e senhores", disse, "como vêem, tenho uma certa semelhança com Hemingway e quero crer que a cada dia me pareço mais com ele, o que não significa que, assim como ele, esteja necessitado de ironia, muito pelo contrário, a ironia é o meu forte".

Olhei para ver como reagia o público e antes de mais nada vi minha mulher irritada, nunca pôde suportar minha insistência – patética, disse ela – em querer acreditar que a cada dia me pareço mais com meu ídolo de juventude.

No que se refere ao público, vi que alguns tomavam minha semelhança com Hemingway como uma brincadeira que os distraía, enquanto outros nem sequer emitiam sinais de terem me ouvido bem. Contrastavam – e eu não sabia o que era pior – os sorrisos ou os olhares ausentes das pessoas com a ira de minha mulher.

"A ironia é o meu forte", continuei dizendo, "a ironia e a capacidade de anunciar o que vai acontecer. Vim até Nantes para lhes avisar que vai chover."

Não existia ameaça alguma de chuva, porém disse isso para que o público fosse entrando no clima chuvoso do conto que eu pensava em ler. "Antes de tudo", disse-lhes, "quero dizer que vim a Nantes para que vocês me ajudem a entender *O gato debaixo da chuva*, um relato de Hemingway que nunca entendi direito. E também quero lhes dizer que minha capacidade para anunciar o que vai acontecer me leva a anunciar que amanhã, já de volta a Paris, penso em me dedicar a escrever um relato intitulado 'O que disseram sobre o gato', um conto que falará do que houver acontecido aqui, das interpretações que me derem do relato que começo agora a ler para vocês."

Ao saber que iriam se converter em matéria literária, os espectadores daquela conferência me lançaram olhares desafiadores (para censurar meu atrevimento) ou então de angústia diante da incômoda perspectiva de se verem prontamente convertidos em personagens de um relato.

"O conto de Hemingway", eu disse, "segundo García Márquez é o melhor conto do mundo. Eu o li e não entendi nada, mas nada mesmo do que acontece nele, e o que menos entendi foi como podia ser o melhor conto do mundo. Vou lê-lo. Para interpretá-lo, não percam nunca de vista que Hemingway foi um mestre na arte da elipse e que em todos os seus contos conseguia que o mais importante da história que contava não aparecesse no relato: a história secreta do conto se construía com o não-dito, com o subentendido e a alusão. Isso explicará que o relato possa parecer-lhes muito trivial, se não souberem que Hemingway opera tecnicamente com os subentendidos e as alusões."

Li para eles esse conto em que um casal de jovens norte-americanos, provavelmente recém-casados, em viagem pela Itália depois da Segunda Guerra Mundial, estão em um quarto de hotel e se aborrecem. Lá fora chove, eles estão num cômodo no segundo andar, que dá para o mar e para uma praça onde há um monumento à guerra no meio de um jardim com grandes palmeiras e bancos verdes. Enquanto o marido lê tranqüilamente na cama, ela se mostra nervosa e se preocupa com um gato que na rua, debaixo de um dos bancos verdes, procura evitar as gotas de água que caem de todos os lados sobre o seu refúgio. "Vou buscar aquele gatinho", diz ela. "Posso ir, se você quiser", dispõe-se o marido, da cama. "Não, eu vou", diz ela. Estabelecem uma conversa banal, mas cheia de faíscas, construída com o talento célebre que tinha Hemingway para escrever diálogos. No final, ela desce com uma camareira até a rua e não encontra o que procurava. "Havia um gato aqui", diz ela. "Um gato debaixo da chuva?", pergunta a camareira, e ri. Ao regressar ao apartamento, ela conta ao marido que o gato não estava mais lá e depois se estuda de perfil no espelho, primeiro de um lado e depois do outro, e se concentra na nuca e no pescoço e pergunta ao marido o que achava de ela deixar o cabelo crescer. "Gosto do jeito que está", diz o marido, e continua lendo. Batem então na porta e é a empregada trazendo um gato que luta para se safar dos braços que o subjugam. É um presente do dono do hotel.

Convidei o público a interpretar o conto e as interpretações foram bastante variadas; guardei as seguintes: 1) O relato lembrava outro também de Hemingway no qual se falava de elefantes brancos e na realidade a história secreta era a da gravidez de uma mulher e seu silenciado desejo de abortar. 2) O conto parecia estar falando da insatisfação sexual da jovem, que era o que a levava a desejar um gato. 3) O conto na verdade apenas retratava a suja atmosfera de uma Itália que acabava de sair de um conflito bélico no qual haviam necessitado da ajuda dos norte-americanos. 4) O relato descrevia o tédio depois do coito. 5) A recém-casada estava cansada de usar o cabelo curto à joãozinho para assim satisfazer os desejos homossexuais de seu marido. 6) A recém-casada estava apaixonada pelo dono do hotel. 7) O conto explicava que os homens não podem ler um livro e ao mesmo tempo escutar a esposa, e tudo isso vinha desde a época das cavernas, de quando eles saíam para caçar e elas ficavam em casa preparando a comida: eles aprenderam a pensar em silêncio e elas a falar das coisas que as afetavam e a desenvolver relações baseadas nos sentimentos.

Finalmente, uma senhora de certa idade disse: "E se o conto for assim e ponto? E se não houver nada o que interpretar? Talvez o conto seja totalmente incompreensível e nisso esteja sua graça".

Nunca havia pensado nisso, e me deu uma boa idéia para concluir o conto que pensava em escrever no dia seguinte em Paris.

"Amanhã", disse-lhes, "escreverei meu conto sobre o que aconteceu aqui hoje e o terminarei com o que disse esta senhora, suas palavras me lembraram de que sempre sinto uma grande alegria quando não entendo algo e ao contrário: quando leio algo que entendo perfeitamente, abandono, desiludido. Não gosto dos relatos com histórias compreensíveis. Porque entender pode ser uma condenação. E não entender, a porta que se abre."

Senti que essas palavras caíram redondinhas. Uma jovem, porém, levantou a mão, sorrindo com uma felicidade estranha. "Parece-me certo", disse, "que você tenha encontrado o final de seu conto, mas, como sua conferência trataria da ironia, me permita agora, senhor Hemingway, que seja irônica e lhe peça, pelo bem dos seus leitores, que esse conto que pensa em escrever amanhã seja compreensível, por favor, que todos o possamos entender."

10

No dia seguinte, viajando de volta no TGV, enquanto o trem cruzava a toda a velocidade os vales do Loire, eu lia, quase como homenagem, o primeiro volume dos ensaios de Julien Gracq, escritor nascido nessa região, no povoado de Saint-Florent-le-Vieil, em pleno centro dessa região chamada de Mauges. Uma paisagem maravilhosa que a velocidade do trem não permitia ver, mas por sorte creio conhecê-la já bastante bem. Entre o Loire e o Sèvre, entre os vinhedos de Layon e os de Muscadet, a planície, por onde alguém pode se perder, caracteriza-se pelos pequenos arvoredos, pelos bosques de freixos, suas pradarias, seus vales profundos, seus casarios espremidos e as ladeiras que margeiam o rio mais longo da França. Lia o primeiro volume de *Lettrines*, e logo, pouco depois que o trem, como uma exalação, deixou para trás precisamente o povoado de Gracq, descobri, não sem certa surpresa, que este, a quem imaginava sempre ocupado com autores de talhe artístico mais sossegado, falava de Hemingway.

Seus nada condescendentes comentários sobre o escritor me levaram a pensar que se algum dia, por acaso, visitar o senhor Gracq, cuidarei para que não seja justamente ele a primeira pessoa do mundo que capte que eu tenho ou poderia ter alguma semelhança com Hemingway. Não gostaria que me mandasse embora de sua casa zangado.

Escreve Julien Gracq: "Se tivesse de escrever um estudo sobre Hemingway, eu o intitularia *Do dom considerado como limite*. Coloca em andamento um diálogo com a mesma segurança com que Sacha Guitry entra em cena: sabe que nunca nos aborrecerá; mancha o papel com a mesma naturalidade com que outros descem escadas. Sua mera presença nos enfeitiça; logo saímos para fumar e deixamos de pensar nele. Esse tipo de talento, repetido de livro em livro, não admite incubação nem amadurecimento, nem risco nem derrota: não é mais do que um entreato."

E acrescenta:

"Na caça da palavra justa, duas raças: a dos passarinheiros e a dos batedores: Rimbaud e Mallarmé. A porcentagem de acertos dos segundos é invariavelmente maior, o seu rendimento talvez não admita comparação... *porém jamais regressam com presas vivas*."

(Rimbaud e Mallarmé. Por um momento me lembrei de uma pergunta aterrorizante a respeito deles que um dia me fez Marguerite Duras quando eu estava de guarda baixa.)

II

Estando em Key West, já desclassificado e expulso do concurso de sósias de Hemingway, me ocorreu de pensar, com certa intensidade, em Marguerite Duras e sobretudo na tarde na casa de Neauphle-le-Château em que, ao contar-me a pálida porém intensa trama de seu romance *L'Après-midi de Monsieur Andesmas*, ela mesma se converteu nesse livro. Caso seja verdade que nos convertemos nas histórias que contamos sobre nós mesmos, foi exatamente isso o que aconteceu com Marguerite naquela tarde, ela se converteu nessa história que transcorre numa plataforma no meio de uma colina em que, ancião e imóvel, M. Andesmas, conseguindo ver a borda de um abismo cheio de luz que os pássaros atravessam e repousando numa cadeira de vime, espera Michel Arc. É a história de uma espera, da espera da morte, talvez. Faz calor. Do abismo cujo fundo M. Andesmas não pode ver, sobe a música de um *pickup*. É a canção do verão: "Quando os lilás florescerem, meu amor,/ quando os lilás florescerem para sempre". O *pickup* ressoa na praça do povoado. Estão dançando. Passa um cão alaranjado que se perde no bosque. Michel Arc se faz esperar, demora e demora, demora muito. E M. Andesmas adormece e avança até ele a sombra de uma faia próxima. Chega um sopro de vento. A faia estremece...

Com a literatura de Marguerite Duras não há meias-tintas. Ou entusiasma ou detesta-se profundamente. Sua literatura não é *de entreato*, isso me parece evidente. Nesse dia, em Key West, lembro que de súbito fiquei pensando primeiro em Marguerite Duras e depois – suponho que para não ficar mais cismado com minha desclassificação – pus-me a pensar nos muitos escritores que eram melhores do que Hemingway, algo que sabia no fundo havia muitos anos. De fato, a poucos meses de viver em Paris, deixara de ler Hemingway para dedicar-me a outros autores, alguns dos quais em seguida me pareceram melhores, ainda que ele terminasse por ser sempre para mim como um grande pai, *papá* Hemingway, a quem jamais quis destronar totalmente, e a prova está em meu empenho em crer que tenho uma semelhança física com ele. Afinal de contas, ele pesou em minha vocação de escritor com aquelas linhas que me empurraram para ser infeliz em Paris: "Paris não tem fim, e a recordação de cada pessoa que viveu lá é distinta da recordação de qualquer outra [...] Paris sempre valia a pena, e recebia-se sempre algo em troca do que lá se deixava. Eu falei de Paris como era nos primeiros tempos quando éramos muito pobres e muito felizes."

Paris não tem fim.

Lembro-me dos dias em que comecei a planejar o primeiro livro de minha vida, o romance que iria escrever na água-furtada do sexto andar do número 5 da rue Saint-Benoît e que desde o primeiro momento, desde que encontrei o argumento num livro de Unamuno, se intitulou *A assassina ilustrada*. Ainda que naqueles dias tivesse uma relação muito idiota com a morte, ou precisamente por isso, o romance se propunha a matar quem o lesse, matar o leitor segundos depois que este o desse por terminado. Foi uma idéia inspirada pela leitura de *Como se escreve um romance*, um ensaio de Unamuno que descobri nas bancas de livros dos cais do Sena e que me chamara a atenção pelo título, pois pensei que tratava de tudo menos de como se escrevia um romance. Sem dúvida, num parágrafo em que Unamuno especulava sobre livros que provocam a morte de seus leitores, encontrei uma boa idéia para contar uma história.

Um dia, cruzei com Marguerite Duras na escadaria – eu subia até minha *chambre* e ela descia até a rua – e ela se mostrou subitamente interessada em saber com que coisas andava entretido. E eu, querendo me fazer de importante, lhe expliquei que me propunha a escrever um livro que produzisse a morte de todos os que o lessem. Marguerite ficou dura, sublimemente estupefata. Quando conseguiu reagir, disse – ou entendi que me dizia, porque voltou a falar comigo no seu francês *superior* – que matar o leitor, além de um despropósito, era algo impossível, a não ser que, por exemplo, saísse disparada uma veloz e afiada flecha envenenada do interior do livro e fosse direto ao coração do desprevenido leitor. Fiquei muito aborrecido e até cheguei a temer que ela me tirasse da água-furtada; temi que descobrir que eu era um principiante não muito interessante a levasse a isso. Não, mas, Marguerite simplesmente detectou em mim uma descomunal confusão mental e quis tentar algo para me ajudar. Acendeu pausadamente um cigarro, me encarou meio compadecida e terminou dizendo que, se eu queria assassinar quem lesse o livro, devia fazê-lo com base num *efeito textual*. Disse isso e continuou descendo a escadaria, me deixando mais preocupado do que antes. Eu havia entendido bem ou seu francês *superior* me fizera entender mal? O que era aquilo de *efeito textual*? Talvez se referisse a um *efeito literário* que eu mesmo devia me encarregar de construir dentro do texto para causar no leitor a impressão de que as próprias letras do livro o haviam matado. Talvez fosse isso. Porém, de qualquer modo, como conseguir um efeito literário que pulverizasse o leitor de uma maneira apenas textual?

Após uma semana de duras interrogações e sombras negras que, para meu desespero, ameaçavam meu trabalho literário, voltei a cruzar com Marguerite na escadaria. Nessa ocasião, ela subia – como em tantos imóveis de Paris, aquele não tinha elevador – até o terceiro piso, onde vivia. E eu descia do sexto, vindo de minha modesta *chambre*, direto para a rua. De novo manejando seu francês *superior*, Marguerite me perguntou, ou a mim me pareceu que perguntava, se já conseguira matar meus leitores. Diferente do encontro anterior, desta vez decidi não me atribuir importância, quer dizer, não passar por ridículo, e tratar não somente de ser humilde mas também de aproveitar qualquer lição que pudesse vir dela. Contei-lhe, aos trancos e barrancos, com meu francês *inferior*, ou confuso, se assim quiserem, as dificuldades que tinha para pôr meu romance em pé. Tratei de lhe explicar que, seguindo seu conselho, já me contentaria com apenas provocar a morte do leitor praticando o crime no espaço estrito da escritura. "Mas é muito difícil de conseguir, de modo que ainda estou nisso", completei.

Vi então que, se não a entendia muito, ela tampouco me entendia. Produziu-se um grave silêncio. "De modo que ainda estou nisso", repeti. De novo, silêncio. Então, tentando acabar com a tensão, tratei de resumir o que me acontecia, balbuciei de forma sincopada o seguinte: "Um conselho, é disto que preciso, de ajuda para o romance". Marguerite entendeu dessa vez perfeitamente. "Ah, um conselho", disse, e me convidou a sentar ali na ante-sala (como se me achasse muito cansado), apagou lentamente seu cigarro e deixou-o no cinzeiro da entrada e dirigiu-se, um tanto misteriosamente, até seu escritório, do qual voltou depois de um minuto com uma apostila que parecia uma receita médica e continha algumas instruções que podiam – disse-me, ou acreditei entender que me dizia – ser úteis para escrever romances. Peguei a apostila e fui direto para a rua. Li as instruções que continha um pouco depois, ainda na rue Saint-Benoît, e notei que de um só golpe caía todo o peso do mundo sobre mim. Ainda hoje me lembro do pânico imenso – o calafrio, para ser mais exato – que senti ao lê-las:

1. Problemas de estrutura. 2. Unidade e harmonia. 3. Trama e história. 4. O fator tempo. 5. Efeitos textuais. 6. Verossimilhança. 7. Técnica narrativa. 8. Personagens. 9. Diálogo. 10. Cenários. 11. Estilo. 12. Experiência. 13. Registro lingüístico.

12

E por que me seduziu tanto a idéia de matar meus leitores quando ainda não tinha nenhum? Hoje digo que talvez tenha escolhido essa idéia movido pela suspeita de que no fundo não podia existir ninguém no mundo que, lendo-me, não notasse facilmente que eu era um escritor principiante. Por isso queria matar o leitor. Embora buscasse argumentos distintos para justificar diante de mim mesmo essa furiosa criminalidade textual. Recordo que, dissimulando a verdadeira causa de meu instinto assassino, respondia naqueles dias com pedantismos quando me perguntavam (e me perguntavam bastante) o que tinha contra os leitores de meu *texto*: "Quero escrever como Miles Davis, que em todas as suas apresentações toca o trompete de costas para o público". Então me diziam: "Então você gosta da música de Miles Davis?". E daí me calava. Me calava porque na realidade não sabia se gostava ou não de Miles Davis. Eu o tinha visto tocar em Barcelona, de fato, no Palau de la Música Catalana e o que havia me impressionado, mais do que seu jazz, foi que sua apresentação resultasse num escândalo para a burguesia de minha cidade porque, diferentemente dos demais músicos americanos que passaram por aquele santuário da música, ele tocava de costas para o público. Na realidade fazia-o simplesmente para se concentrar melhor, não para desprezar a platéia (o que teria sido uma idiotice), porém o susceptível público burguês de Barcelona entendeu aquilo como um insulto.

Creio que naqueles dias era eu quem dava as costas para o mundo, para o mundo todo. Sem leitores, sem idéias concretas sobre o amor nem a morte, e, para completar, escritor pedante que escondia a fragilidade de principiante, eu era um horror ambulante. Identificava juventude com desespero e este com a cor negra. Vestia roupa negra da cabeça aos pés. Comprei dois pares de óculos, dois pares idênticos de que não necessitava absolutamente, comprei só para parecer mais intelectual. E passei a fumar cachimbo, que julgava (talvez influenciado por fotografias de Jean-Paul Sartre no Café de Flore) ser mais interessante do que dar tragos em simplórios cigarros. Mas só fumava cachimbo em público, pois não podia gastar tanto dinheiro com tabaco aromatizado. Às vezes, no terraço de algum café, enquanto simulava ler algum poeta maldito francês, me fazia de intelectual e deixava o cachimbo no cinzeiro (às vezes o cachimbo nem estava aceso) e tirava os óculos com que aparentemente lia e colocava os outros, que eram idênticos aos primeiros e com os quais tampouco podia ler coisa alguma. Contudo, isso não me fazia sofrer demais, porque não pretendia ler em público os poetas malditos, e sim *simular* que era um profundo intelectual de terraço de café de Paris. Eu, senhoras e senhores, era um horror ambulante. Não tinha culpa por ser assim, isto também é verdade. Todos ao nascer encontramos um pequeno mundo, e este geralmente é o mesmo em qualquer lugar em que se nasça. O meu, de todo modo, me parece que foi menor do que o habitual. Percebi muito cedo que necessitava urgentemente ampliar o meu mundo mínimo, e não foi por outro motivo que viajara até Paris e conseguira lá ficar vivendo. Tinha certa razão em estar desesperado, pois não sabia aonde ir, nem o que ser nesta vida etc. Se me ocorrera resolver o embaraçoso assunto de ter de ser alguém sendo a primeira coisa que me ocorresse, e a primeira tinha sido – após a leitura casual de *Paris é uma festa* – ser escritor, isso na realidade aumentou ainda mais meu sentimento de desespero, pois, não sei por que, passei muitos dias convencido de que para ser um bom escritor devia estar completamente desesperado.

Eu era por aqueles dias, de qualquer maneira, senhoras e senhores, insisto, um horror ambulante. Com razão, havia gente no bairro que ao me ver mudava de calçada. Como Raúl Escari, por exemplo ("um ser inteligente e refinado, escritor verdadeiro que se negava a escrever, o mais brilhante do círculo de amigos jovens de Marguerite Duras nos anos setenta", segundo escrevera o poeta Ullán), o grande Raúl Escari, que de início me evitava quando me via pelas ruas de Paris. Hoje Raúl vive em Montevidéu, perto de sua Buenos Aires natal, e de vez em quando me telefona e, de cabines próximas ao lugar onde nasceu Lautréamont, manda a distância frases surgidas espontaneamente de sua inteligência insuperável.

13

Leio as palavras do poeta Ullán sobre Marguerite Duras e é como se a estivesse vendo agora: "Marguerite perguntava sem parar. E era o eco e o filtro do que ela mesma se perguntava. Enfiava nisso cizânia e persuasão, melodrama e comicidade. Exigia de viva voz que lhe desse a razão, quando na verdade não a desejava. Ia do copo ao cigarro, da tosse espasmódica às intermináveis pausas. Retorcia suas mãos carregadas de anéis, brincava com os óculos ou improvisava algum agrado leve com a ajuda do *foulard*. Ria e chorava amiúde. Com facilidade? Quem sabe! De fato, ali se sabia cada vez menos. Menos, de qualquer modo, do que ela queria saber".

Eu a recordarei sempre como uma mulher violentamente livre e audaz, que encarnava em si mesma e com sentido de urgência – com seu inteligente uso, por exemplo, da libertinagem verbal, que em seu caso consistia em sentar-se numa poltrona de sua casa e, com verdadeira ferocidade, despachar com gosto – todas as monstruosas contradições que reúne o ser humano, todas essas dúvidas, fragilidade e desamparo, individualidade feroz e busca do desconsolo compartilhado, enfim, toda essa grande angústia que somos capazes de desdobrar frente à realidade do mundo, essa desolação da qual são feitos os escritores menos exemplares, os menos acadêmicos e edificantes, os que não estão propensos a dar uma correta e boa imagem de si mesmos, os únicos de quem não aprendemos nada, porém também os únicos que têm a rara coragem de se expor literalmente nos seus escritos – onde despacham com gosto – e que admiro profundamente porque somente eles vão fundo e me parecem escritores de verdade.

14

Eu lia muito Perec, mas sem assimilá-lo. Viria a calhar ter prestado mais atenção nesse escritor e assim descobrir, já por aqueles dias, a graça e a exultante ironia de, por exemplo, *Espèces d'espaces*, o livro que Perec publicou em Paris em fevereiro daquele ano de 1974, justo no mês em que cheguei à cidade e comprei o livro na estação de Austerlitz, e, embora tenha gostado – ficou gravada em mim a alternativa que o livro oferecia entre viver num só lugar ou viver em muitos –, pensei que de todo modo não se podia comparar o tal Perec com, por exemplo, Lautréamont, nem com toda a caterva de poetas malditos franceses.

Ontem voltei a revisar essa alternativa que o livro de Perec oferece entre viver em um lugar ou em muitos, entre ser sedentário ou viajante, entre ser nacionalista rançoso ou nômade de espírito:

"Ou então enraizar-se, encontrar ou dar forma às raízes, arrancar ao espaço o lugar que será o nosso, construir, plantar, apropriar-se milímetro a milímetro da própria casa; pertencer por inteiro ao nosso povoado, saber que alguém é da região de Cevennes ou de Poitou.

"Ou então não levar nada mais além do que se veste, não guardar nada, viver em um hotel e mudar sempre de hotel e de cidade e de país, falar, ler indiferentemente quatro ou cinco línguas; não sentir-se em casa em lugar nenhum, porém sentir-se bem quase em todos os lugares."

Ontem me diverti uma enormidade ao reencontrar essas linhas de Perec, que resumi deste modo numa cartilha:

"Em definitivo, ir com os netos recolher amoras* pelos estreitos caminhos nacionalistas ou viajar e perder países, perdê-los todos viajando nos trens iluminados do mundo noturno, ser estrangeiro sempre."

15

A ironia me parece um potente artefato para desativar a realidade. Agora vejamos, o que acontece quando vemos algo que tínhamos visto, por exemplo, numa fotografia e de repente *vemos de verdade*? É possível ironizar sobre a realidade, não crer nela, quando estamos vendo algo que *é verdade*?

Perec em *Espèces d'espaces*: "Ver de verdade algo que durante muito tempo foi somente uma imagem num velho dicionário: um gêiser, uma catarata, a baía de Nápoles, o lugar onde estava Gavrilo Princip quando atirou no arquiduque Francisco Fernando da Áustria e na duquesa Sofia de Hohrenberg, na esquina da rua Francisco José com o passeio Appel, em Sarajevo, bem diante da taverna dos irmãos Simie, no dia 28 de junho de 1914 às onze e quinze".

Irônicas ou não, as perguntas que me faço agora são estas: Existe realmente o real? Pode-se de verdade ver algo *de verdade*? Sobre a realidade, opino como Proust, que dizia que por desgraça os olhos fragmentados, tristes e de longo alcance, talvez permitissem medir as distâncias, porém não indicam as direções: o infinito *campo de possibilidades* se estende e caso o real se apresentasse

* Em espanhol, "mora" (amora) significa tanto amora, a fruta, como a prorrogação de um prazo para pagamento ou restituição de qualquer dívida. [N.T.]

diante de nós ficaria tão fora das possibilidades que, num desmaio brusco, iríamos de encontro a esse muro surgido de repente e caíríamos pasmados.

O que vemos quando acreditamos ver algo *de verdade*, então? Eu diria que quando isso ocorre, quando parece que nos encontramos diante do real, estamos mais do que autorizados a ironizar sobre a realidade, ainda que seja somente para conjurar a possível aparição casual do que é realmente real e desse muro que nos deixaria, sem ironia alguma, desmaiados.

Vêm-me à memória muitas ocasiões nas quais pude dizer que *vi de verdade* alguma coisa, visões que depois me perguntei se devia ironizar – no fundo uma forma de admitir que acreditava nessa verdade – e comentar, por exemplo, a sorte que tivera de não haver visto realmente o real, pois estaria já desmaiado, ou então prescindir por completo da ironia e levar muito a sério o que acabava de *ver de verdade*, e daí tentar chegar a uma ironia sem palavras, quer dizer, valendo-me de um silêncio de profundo estupor, *reinventar* a ironia.

Uma noite sonhei que entrava para a história como o reinventor da ironia. Vivia num livro que era um grande cemitério e no qual, na maioria das tumbas, não se podiam ler os nomes borrados dos diferentes tipos de ironia.

16

"Vi a eternidade outro dia", escreveu Vaughan num verso atrevido. Se a viu ou não viu, daqui mando meus respeitos ao poeta. Seu verso parece incontestável, sobretudo porque, como diria Celan, não há quem testemunhe pela testemunha. A chicotada sintática recorda o inesquecível final do filme *Blade Runner* quando aquele que vai morrer inicia sua algaravia poética com o trêmulo e emocionante e tão verdadeiro "*I have seen...*" ("Eu vi...").

Vi *de verdade* o escritório da casa de Coyoacán, no México, onde mataram Trotski. Já havia visto antes no cinema. O filme que Joseph Losey filmou sobre o assassinato de Trostki foi rodado no local da cena original, pois se achava intacto trinta anos depois do crime. Na casa, depois do assassinato, a família de Trotski continuou vivendo por um tempo, e depois ninguém mais morou lá. Idêntico ao dia do assassinato, o escritório de Trotski se conservava em perfeito estado, com a biblioteca ainda inteira, por exemplo. Só faltava a picareta com que tinha sido morto pelo stalinista Mercader para que a cena do crime estivesse completa. Eu assistira ao filme e tinha bem visualizada e memorizada a cena do assassinato, porém nunca pensei, enquanto via o filme, que um dia estaria ali em pessoa, na mesmíssima cena do crime, nunca pensei que veria *de verdade* o escritório de Trotski, aquela casa em que aconteceu algo que mudou o curso da história.

Fui ver o tal escritório acompanhado pelo meu amigo Christopher, escritor mexicano que vivia em Coyoacán, a quatro passos do local do crime. Não tinha ninguém mais na casa, de modo que, num determinado momento, nos encontramos os dois sozinhos diante do escritório de Trotski, sem saber o que fazer nem o que dizer. Dava para ouvir até o vôo de um mosquito. Para mim ficava difícil desvincular aquele escritório do que aparecia na ficção do filme de Losey. Contudo, tratei de não esquecer que aquele era o lugar *de verdade* onde fora assassinado Trotski. De modo que – eu pensava – este é um lugar histórico. Nada mais me ocorria. De modo que continuei repetindo obtusamente: este é um lugar histórico. Para fazer alguma coisa, olhei para o chão, olhei para o tapete e então, no meio daquele silêncio e dominado por estranha sensação que oscilava entre o anódino e o transcendental (no final das contas o que sentimos diante de qualquer acontecimento histórico supostamente importante), vi ou me pareceu ter visto naquele tapete uma mancha do sangue de Trotski, ainda não limpa inteiramente ou não suficientemente escurecida pela passagem do tempo.

Concentrei-me na mancha, tive uma grotesca tentação de – para fazer alguma coisa – me benzer. Senti que estava praticando em silêncio uma nova modalidade de ironia. "Vi a mancha outro dia", pensei que diria em meu regresso a Barcelona quando perguntassem que tal tinha sido no México. "Qual mancha?", me perguntariam, e eu então, em vez de calar e submergir de vez na ironia reinventada, quer dizer, no silêncio de uma ironia sem palavras, voltaria à ironia clássica. "Nada", responderia, "só queria lhes dizer que vi *de verdade* o sangue de Trotski."

17

Também vi Paris *de verdade*. Ainda que há anos não more mais nessa cidade, tenho sempre a sensação de continuar ainda lá. Recordem o slogan de meu ídolo de juventude, o escritor Hemingway: "Quem teve a sorte de viver nela quando jovem, depois Paris o acompanha, vá aonde quer que vá, por todo o resto da vida".

Como é lógico, não conheço todas as ruas de Paris, mas já ouvi o nome de todas alguma vez ou então li o seu nome em alguma parte. Ainda que quisesse, seria muito difícil me perder em

Paris. Disponho de numerosos pontos de referência. Quase sempre sei para qual direção devo tomar o metrô. Em Barcelona, depois das mudanças delirantes que aconteceram antes e depois dos Jogos Olímpicos e que converteram esta cidade, antes elegante e secreta, num espaço preocupantemente turístico, é muito mais fácil de me perder. Se me largam, por exemplo, numa rua pouco freqüentada da Vila Olímpica, demorarei muito até me orientar e que dirá encontrar um ônibus ou o metrô.

Em Paris conheço muito bem o itinerário dos ônibus e sei explicar a um taxista o trajeto que desejo fazer. Paris é fantástica entre outras coisas porque, diferentemente das, por exemplo, cidades alemãs ou espanholas, soube conservar durante séculos os nomes de muitas de suas ruas. Por outro lado, em Paris as características dos bairros me são familiares, identifico sem grande esforço as igrejas e outros monumentos, sei onde ficam as estações. Numerosos lugares estão associados a recordações precisas: trata-se de casas onde antes viveram amigos que há tempos não vejo – o velho Hotel des Pyrénées da rue de l'Ancienne Comédie, por exemplo, onde viviam Adolfo Arrieta e Javier Grandes, hoje uma moderna casa de vários andares –, ou mesmo cafés onde me aconteceram coisas incomuns: o Café de la Paix, por exemplo, próximo à Ópera, onde um dia um estranho vizinho de mesa tentou convencer-me de que em meu físico cairia bem uma jaqueta idêntica à que usava Yves Montand em seu último filme; o Café de Flore, onde travei uma fugaz conversa com Roland Barthes, que me contou que, depois de trinta anos como cliente do bar, a caixa do local o havia visto na televisão e descobrira que era escritor e lhe pedira um livro dedicado e ele decidira – uma vez que ela o tinha visto em algo tão visual como a televisão – presenteá-la com *L'Empire de signes*, o único de seus livros profusamente ilustrado; o Café Blaise, onde fez efeito um LSD de notável potência e por muito pouco não fui assassinado por uma namorada muito má; o Café Aux Deux Magots, onde sem propósito o arquiteto Ricardo Bofill me disse não sei quantas vezes que era muito fácil destacar-se em Barcelona, porém era muito difícil – "como estou conseguindo no momento", repetia o tempo todo – triunfar em Paris; o Café La Closerie des Lilas, onde adquiri o costume de me sentar à mesa outrora habitual de Hemingway e fugir sempre sem pagar; o Café Bonaparte, onde em companhia de Marie-France (travesti do tipo Marilyn Monroe que rodava comigo *Tam-Tam*, um filme underground de Adolfo Arrieta) vi com grande assombro como um louco furioso entrava com um martelo no local e escolhia ao acaso um dos clientes para descer-lhe um contundente golpe no crânio que o deixou duro e morto; o café que fica próximo do cruzamento entre a rue du Bac e o bulevar Saint-Germain, onde Perec recomendava sentar para observar a rua com esmero um tanto sistemático e anotar o que víssemos, o que nos chamasse a atenção, obrigando-nos mesmo a escrever "inclusive o que aparentemente não tem interesse, o que é mais evidente, o mais comum, o mais opaco".

Gosto de sentar nos terraços dos cafés de Paris, e também gosto muito de andar por esta cidade, andar às vezes durante toda uma tarde, sem rumo preciso, ainda que tampouco exatamente ao acaso, nem de forma arriscada, embora tratando de me deixar levar. Às vezes tomando o primeiro ônibus que parar diante de mim (como dizia Perec, não se pode tomar um ônibus voando). Ou então caminhando deliberadamente pela rue de la Seine para assomar ao arco que dá no Quai de Conti e lá descobrir a silhueta delgada de minha amiga La Maga parada no parapeito de ferro da Pont des Arts.

Gosto de Paris, a place de Furstemberg, o 27 da rue Fleurs, o Museu Moreau, a tumba de Tristan Tzara, as arcadas rosadas da rue Nadja, o bar Au Chien qui Fume, a fachada azul do Hotel Vaché, as bancas de livros nos cais. E sobretudo uma estrada secundária, perto do castelo de Vincennes, na qual há um modesto e antigo letreiro sobre um poste que assinala, como se acabássemos de chegar a um povoado, que vamos entrar em Paris. Gosto muito nesta cidade de passar por um lugar que não vejo faz tempo. Mas também o contrário: passar por um lugar pelo qual acabo de passar. Gosto tanto do que existe em Paris que a cidade para mim não tem fim. Gosto muito de Paris porque não tem catedrais nem casas de Gaudí.

18

Também *vi de verdade* Perec em pessoa. Foi em meados de 1974, o ano em que publicou *Espèces d'espaces*. Já o conhecia de muitas fotografias; entretanto nesse dia, numa livraria do bulevar Saint-Germain, vi-o chegar ao lançamento de um livro de Philippe Solers e fazer coisas muito estranhas que agora não vêm ao caso. O certo é que durante um tempo, impressionado por *vê-lo de verdade*, o espiei com grande atenção, tanta que num determinado momento tive sua cara a um palmo da minha. Perec observou essa anomalia – um estranho a um palmo de sua barbicha – e reagiu comentando em voz alta, como tratando de sugerir que eu fosse com minha cara para outro lugar:

– O mundo é grande, jovem.

19

Não tinha mesa na água-furtada. Somente um armário, um velho e grande espelho, e um colchão. Duas semanas depois de alugar aquela *chambre*, fui com Javier Grandes numa manhã de domingo ao Marché aux Puces e comprei uma abandonada e carcomida mesa de madeira que me custou oitenta francos e que com a ajuda de Javier trasladei de metrô até minha *chambre*. Deixei naquele dia de ser um escritor sem escrivaninha. Hoje, quando penso nisso, até fica difícil imaginar a mim mesmo sem mesa para escrever. Não devia, contudo, surpeender-me tanto. Afinal, sempre há uma primeira escrivaninha, sempre existe uma primeira vez para tudo.

A *concierge* não gostou da mesa, não nutria simpatia pelos habitantes do sexto andar, o piso dos *locateurs* de águas-furtadas. Tinha de limpar semanalmente o banheiro comum do andar e ninguém a pagava, e aquilo lhe tirava literalmente dos eixos. Odiava, por outro lado, Marguerite Duras. A *concierge* era valenciana, exilada depois da guerra civil espanhola. Mas não queria saber nada de mim, por mais catalão que eu afirmasse ser, por mais seu compatriota que fosse. Tornara-se muito francesa e, além do mais, considerava que entre os catalães e os valencianos existiam muitas diferenças. A *concierge*, para honrar todas as porteiras de Paris, estava com um permanente mau humor. Quando viu minha mesa, fez um grande esforço para não se enfurecer e disse algumas frases difíceis de se esquecer: "Os franceses já não querem mais trabalhar, todos querem *escrever*. Agora só faltava que os catalães quisessem imitá-los".

A velha mesa de madeira, junto com a máquina de escrever que viera comigo de Barcelona, deu um ar distinto à minha água-furtada, que passou a se parecer mais com a *chambre* de um escritor.

E pareceu mais ainda quando comprei umas cadernetas, dois lápis e um apontador. Já tinha tudo para poder escrever. "O instrumental necessário", lia-se em *Paris é uma festa*, "reduzia-se às cadernetas de lombada azul, aos dois lápis e ao apontador, aos castiçais de mármore, e ao cheiro da manhã cedinho e do varrido e esfregado e boa sorte." Tinha, portanto, tudo o que segundo Hemingway era necessário para escrever e ainda por cima, uma mesa (que ele talvez desse por subentendida) e uma máquina de escrever (que ele não citava porque escrevia à mão), uma pequena Olivetti procedente do escritório de meu pai. Tinha mesa e máquina e cadernetas e lápis e um apontador e também – a sorte de que falava Hemingway me chegava desta forma – um dinheiro que, através de reembolso postal, meu pai dissera que me enviaria de Barcelona durante uns meses, apenas alguns meses, "para que não morra de fome", à espera de que refletisse e decidisse regressar a Barcelona e aos meus estudos de Direito.

Não tardei muito, graças ao livro de Unamuno, em encontrar a história que contaria em meu romance (a de um manuscrito que passava de mão em mão e produzia sempre a morte de quem o lia), no entanto me faltavam, tal como indicara Duras em sua apostila com instruções, detalhes de todos os tipos: saber, por exemplo, que tipo de *estrutura* pensava dar à minha história. Encontrei-a logo, eu a encontrei no dia em que me dei conta de que na realidade bastava copiar a estrutura de um livro já existente e que, se possível, me agradasse. Era simples assim, ou ao menos assim me pareceu. Não podia me deter muito longamente no assunto *problemas de estrutura* quando ainda restavam pendentes outros que pareciam mais complicados, como, por exemplo, *unidade e harmonia*, ou *técnica narrativa*, e nem falemos sobre *registro lingüístico*, que me pareceu o mais enigmático. Assim posto, no referente à estrutura, não convinha ter tantos escrúpulos. Afinal, e a princípio, escritores jovens copiam modelos, imitam os escritores que lhes agradam, e não convinha me aventurar por caminhos mais complicados, pois me arriscaria a não escrever nunca.

E qual livro me agradava? Decidi escolher um que não se podia dizer precisamente que fosse de meu gosto (e não era porque não conseguisse compreendê-lo), mas que tinha uma estrutura de alto nível intelectual, isto eu tinha bem claro. E escolhi Vladimir Nabokov, que, valendo-se de um prólogo e de um volumoso *corpus* de notas a um poema medíocre, confeccionou de uma forma inteligentemente arrevesada sua novela *Fogo pálido*. Não pensei duas vezes e pus mãos à obra. Estabeleci que meu romance seria organizado na forma de prólogo e de comentários sobre um manuscrito de prosa poética que iria no meio do livro. Escrevi o prólogo e em seguida, uma após outra, foram caindo – com lentidão exasperante, própria de minha condição de escritor principiante – as diabólicas notas ou comentários atrás dos quais, escondida, estava a Morte do desprevenido leitor, que sem se dar conta, na altura da metade do livro, leria o manuscrito que ao término do volume a maléfica narradora revelaria que provocava a morte de todos os que o liam.

Uma vez terminada *A assassina ilustrada* – a tarefa não foi fácil, levei dois anos para escrever cinqüenta páginas: as duas de que se ocupa esta irônica conferência sobre meus anos de aprendizado literário –, entreguei-o em Barcelona cheio de medo (medo de publicar, sobretudo) à editora Beatriz de Moura, minha amiga. Ela pegou o manuscrito, observou-o com certo estupor durante alguns segundos, me olhou e disse: "Mas o que você fez?". Não sabia se estava me reprovando alguma coisa. Agora eu sentia duas vezes mais medo que segundos antes. "Fogo pálido", eu disse com voz entrecortada e como se isso fosse um dado sobre meu próprio fogo pálido de escritor principiante, não o título de um livro. "Então vai ser escritor", ela disse. "Bem, sim", respondi. Ficou me olhando fixamente, eu não sabia se furiosa comigo ou compadecendo-se de algo. Senti que tinha de acrescentar alguma coisa. Uma nota de humor, por exemplo, que baixasse a tensão que fora criada. "Escritor como Hemingway, além disso meço um metro e oitenta como ele", eu disse. Continuou me olhando fixamente, eu não sabia onde me enfiar. Engoli a saliva e completei: "Embora não tenha a largura de seus ombros".

20

Quando fui até Paris neste último agosto, dei uma volta certa tarde com minha mulher pela rue Delambre, em Montparnasse, para ver se por casualidade ainda existia o Dingo Bar, onde em abril de 1925 se conheceram Scott Fitzgerald e Hemingway.

A rue Delambre é curta, repleta de bares e hotéis, fica atrás do mítico Café Le Dôme. Nós a atravessamos em cinco escassos minutos e comprovamos que nela não resta nem rastro do Dingo Bar, o que no fundo é bastante lógico, pois se passaram setenta e sete anos desde que Hemingway tranqüilamente um dia esteve ali sentado "na companhia de alguns sujeitos que eram perfeitas más companhias" e de súbito quase lhe caiu literalmente em cima Scott Fitzgerald, que disse conhecê-lo e apreciar seus contos e o apresentou a um homem alto e simpático que estava com ele, dizendo-lhe que era Dunc Chaplin, o famoso arremessador de beisebol, um senhor de quem Hemingway, pouco aficionado daquele esporte, jamais ouvira falar.

Foi o início de uma amizade que começou num bom ritmo e acabou muito mal. Em *Paris é uma festa* ele conta que poucos dias depois daquele encontro os dois saíram em viagem de trem para Lyon, foram para essa cidade recuperar o carro conversível que o escritor de sucesso lá deixara abandonado. Saíram o escritor com muito dinheiro, brilhante e já muito famoso (Scott Fitzgerald) e o que era um pouco mais jovem e ainda um principiante (Hemingway), um escritor sem dinheiro e ansioso por triunfar e contente de ter conhecido aquela grande estrela da literatura. E também conta que a viagem de trem foi uma imensa confusão e que ainda pior foi a volta no carro conversível e sabe-se que o escritor mais jovem teve de servir de enfermeiro ao mais velho, cuidar dele em um quarto de hotel da vila de Chalon-sur-Saone, onde o escritor consagrado, embalado pelo álcool consumido, dizia que estava morrendo, mas dizia que de um resfriado. E onde o escritor principiante e ambicioso teve de cuidar de tudo, tentar fazer com que o escritor consagrado conservasse a calma, misturar limonada com uísque e lhe oferecer um par de aspirinas, e depois sentar-se para ler um jornal e esperar que passasse a bebedeira do autor de sucesso.

Enquanto o pobre Hemingway lia o jornal, ouviu que Fitzgerald lhe dizia: "Você é um sujeito frio, não lhe parece?". Ao olhar para ele, Hemingway compreendeu que, se não em seu diagnóstico, ao menos em sua receita havia se equivocado, e que o uísque resultaria perigoso. "O que quer dizer, Scott?" "Quero dizer que você é capaz de se sentar aí tão tranqüilo e ler sua porcaria de jornaleco francês, sem se importar nem um pouquinho com minha agonia."

Fitzgerald não agonizava. Simplesmente havia bebido e se molhado muito por causa da chuva que caíra impiedosamente sobre seu infame carro conversível no qual não funcionava – por desejo expresso de sua mulher Zelda – a capota. É muito curioso constatar que o diálogo que se estabeleceu nesse quarto de hotel de Chalon-sur-Saone e que Hemingway transcreve em *Paris é uma festa* lembra a situação e os diálogos de *O gato debaixo da chuva*. Fitzgerald parece desempenhar o papel feminino enquanto Hemingway trata de ler com calma no quarto de hotel e espera que passe o aguaceiro. Se no conto do gato debaixo da chuva a esposa queria ter o cabelo mais comprido para poder fazer um coque, e também queria ter um gatinho que deitasse em seu colo, e, além disso, queria comer numa mesa com velas e com sua própria louça e que fosse primavera, na situação do hotel de Chalon-sur-Saone um exigente Scott Fitzgerald, entre as névoas do álcool, fala num tom idêntico ao da mulherzinha do conto do gato e a chuva: "Quero tirar a temperatura", diz Fitzgerald, "e depois quero que sequem nossa roupa e que tomemos um expresso para Paris, e chegar o mais rápido possível ao Hospital Americano de Neulliy". Hemingway tenta não ficar nervoso e lhe diz que a roupa ainda não está seca. E é interrompido por Fitzgerald: "Quero tirar a temperatura". E só faltou acrescentar: "E quero um gato que deite em meu colo e ronrone quando o acaricie. E quero ter o cabelo mais comprido e comer numa mesa com velas e com minha própria louça. E sobretudo quero ter um gato, quero um gato, quero um gato. E chegar o mais rápido possível ao Hospital Americano".

Já de regresso a Paris, Hemingway confessaria a sua mulher que não aprendera nada com o escritor famoso naquela viagem. Em todo caso, se havia aprendido algo, era que nunca se deve viajar com uma pessoa que não amamos.

O episódio Hemingway-Fitzgerald é um dos mais estrambóticos a povoar a história dos encontros e desamores entre dois escritores de talento. Em geral, nenhum dos dois pôde aprender muito com o outro. E então aparece o assunto da rivalidade e dos *egos* exacerbados e o tema da inveja que sente o mais pobre do mais rico etc. Prova de que o episódio do hotel de Chalon-sur-Saone seja aparentado com *O gato debaixo da chuva* de algum modo é o ronronar ("como o de um gato") da mulher de Hemingway quando este em *Paris é uma festa*, depois de dizer que não pensa em viajar nunca mais com pessoas a quem não ama, propõe ir com ela à Espanha. "Pobre Scott", acaba dizendo Hemingway a sua mulher. "Pobre de todos. Ricos são os gatos que não têm dinheiro", ela acrescenta.

"Pobre Scott", eu também disse para minha mulher em Paris em meados de agosto deste ano, já de volta ao nosso quarto de hotel sem ter achado na rue Delambre rastro algum do Dingo Bar. "Pobre, pobre Scott", disse então minha mulher, "quer saber? Vou voltar agora, vou procurar o Dingo na Internet, vou a esse cybercafé da esquina, e certamente vou descobrir em qual número da rua ficava esse bar."

Eu estava tombado na cama, meio absorto na leitura de um jornal. "Não vá se molhar", disse, e sem me dar conta falei como o personagem de *O gato debaixo da chuva*. Ela voltou um pouco depois, com todas as informações. O Dingo Bar ficava no número 10 da rue Delambre, onde hoje existe um restaurante italiano que víramos antes e que nos parecera, com toda a razão do mundo, horrendo.

"L'Auberge de Venise, você se lembra?" Lembrava-me perfeitamente. Da calçada em frente e bem diante daquele restaurante víramos um *clochard* que se parecia muito com Hemingway, e ela disse: "Parece com ele de verdade, não como você, que não parece nada".

Também trouxera do café outro dado interessante: no número 15 da mesma rua, onde agora fica o Hotel Lennox, depois de encerrada para sempre sua vida em Nova York, havia alugado um ateliê o meu admirado Marcel Duchamp, na realidade o único mito artístico de minha juventude que ainda não foi totalmente demolido.

"A rue Delambre é pequena, no entanto agora tem mais encanto e pedigree do que pensávamos, não?", disse minha mulher. Não respondi. Lá fora continuava chovendo. Certamente na rua havia um gato debaixo da chuva. Prossegui, meio absorto, com a leitura do jornal. Como num conto de Hemingway.

21

Uma frase de Rilke: "Ganhe as profundezas, a ironia não desce até lá". E uma de Jules Renard: "A ironia é o pudor da humanidade". Vou ser sincero; as duas frases, por mais discutíveis que sejam, me parecem perfeitas. Ainda que a de que mais gosto seja minha: "A ironia é a mais alta forma de sinceridade".

22

Às vezes o meu sentido de ironia alcança até mesmo Paris, e então gosto de Nova York. Diria mais: cada vez que alguém diz o nome de Duchamp penso que minha vida sempre foi um equívoco e que, em vez de morar em Barcelona e ser apaixonado por Paris, deveria ter deixado de tantas minúcias e ter vivido sempre em Nova York, no apartamento de Duchamp, por exemplo. E ler por lá numa poltrona confortável as façanhas de caçador de Hemingway, pescador, amante, boxeador, repórter de guerra e bebedor. E pensar o tempo todo: Que animal!

23

Custou-me muito escrever cada parágrafo de *A assassina ilustrada*. Sem dúvida, quando meu pai enviou de Barcelona uma carta na qual dizia que não pensava esperar mais tempo até eu terminar o enfadonho romance e que decidira fechar completamente minha alegre torneira de dinheiro, escrevi-lhe uma carta com uma soltura literária muito distinta da que tinha enquanto escrevia, travado, meu romance. Sempre que releio essa carta, fico surpreso sobre como está escrita: meu estilo nela é muito superior ao duvidoso estilo de *A assassina ilustrada*. Essa carta confirma a expressão espanhola que diz que a fome torna agudo o engenho.

"Querido pai: Cheguei a essa idade na qual se tem pleno domínio das próprias qualidades e a inteligência alcança sua força e capacidade máximas. É, portanto, o momento de realizar minha obra literária. Para realizá-la, necessito de tranqüilidade e pouca distração, não ter que pedir dinheiro para Marguerite Duras nem estar o tempo todo me ocupando de convencê-lo de que vale a pena financiar a escritura de um romance que, afinal, quando o terminar e publicar e receber o aplauso das multidões, haverá de enchê-lo de orgulho paterno e de grande satisfação por saber ter sido generoso comigo. Seu filho, que lhe quer..."

Com essa carta consegui adiar por um tempo o fim definitivo dos reembolsos postais. Provido de indubitável senso de humor e de um estilo muito sóbrio e direto, meu pai me respondeu:

"Querido filho: Cheguei a essa idade na qual uma pessoa se vê obrigada a comprovar como seu filho se tornou um imbecil. Dou três meses para que termine a sua obra-prima. Além disso, quem é Marguerite Duras?"

24

Sem a alegria de viver de Javier Grandes, meus dois anos em Paris teriam sido um desastre ainda maior. Conhecera Javier numa festa em Puerta de Hierro, na casa de Lucía Bosé em Madri, apresentado por Michi Panero. Javier era uma pessoa muito alegre, mas ao mesmo tempo tinha uma visão bastante dissoluta da vida. Era o protagonista dos filmes *underground* que rodava seu amigo Arrieta e era também pintor e toureiro e a própria encarnação da boemia. Eu tinha ido até Paris somente para vê-lo, sem nenhum outro objetivo que não fosse espiar, na medida do possível, sua vida boêmia. Sem essa modesta intenção de espiar o mundo parisiense de Javier não creio que tivesse chegado a conhecer Duras e, portanto, não teria existido minha água-furtada e o romance de minha vida teria ido por outros rumos, quem sabe se taurinos ou políticos, por que não?, eu estava tão disponível frente à vida que qualquer disparate poderia nela se infiltrar e mudá-la.

Falando de política, devo dizer que um mês depois de tomar posse de minha *chambre*, minhas idéias de estudante espanhol antifranquista já haviam mudado e eu passara a ser de esquerda radical linha-dura, da linha *situacionista*, com Guy Debord como mestre. Passei a pensar que ser antifranquista era muito pouca coisa e, sob a influência das idéias *situacionistas*, com meu cachimbo e meus dois óculos falsos, comecei a passear pelo bairro convertido no protótipo do intelectual poético e secretamente revolucionário. Mas na realidade era *situacionista* sem ter lido uma só linha de Guy Debord; era, pois, da extrema esquerda mais radical, mas somente de ouvido. E, como disse, não militava, dedicava a *sentir-me* de extrema esquerda e ponto. Na realidade, o que mais interessava era a nobre idéia de esquecer a asfixia de Barcelona e poder desfrutar, como auto-exilado, do ar livre francês. Porém não tardaria a me inteirar de que era reacionário considerar-se um auto-exilado e não era, por outro lado, um exilado de verdade, quer dizer, um exilado político do franquismo. Havia, pelo visto, uma sutil diferença, isso ao menos era o que começaram a pontificar meus horripilantes compatriotas sempre que os visitava nos bares onde se reuniam e conspiravam. Era irrespirável a atmosfera que eu tinha deixado para trás em Barcelona, mas tão ou mais asfixiante me pareceu a de meus compatriotas exilados em Paris (além disso, nenhum era *situacionista*), de modo que terminei por deixar de vê-los, evitando assim sair sempre amargurado daqueles bares, deprimido pelas obsessivas e esclerosadas conversas sobre o que aconteceria quando Franco morresse, esgotado pela plúmbea rigidez de suas opiniões políticas, e, enfim, desalentado sobretudo por ver como andavam destroçados muitos deles por causa da heroína ou do mais rançoso vinho espanhol.

Dediquei-me a fazer amizades estrangeiras e fui me desconectando do terrível mundo do exílio de meus compatriotas, mundo que, ao girar exclusivamente em torno do antifranquismo, não me atraía em nada, do mesmo modo que tampouco me atraía propriamente a política, uma inclinação ou atividade que afinal acabava exigindo concessões entre o idealismo e o pragmatismo, o que me parecia não só pouco estimulante como até repugnante. Em uma única ocasião compareci a um encontro antifranquista, uma homenagem a Rafael Alberti, e fiquei paralisado quando num corredor me vi frente a frente com María Teresa León, que estava sozinha e me olhou e perguntou de supetão – para mim, que era muito tímido e também estava sozinho e, além do mais, era *situacionista* – se tinha visto o seu marido. "Rafael Alberti", completou solenemente, pronunciando os erres de uma forma muito espetacular, inesquecível. Ficou esperando minha resposta. "Por ali", eu disse, mostrando o ponto mais distante que alcançavam minhas vistas.

Tudo o que era espanhol começou a ficar muito longínquo, mas também Guy Debord, que não tardou em converter-se em algo pouco próximo, ainda que tenha continuado a ser *situacionista* e me sentindo seu discípulo, porém um discípulo decepcionado, pois fui ver seu filme *La Société du spetacle*, ilustração fílmica de seus livros, e me aborreci profundamente, pois era um filme para ser lido. Na tela só apareciam textos, pontuados muito de vez em quando pela aparição fugaz de algumas imagens que pretendiam ilustrar o horror da sociedade de espetáculo mas que pertenciam a filmes dos quais eu gostava muito, como *Johnny Guitar*, por exemplo; só nesses momentos, quando apareciam as fugazes imagens de grandes ficções cinematográficas, eu me divertia, o que me levou a certo desconcerto e a me distanciar de Debord, ao menos como cineasta, e, como não apostatei de sua religião, continuei sendo seu seguidor, não queria ser somente um antifranquista vulgar. Tudo o que era espanhol começou a ficar muito longínquo, salvo os amigos Javier Grandes e Arrieta, em quem via dois artistas *puros* e, além disso, me pareciam – não creio que me equivocasse – geniais. O que era espanhol foi se nublando, mas a bem da verdade tenho de dizer que havia noites nas quais o discípulo de Guy Debord regressava triste e sozinho e um pouco bêbado à água-furtada e punha-se a ler Luis Cernuda em voz alta e sentia-se de súbito muito republicano e se emocionava e acabava chorando com aqueles versos que diziam "sou espanhol sem ganas/ que vive como pode bem longe de sua terra/ sem pesar nem nostalgia".

Assim eu vivia nesses dias e talvez por isso chorasse: vivia como podia e bem longe de minha terra, e não sabia – como iria saber? – que estava protagonizando o romance de meus anos de aprendizado literário, não sabia muito, às vezes só sabia que era um espanhol com dois óculos falsos e um cachimbo, um jovem catalão que não sabia muito bem o que fazer da vida, um escritor que se convertia num jovem republicano se lia Cernuda, um jovem sem ganas que vivia como podia, bem longe de sua terra, numa Paris que não era precisamente uma festa.

25

Marítima e tropical, um tanto decrépita, muito úmida e quente, presenteio a ilha de Key West para quem a queira. Hoje em dia está horrível como quando Hemingway se instalou nessa velha casa de pedra que o tio de Pauline, sua segunda mulher, lhes deu como tardio presente de casamento. Ainda que não fosse o lugar ideal, não desagradou a Hemingway, era um bom lugar para regressar depois de pescar tarpões nas águas das Tortugas ou de caçar ursos em Wyoming. Seja como for, no entanto, Key West tem pouca graça e, se tem alguma, esta talvez seja a de que ainda, como na época de Hemingway, os marinheiros brigam de punhos limpos nos bares de rumba.

Salvo nesses bares, me aborreci tanto em Key West (suponho que minha desclassificação contribuiu para isso) que dediquei muitas horas a imaginar em detalhes a história de minha amizade com um traste velho chamado Scott, que em sua vida anterior havia sido um demônio de Paris, o diabo Vauvert.

Disse traste velho e, talvez para ser mais preciso, deveria ter dito um *odradek*, essa criatura kafkiana que é uma espécie de móvel em forma de roldana, formado por uma série de fios velhos e rotos, de diversos tipos e cores. Não passa de um objeto de madeira, mas é também uma criatura animada, com uma vida eterna, que, no caso de nos ocupar, haverá de sobreviver a todos os clientes do lugar em que se aloja. La Closerie des Lilas, de Paris: lá vive, sem ser percebido nunca por ninguém que não seja eu mesmo, que há trinta anos já, quando vou a esse local, converso com ele.

"Bem, como se chama?", perguntei-lhe a primeira vez que o vi. "Antes era Vauvert, hoje sou Scott", disse de pronto, com uma voz que soava como o sussurro de algumas folhas caídas. "E onde vive?", perguntei-lhe. "Sempre aqui, neste solar, hoje em dia chamado La Closerie, sempre entre a porta e o balcão; em outros tempos estive nos sótãos de uma casa abandonada que havia neste solar", me disse, e riu com uma risada estranha, de alguém sem pulmões.

Fiz minhas investigações, perguntei quem havia sido o diabo Vauvert.

"O que houve com o Monstre Vert, com o diabo Vauvert? Jamais se soube e jamais se poderá saber", terminava dizendo o lunático Gerard de Nerval num intenso e romântico texto dedicado à lenda desse antigo monstro e diabo de Paris. Hoje em dia se dá por estabelecido que continuamos na mesma, que jamais se soube e jamais se poderá saber qual foi a sorte do diabo Vauvert a partir do momento em que, lá pelos anos vinte do século XIX, um sargento de polícia o viu pela última vez. E, sem dúvida, como vêem, eu tenho notícias dele, conheço-o há trinta anos; sei que se mexe ainda nesse lugar onde um dia, e logo fará dois séculos, o viram desaparecer, só que agora seu aspecto é distinto, já não é um demônio, agora é um *odradek*. O fato é que continua no solar onde desapareceu. Como diria Kafka, *foi longe para continuar aqui*.

Em outros tempos, o Monstre Vert viveu no castelo de sua propriedade, no castelo de Vauvert, no centro de Paris, porém sua luxuosa morada foi destruída pelo fogo, e então foi se esconder, segundo Nerval, "nos sótãos de uma casa desabitada, no final do Jardin du Luxembourg, no bulevar de Montparnasse, junto à avenue de l'Observatoire", quer dizer, ainda que Nerval não tenha chegado a sabê-lo –, nada menos que no solar onde anos depois construíram La Closerie des Lilas, um bar onde Fitzgerald e Hemingway, lá pelos anos vinte do século XX, se encontrariam amiúde, primeiro como colegas e amigos e depois como rivais e inimigos.

Sabe-se que nos tempos de Nerval o diabo Vauvert armava muita desordem, especialista em orgias e em enfeitiçar e fazer dançar as garrafas de vinho dos sótãos dessa casa desabitada que com os anos seria derrubada para dar passagem – talvez não fosse casual – ao bar onde tantas vezes Fitzgerald e Hemingway dirimiram suas diferenças e que atualmente é um refúgio perfeito para um antigo enfeitiçador de garrafas como o diabo Vauvert, um lugar ideal para nosso *odradek*, hoje o fantasma secreto de La Closerie des Lilas.

O *odradek* Scott (assim o chamo eu, que sou a única pessoa do mundo que tem contato com ele) é a memória viva das relações entre Fiztgerald e Hemingway. Não é nada mais que isso, o que, bem observado, é muito. Ou não é muito ser a memória da amizade entre os dois escritores?

Suspeito que seus fios velhos e rotos pertencem a uma fita magnética na qual estão gravados para seu desespero todos os encontros e desencontros da dupla. Conhece tudo o que aconteceu entre os dois. Chama-se a si mesmo de Scott e se identifica com o autor de *O grande Gatsby* e luta para que Hemingway (que para ele sou eu) não esqueça nunca o que passou.

Walter Benjamin disse que um anjo nos recorda tudo o que esquecemos. Scott, como o *odradek* que é, sempre situado entre a porta e o balcão de La Closerie, me lembra, quando vou a esse local, do mais mínimo detalhe do que se passou entre os dois amigos. É a alma, é o diabo, é o *odradek*, é a memória dessa relação entre Hemingway e Fitzgerald. Nos dias de minha juventude em que freqüentava muito La Closerie, ele, achando que eu era Hemingway, me lembrava sempre, em nome de Fitzgerald, das anedotas mais esquecidas de nossa história de colegas confrontados. E havia noites nas quais tragicamente assumia em sua pessoa – ou seria melhor dizer *em seu objeto*? – toda a trama triste da inimizade dos dois escritores e então se mostrava intratável, com um humor de cão, imitava as frases mais irônicas que Hemingway havia dedicado ao seu antigo amigo naquele bar, e logo imitava as respostas não menos irônicas do outro. E acabava amargurado de tanta ironia, terminava fatalista entre a porta e o balcão, me incitando diabolicamente a sair sem pagar, algo que comecei a fazer quase sistematicamente em minhas últimas visitas a esse lugar ao qual, convencido de que depois de tanto tempo já não se lembrariam de mim, me atrevi a voltar em meados de agosto deste ano e onde, como é compreensível, entrei nervoso, sobretudo porque – embora soubesse perfeitamente que o veria – me perguntava se, apesar de tanto tempo transcorrido, Scott continuaria ali.

Entrei neste agosto em La Closerie e não o vi. Fui sem minha mulher, para evitar que ela me reprovasse uma vez mais que minha imaginação de que continuo parecido com Hemingway, e sobretudo para que ela não descobrisse que em La Closerie minha imaginação criou um *odradek* que fala comigo como se eu fosse Hemingway. Fiquei no balcão, à espera de uma mesa. Olhei para um lado e para outro muitas vezes e nada, tinha a sensação de que ele já não estava ali. Até que prontamente, no momento menos pensado, ouvi que alguém atrás de mim falava e depois ria: "Você deve muito dinheiro". Pensei na hora em todas as vezes que tinha saído dali sem pagar. Fiquei aterrorizado, mas não o vi, não parecia que estivesse ali. Olhei por todas as partes, tinha de estar entre o balcão e a porta de entrada. Mas não, não estava ali, ou eu não conseguia vê-lo. A voz, de qualquer maneira, era a sua, inconfundível, soando como o sussurro de algumas folhas caídas. E sua risada, a de sempre, a de alguém sem pulmões. "Lembre-se de que fui seu protetor, lembre-se de que o apresentei ao editor Perkins", ouvi-o dizer prontamente. E então o vi. Estava no canto mais escuro do balcão. Parecia que tinha bebido todas as garrafas dos antigos sótãos da antiga casa desabitada daquele solar. "O que faz aí, Scott?", perguntei-lhe, talvez num tom demasiado fanfarrão. Permaneceu longo tempo em silêncio, resistindo a esse tempo como também a madeira de que é feito. Eu estava já sentado falando com o camareiro quando, saindo da madeira de minha mesa, reapareceu sua voz inquietante. "Deveme muito dinheiro, Hemingway. Eu o ajudei a triunfar", disse, e riu com certa amargura. Juraria que durante uns décimos de segundo, sob a direção do Monstre Vert, todas as garrafas de La Closerie des Lilas ensaiaram uma dança.

Ainda que o tenha visto mais bêbado do que nunca, no fundo do fundo encontrei-o como sempre, continuava rindo sem pulmões porém rindo como o ser imortal que era, e não haviam envelhecido nada seus velhos fios rotos de belo e maldito traste, os velhos fios de meu querido e secreto Scott.

26

Uma tarde, fui ao apartamento de Raúl Escari com a premeditada idéia de que me orientasse acerca do significado da expressão *registro lingüístico*, para mim o maior dos enigmas da apostila na qual Marguerite Duras me dera instruções para escrever um romance. "Quer saber isso de verdade?", me perguntou Raúl, enquanto lhe dizia na sua casa que queria saber aquilo. "Então sabe o que é?", disse-lhe, iludido. "Sei, mas me aborrece explicar", respondeu. E acrescentou: "Mexa-se em vez de perguntar". Isso evidentemente me desconcertou e me levou a perguntar o que ele quis dizer. "Que você pergunta muito quando na realidade deveria passar à ação, neste caso, começar simplesmente a escrever. E quando fizer isso sem perguntar tantas coisas vai encontrar-se de frente com o *registro lingüístico*."

Voltávamos ao começo da conversa. "E não poderia dizer como é, que características tem o *registro lingüístico*?" Com um enorme fastio por ter de me explicar aquilo, Raúl acabou dizendo: "Não se fala no salão o mesmo que no quartel, em família o mesmo que entre estudantes, ou em uma reunião política, ou na igreja, ou no bar da esquina. Agora entendeu o assunto? É claro, podíamos ir ao bar da esquina".

Já no bar da esquina, dignou-se a me dizer: "Mudamos de linguagem conforme mudamos de ambiente. Captou?". "Mas você", disse-lhe, "fala neste bar do mesmo jeito que na sua casa." "Porém se agora a sua mãe se sentasse conosco, por exemplo, eu falaria num *registro* distinto." "Captei", eu disse. Então, como se o tivesse chateado que eu captasse tanto, acrescentou: "Na realidade não deveríamos falar aqui neste bar de *registros lingüísticos* e sim de *variedades diafásicas*, que são os diversos comportamentos idiomáticos que pode adotar um mesmo indivíduo de acordo com a situação comunicativa em que se encontre."

"E não é a mesma coisa um *registro lingüístico* que uma *variedade diafásica*?" perguntei. "Claro que sim", respondeu, "vê como já sabe o que é um *registro*?" Na verdade eu já sabia o que era, mas havia aprendido por um tortuoso, na realidade talvez muito sutil e inteligente, caminho. Mudei de assunto. Decidi averiguar por que ele, sendo claramente um escritor, não escrevia fazia anos. Então lhe perguntei em que *registro* escreveria se escrevesse. Não me respondeu. Insisti e continuou do mesmo jeito, não obtive resposta alguma. Apenas um sorriso, um sorriso perfeito. Seu registro, o mais elegante que conheci em minha vida, era parente da risada e do silêncio.

27

Nada na vida é imutável, tudo é modificável. Eu, por exemplo, poderia ir viver em Nova York, que é o que desejo, no fundo. Poderia me instalar num apartamento em Nova York em vez de estar em Barcelona, comentando que Paris não tem fim. Nada é imutável, tudo é modificável. Pensemos, por exemplo, na obra de Flaubert. Podemos transformá-la facilmente com a imaginação. Basta que deixemos cair sobre tal obra a suspeita de que, caso seu autor tivesse um pouco mais de tempo disponível e dinheiro suficiente para organizar seu legado literário, hoje seria uma obra bastante distinta, pois é certo que Flaubert teria terminado *Bouvard e Pécuchet*, teria suprimido *Madame Bovary* (deve-se levar a sério o fastio que a despótica fama do livro produzia no seu autor) e teria dado a *A educação sentimental* um final diferente.

Transpondo as intransponíveis distâncias com Flaubert mas pensando que se pode mudar tudo, tenho para comigo agora que de minha obra, antes que seja demasiado tarde, deveria, por exemplo, mudar o final de meu sétimo romance, melhorar o nono (não aproveitei as amplas possibilidades da trama), suprimir o terceiro etc. Sobretudo, porém, o mais urgente seria retocar *A assassina ilustrada*, livro venenoso e criminoso, minha fúnebre estréia literária. Talvez mudar-lhe apenas o título, passar a chamar ironicamente esse livro de *Cachimbo e desespero, erros de juventude*. Não sei, creio que conviria dar certa alegria aos meus primeiros passos nas letras, embelezar o que foi uma largada um tanto sinistra. Por seu caráter de monumento funerário – é como a tal tumba de Tutankamon que quem abrisse, morria – eu deveria fazer com esse livro o que propunham os surrealistas para dar um pouco de alegria ao sinistro e solene Panthéon de Paris: cortá-lo verticalmente e separar as duas metades em cinqüenta centímetros.

28

Por falar em panteões, a frase mais irônica que conheço – talvez a mais insuperável das frases irônicas – é o epitáfio que Marcel Duchamp escreveu para si mesmo e que pode ser lido na lápide de sua tumba:

D'ailleurs, c'est toujours les autres qui meurent.

(Por outro lado, são sempre os outros que morrem.)

29

É difícil saber se aquele que acabou de pedir que eu fale mais alto é um sabotador desta conferência ou se está surdo ou se é um admirador excessivo.

Enfim, seja como for, serei mais sonoro.

Vivo em Barcelona, me atrai e fascina muito essa Paris que nunca tem fim, porém não me engano, queria passar mais tempo em Nova York, onde, por certo, passei somente uma noite em minha vida.

Nova York é um desejo que vem de longe. Durante muitos anos tive um sonho recorrente no qual via a mim mesmo criança nos anos cinqüenta no amplo pátio da casa de meus pais, naquela sobreloja da rua Rosellón de Barcelona, em frente ao cine Chile. Eu me via nesse sonho lá, jogando futebol sozinho (como costumava fazer quando criança), à sombra das casas de oito ou dez andares que rodeavam o pátio. Havia, porém, uma mudança relativa ao passado: aquelas casas apareciam transformadas nos arranha-céus de uma cidade encantada com inegável *duende*, a cidade de Nova York. E isso, de no lugar das casas de meu bairro existirem arranha-céus, me produzia uma potente sensação de plenitude absoluta e de felicidade, aquela que dava não se mover no último recanto da terra e sim na capital do mundo, Nova York. Tanto se repetiu esse sonho de grandeza que deduzi que desejava conhecer essa grande cidade, mudar o esplendor modesto de meu provinciano mundo infantil do pós-guerra espanhol pelo centro do mundo.

Um dia, sem mais nem menos, me convidaram para passar uma noite em Nova York.

Ofereceram-me que participasse de um colóquio em uma biblioteca de Manhattan. Embora uma só noite fosse pouco – nas seguintes devia estar em Providence e Boston para outros dois colóquios – aceitei o convite, viajei até Nova York, viajei sobretudo para investigar o que acontecia quando alguém no mundo real se encontrava dentro de seu sonho mais recorrente e mais feliz.

Já em Nova York, recém-chegado à cidade, de noite na solidão de meu quarto de hotel e ainda com a mala por desfazer, olhei pela janela e contemplei os arranha-céus pelos quais estava rodeado. Visualmente era como no sonho do pátio, mas nada de especial acontecia. Encontrava-me dentro de meu sonho e ao mesmo tempo o sonho era real. Como era de esperar, contudo, não havia aumentado em nada minha sensação de plenitude ou de felicidade por estar ali. Encontrava-me em Nova York, e isso era tudo. Deitei, dormi e então sonhei que estava brincando num pátio de Nova York, rodeado de casas de Barcelona. E logo descobri que o *duende* do sonho não havia sido nunca a cidade de Nova York, e sim o menino que brincava dentro desse sonho. O menino que eu havia sido era quem tinha provocado sempre aquele meu sonho de sonhos. Na manhã seguinte, por mais que estivesse em Nova York, incomodou-me uma barbaridade comprovar que havia despertado. Porque Nova York era o de menos, que estava ali com seus arranha-céus e sua inegável sedução. O de menos era estar confirmando que, na verdade, Nova York me agradava mais do que Paris. E o importante era que ao despertar se apagara o menino, havia se perdido o *duende* do sonho. Andei sonâmbulo todo aquele dia, o único dia de minha vida que passei em Nova York.

30

A assassina ilustrada (livro escrito pela própria assassina, mas o leitor não deve saber disso até o final) abre com uma primeira frase quase perfeita que fala do quão entrelaçadas estão na vida da narradora as ocasiões de riso e pranto (uma frase que foi na realidade a última que escrevi de todo o livro e sobre a qual direi algo mais adiante). E depois continua assim: "Foi no ano passado, num velho hotel de Bremen, andando em busca de Vidal Escabia. Por um labirinto de corredores havia chegado até o 666, o número de seu quarto, e como a porta estivesse entreaberta...".

A assassina conta ao leitor que descobre nesse quarto 666 do velho hotel de Bremen o corpo sem vida de Vidal Escabia e que junto do cadáver encontra, caído no chão, como se a ele lhe sobreviesse a morte enquanto lia, o manuscrito original de *A assassina ilustrada*. E pouco mais adiante a assassina revela que em maio de 1975 enviou de Worpswede, próximo de Bremen, à vítima, uma carta pessoal, o manuscrito de *A assassina ilustrada* e algumas notas sobre o texto.

O motivo pelo qual escolhi Bremen e Worpswede – cidade e povoado sobre os quais nada conhecia, sabia apenas que eram de população alemã – foi na realidade muito simples. Por imperativos da trama, necessitava do nome de uma cidade que não estivesse muito distante de Paris e naquele momento o que tinha mais à mão na água-furtada era *Cartas a um jovem poeta*, de Rainer Maria Rilke. Abri o livro com os olhos fechados e fui parar na quarta carta, que estava datada de julho de 1903 em *Worpswede, próximo de Bremen*. Dei-me conta em seguida de que encontrara a cidade que procurava, mas também um povoado de nome estranho que seria uma pena não aproveitar. E foi assim que os dois, tanto o povoado de nome estranho, Worpswede, como a cidade de Bremen, ocuparam um lugar na primeira página de meu primeiro livro e com o passar do tempo – poucas páginas freqüentei tanto quanto a primeira de *A assassina ilustrada* – acabaram se convertendo em dois nomes míticos para mim, em dois nomes que passaram a fazer *parte de mim mesmo.*

Permitam-me agora que por alguns momentos deixe a ironia de lado e me enterneça, recordando o que eu lia nesses dias do passado. Creio que enxergava Rilke e Unamuno como se fossem escritores de livros de auto-ajuda. Parece-me que, da mesma forma que *Como se escreve um romance*, de Unamuno, eu tinha o livro de Rilke na água-furtada com a idéia primordial de tratar de que, como insinuava o título, este me ensinasse a escrever. Eu o havia comprado na livraria La Hune como quem adquire uma pérola pensando que esta vai lhe salvar a vida. Vejo essa compra como enternecedora e me leva a pensar na possibilidade de que hoje aqui, nesta sala, se encontre entre o público algum jovem poeta que escute esta conferência acreditando que pode aprender algo a partir da exposição irônica de meus anos de aprendizagem.

Se assim o for, a esse jovem poeta lhe recomendaria que não caísse em tão lamentável equívoco. Se a este mundo viemos para aprender e, sem dúvida, não aprendemos nada – saímos dele sabendo menos do que sabíamos –, menos ele irá aprender de uma conferência na qual a única certeza que o conferencista tem – bem, se talvez esse jovem aprender algo, talvez aprenda isto que vou lhe dizer, e que não é pouco –, a única certeza que tenho é que a constância do hábito de escrever costuma estar associada ao seu absurdo, enquanto por outro lado as coisas brilhantes costumamos fazê-las de repente.

Não creio que seja demais precisar que, se com certeza não aprendi nada do livro de Rilke, também é certo e curioso que esse livro *à sua maneira*, sim, me ajudou em algo, me ajudou não somente a encontrar o nome de uma cidade e de um povoado alemães, mas também a escrever as primeiras frases da carta da minha assassina, que são exatamente as mesmas que as da quarta mensagem de Rilke ao jovem poeta, mensagem enviada desde *Worpswede*, próximo de Bremen, em 16 de julho de 1903, e que começava assim: "*Deixei Paris e vim para esta grande planície do norte, onde a amplitude e a calma e o céu me ajudarão a descansar*".

E se bem os dois povoados me acompanharam ao longo dos anos, nunca me ocorreu que um dia poderia viajar até eles, como acabou acontecendo há poucos meses quando alguns professores me convidaram para uma leitura de meus textos em Bremen, oferecendo-me, sem que soubessem, a possibilidade de ir à primeira cidade e ao primeiro povoado que nomeei em toda a minha obra. Aceitei de imediato o convite, porém não tardei em me perguntar se me hospedariam *num velho hotel* em Bremen e sobretudo em especular sobre a possibilidade tão literária como aterradora de que, tanto faz se fosse velho ou não o hotel, o número de meu quarto pudesse ser o 666.

Se o 666 fosse o número de meu quarto – coisa que entendia ou queria eu entender como muito improvável –, devia logo dar-me por morto. Talvez toda minha obra – eu dizia a mim mesmo – tenha consistido nisso, em escrever durante trinta anos para acabar voltando às origens, para acabar regressando, em um círculo cerrado diabólico – não esqueçamos que o 666 é o número da Besta –, às primeiras frases que escrevi em meu primeiro livro, regressando e sendo vítima mortal delas, assim como Vidal Escabia o fora de meu manuscrito, o primeiro personagem de meus livros que matei.

Fui a Bremen e o hotel era moderno e o número do quarto (afinal de contas como era de se esperar) estava muito distante de ser 666. Relaxado, naquela mesma noite me liberei de imediato de meus fantasmas e, ao término de minha leitura na cidade, durante o jantar, temerariamente brinquei com meus terrores já dissipados. “E se o 666 de verdade que você espera for em Worpswede?” Nunca saberei quem perguntou isso. O fato é que no dia seguinte decidi viajar até Worpswede, em parte porque queria desafiar a Besta, mas também porque tinha curiosidade por esse povoado de nome estranho que se infiltrara nas primeiras páginas de meu primeiro livro. No ônibus, a caminho do povoado, chegou-me a estranha sensação de que estava adentrando, trinta anos depois de tê-la escrito, a primeira página de *A assassina ilustrada*. Já em Worpswede, onde descobri que em 1903 Rilke viajara até esse tranqüilo povoado porque era amigo de Paula Modersohn-Becker, visitei a casa-museu dessa interessante porém malograda pintora. E comprei vários livros sobre a história artística do lugar e também uma edição alemã de *Cartas a um jovem poeta*, aquele livro de Rilke que tivera na água-furtada de Paris e que havia perdido fazia muito tempo e no qual se falava *da amplitude, da calma e do céu* daquela *grande planície do norte* onde curiosamente (ou não) naquele momento eu me encontrava.

Modersohn-Becker pintava as pessoas como se fossem naturezas-mortas. Quando morreu, Rilke dedicou-lhe um poema, *Réquiem para uma amiga*. Ela tinha relances de genialidade que a morte arrebatou aos trinta e um anos, deixando Rilke desolado: “Há em algum lugar uma antiga inimizade entre a vida e a grande obra...”. Estive um longo tempo na casa-museu e depois passeei pelo povoado e através dos quadros de paisagens que vira na casa-museu comecei a imaginar que andava pela Worpswede de princípios do século XX, que andava pela *grande planície do norte*, ao anoitecer, empurrado por um vento suave. Sob um céu imenso se estendiam os campos em tons escuros, distantes colinas onduladas que se moviam cobertas de urze, limitadas por restolho e trigo-negro recém-ceifado. E tudo isso se foi apresentando para mim de modo tão forte e tão real que até deu medo. Então lembrei do número 666 e também de que tinha ido até aquele povoado sabendo que arriscava encontrar aquele número e a ameaça de que o círculo diabólico de minha obra pudesse, de repente, se encerrar a qualquer momento. O número 666, contudo, não estava em lugar nenhum. Tomei um trivial sorvete de morango numa varanda à beira da estrada, na parada do ônibus que me devolveu a Bremen.

Meu medo da Besta ficou nisso, ficou num sorvete de morango.

31

Num sorvete de morango?

Passaram duas semanas e Bremen e Worpswede haviam ficado para trás quando tive de viajar de Barcelona a Málaga: tratava-se de algumas horas apertadas de trabalho com pernoite no Hotel Larios e retorno no dia seguinte. É sabido que tudo chega ou acaba chegando e que às vezes chega quando menos se espera. No regresso da rápida viagem, resolvi voar de Málaga a Barcelona no vôo JKK666 da Spanair. Quase não acreditei. Como se atreviam a dar o número da Besta a um avião? Durante um longo tempo, esperando a saída do diabólico vôo, temi que aquilo que presumira que poderia me acontecer em Bremen poderia acontecer precisamente naquele avião. Pois também é sabido que tanto Deus como o Diabo têm mostrado em abundância ultimamente não terem nada de perfeitos e sim muito de torpes, sempre chegando tarde ao teatro de suas operações. Logo pensei o contrário, porém, e, em seguida, que era absurdo cair na armadilha e crer em coisas de tão pronunciada carga literária e que em definitivo não tinha por que acontecer nada comigo. E subi no avião.

Meu vizinho de poltrona era um desses jovens nervosos com que todos alguma vez cruzamos em aviões, uma dessas pessoas que não param de se mexer, como se tivessem bebido muito ou tomado uma forte dose de cocaína. Quando a aeromoça os obriga a colocar o cinto de segurança, achamos que vamos descansar deles. Mas não é assim, entretanto, porque continuam se agitando intranqüilos e nervosos dentro do cinto afivelado e seu estado alterado começa a nos contagiar. Conseguiu me contagiar tanto que não pude deixar de lhe dirigir um olhar feroz ao mesmo tempo que tratava de reprimir meus instintos mais primários, que eram de dar-lhe uma bofetada e colocá-lo num cinto de segurança triplo. O sujeito permanecia ali descontrolado e se agitando na poltrona, alcançando, por exemplo, a revista da companhia aérea e tornando a colocá-la no lugar, e isso não sei quantas vezes. Para não falar das perguntas absurdas às aeromoças, os olhares nervosos para a janelinha e outras gracinhas. Observei-o bem, estava vestido inteiramente de negro, da cabeça aos pés. Olhei com atenção a cabeça, detive-me no exame detalhado de seu rosto, e senti um breve calafrio: aquele jovem, que tinha ar diabólico e certo aspecto de assassino, se parecia muito comigo na época em que escrevi *A assassina ilustrada*.

Nesse momento o avião decolou.

Era um impostor ou alguém completamente alheio a mim ou eu mesmo com alguns anos a menos? Sem dúvida a segunda opção e, exceto por viajar no JKK666 e seu aspecto ser bastante demoníaco, não havia mais motivos para me alarmar. Por precaução, tratei de seguir mantendo-o sob controle. Lancei-lhe um novo olhar desafiante. Lancei-lhe – na medida do possível – o mesmo olhar gelado e aterrorizante que num dado momento, quando escrevia o livro, eu imaginara que minha assassina ilustrada tinha. Pensei que o havia deixado atônito ou confuso, mas, mal pensei isso, a realidade seguiu para outro lado. Quando já planejava deixar de olhar e de me ocupar com ele, retomou seu gesto nervoso de pegar a revista da companhia aérea, dar uma olhada compulsiva e colocá-la de novo no lugar. Mais irritado do que nunca, estava para mandar-lhe um último e muito sério e ameaçador olhar de reprovação quando me veio nitidamente a impressão de que eu não estaria vivo se nos anos setenta, por exemplo, seguindo o exemplo de Hemingway ou deixando-se levar pelo desespero próprio da juventude, ele houvesse se suicidado. Vi que sempre dependera daquele jovem assassino e que, se ele me esquecesse, eu morreria. E vice-versa, claro.

Tomei nota em minha agenda do que acontecia e tratei de fazer com que ele lesse. Anotei: "Sensação de estar em dois tempos e em dois lugares". O jovem diabólico estava nervoso demais para ler o que eu escrevia. Perguntei-me o que aconteceria se eu, por exemplo, lhe dissesse: "Quando atingir minha idade você vai querer a todo custo que alguém reconheça que é fisicamente parecido com Hemingway". Seguramente me tomaria por louco ou pensaria que eu queria estreitar laços amorosos com ele, qualquer coisa menos adivinhar que era igual a mim quando jovem. Viajei num reprimido e rigoroso silêncio ao seu lado até Barcelona. E ao aterrissar na cidade lhe concedi passagem no corredor do avião para que pudesse sair antes. "A juventude, à frente", disse desafogando-me, tratando de reparar com essas palavras parte da repressão sofrida ao longo do vôo interminável. "E o demônio que anda por todas as partes", respondeu, insolente, quase me empurrando. Não tinha visto urgência tão imensa para sair de um avião em ninguém, e olhe que já vi gente apressada.

32

Hemingway dizia que quando a primavera chega em Paris, inclusive se for uma primavera falsa, a única questão é encontrar um lugar onde alguém possa ser mais feliz. Lembro bem o primeiro dia da primavera de 1974, não o primeiro dia oficial da primavera, e sim um dia esplêndido de abril, recordo muito bem a data, 9 de abril, um dia em que de repente cessaram por completo as chuvas e todo mundo deixou para trás a roupa de inverno e os terraços dos cafés se encheram. Tudo convidava à felicidade, um grave contratempo para meu habitual estado de desespero juvenil. Paris é uma cidade gris e chuvosa, mas, quando chega a primavera e se enchem os terraços e cantoras de rua que parecem sair de todos os cantos entoam *La vie en rose*, a cidade se converte no melhor lugar do mundo para, embora haja quem não queira e prefira a vida em negro, poder ser feliz.

Naquele 9 de abril, eu estava prestes a cruzar o bulevar Saint-Germain com Marguerite Duras e Raúl Escari quando, de repente, um grande carro negro, quase funerário e de qualquer forma nada primaveril, freou de chofre e parou junto a nós. Olhei e pude ver em seu interior Julia Kristeva, Phillipe Sollers, Marcelin Pleynet e uma quarta pessoa que não identifiquei. Sollers baixou o vidro do carro e falou alguns breves segundos com Marguerite. Não entendi nada do que disseram. Depois, o carro arrancou e desapareceu na distância, acabou esfumando-se no fundo do bulevar. Então Marguerite prontamente disse: "Vão para a China".

Uma vez mais, pensei, ela fala em seu francês *superior*. Vão para a China, repetiu Raúl num tom muito solene e irônico, e não pôde reprimir uma alegre gargalhada. E eu ri para não soar diferente. O curioso é que era verdade. Em abril e maio de 1974, uma delegação francesa composta por três membros da revista *Tel Quel* (Sollers, Kristeva e Pleynet), mais François Wahl e Roland Barthes, visitou a China. Foram de Pequim a Xangai e de Nanquim a Xian. Na volta, Barthes publicou um célebre artigo no *Le Monde*, onde se mostrava decepcionado diante do que ouvira e vira. O chá chinês havia lhe parecido tão insosso quanto a paisagem. Isso, e certas reflexões sobre o maoísmo, é o que mais recordo daquele artigo que, no dia em que apareceu, um 24 de maio de 1974 – outro extraordinário dia de primavera –, li em minha água-furtada com sigiloso assombro diante do que ali se dizia. O artigo se intitulava *Alors la Chine,* e há quem assegure que passou para a história da literatura francesa do século XX.

33

Pensem quais podem ser as razões básicas para o desespero. Cada um de vocês terá as suas. Proponho-lhes as minhas: a volubilidade do amor, a fragilidade de nosso corpo, a angustiante mesquinharia que domina a vida social, a trágica solidão na qual no fundo vivemos todos, os reveses da amizade, a monotonia e insensibilidade que o costume de viver acarreta.

No outro lado da balança, encontramos Paris. Essa cidade, talvez porque não tem fim e porque, além disso, é maravilhosa, pode contra tudo, pode com todas as causas que o homem encontra para ser infeliz. Mas se alguém em Paris, além disso, é jovem como eu era naqueles dias, e na realidade ainda não detectou as verdadeiras e essenciais razões que possam existir para o desespero, não entende como eu me sentia tão infeliz. O que eu fazia, Deus meu, desesperado em Paris? Eu não podia ser mais imbecil.

Rumino e me recordo desta anotação de Cioran: "Paris: cidade na qual poderia haver certas pessoas interessantes para se ver, mas onde se vê qualquer um, menos elas. Os chatos o crucificam".

E digo a mim mesmo que quando vivi em Paris nunca fiz distinção entre pessoas interessantes e chatas, muito provavelmente porque eu, com meu estúpido desespero nas costas, pertencia ao numeroso grupo dos chatos.

34

Eu achava muito elegante viver no desespero. Acreditei nisso ao longo desses dois anos que passei em Paris, e na realidade por quase toda a minha vida, vivi nesse erro até agosto deste ano, que foi quando cambaleou e caiu definitivamente essa íntima crença na elegância do desespero. Quando ela caiu, foram caindo pouco depois, como um castelo de cartas, outras crenças menos pitorescas. Como, por exemplo, a de pensar que a magreza é essencial para ser intelectual e que os gordos – à medida que eu engordava, com grande complexo de culpa, ia pensando cada vez mais – não são poéticos nem podem ser inteligentes.

Fui a Paris neste agosto e, enquanto esperava minha mulher chegar (ela se encontraria comigo no dia seguinte), saí do hotel ao entardecer e fui andando pela rue des Rennes até o Café de Flore e me misturei com a multidão que abarrotava as ruas e fui até o 5 da rue Saint-Benoît. Agi como se aquela continuasse sendo minha casa e um belo dia ao entardecer regressasse a ela. Logo, porém, me dei conta de que eu tinha algo de fantasma, algo de um cadáver a quem tivessem dado uma permissão de várias horas para levantar-se da tumba e regressar às abandonadas ruas de sua juventude e comprovar que nada estava igual ali, que tudo havia mudado muito.

Andava pelas ruas de meu bairro como um triste fantasma e descobri logo o pouco elegante que podia ser o desespero, sobretudo se o desesperado fosse um fantasma, um morto. Eu continuava perdido entre a multidão por essas ruas outrora tão familiares, perdido e sem conhecer ninguém no bairro e sem sequer poder entrar em minha casa e subir até a água-furtada, pois já não morava lá; me sentia um morto com crachá, um fantasma, e essa era uma sensação desoladora, porque vi o oco profundo e insuperável que separava minha juventude de minha maturidade, e constatar isso me doeu muito, compreendi que o incessante e vasto universo de Paris ia se apartando de mim já fazia muito tempo.

Andei como um fantasma ao entardecer e nunca alcancei com tamanha compreensão essa idéia que todos fazemos da trágica solidão dos mortos. Em outros tempos, andar como um fantasma teria me parecido muito elegante. Neste entardecer de agosto, no entanto, ao ver que em meu bairro de Paris eu já não era ninguém, entendi que tipo de desastre tão grande se escondia no interior do elegante desespero. Não era nada agradável andar desesperado pelas ruas do meu antigo bairro. Se não era *elegante* querer morrer, era ainda menos estar morto e passear por todos os lugares onde estive vivo.

Lembrei-me de um filme britânico no qual faziam Napoleão desembarcar de novo em Paris enquanto um sósia o substituía em Santa Elena. O problema para Bonaparte era que em Paris ninguém o reconhecia e ele logo compreendeu que, se insistisse em que respeitassem sua identidade, corria o perigo de acabar como as dezenas de loucos que enchiam o manicômio de Paris assegurando que eram eles e unicamente eles o autêntico Napoleão.

E me lembrei também de um amigo estranho daqueles dias, um jovem parisiense que morava na rue Jacob, próximo à minha água-furtada, me lembrei muito desse amigo que quando caía no poço negro da demência passeava pelo bairro sentindo-se Napoleão. Encontrava-o às vezes sentado à la Bonaparte no pequeno e confortável jardim do Museu Delacroix da place de Furstemberg, e às vezes conversava com ele. "Veja só", recordo que disse de súbito um dia, "ontem era patafísico e por outro lado hoje só sou Napoleão."

O que era aquilo de ser patafísico? Eu era *situacionista*, mas não ouvira nunca falar dos patafísicos. Eram parentes dos *situacionistas*? Dias depois, quando soube algo sobre os patafísicos, decidi continuar sendo unicamente *situacionista* e evitar assim confusões excessivas na minha personalidade literária e política.

Comecei a caminhar pela rota da loucura de meu amigo estranho da rue Jacob, pela rota do Napoleão do bairro, e comecei a me vestir como um jovem com ares de assassino ilustrado, óculos intelectuais e ridículo cachimbo sartriano (não me dava conta de que esse cachimbo me aburguesava ainda mais, em vez de me dar uma imagem de poeta maldito), camisa e calça rigorosamente negras, óculos também negros, o rosto hermético, ausente, terrivelmente moderno: tudo negro, até o futuro. Queria ser apenas um escritor maldito, o mais elegante dos desesperados. Logo escanteei Hemingway e me pus a ler, por um lado, Hölderlin, Nietzsche e Mallarmé, e por outro o que podíamos chamar de *o panteão negro da literatura*: Lautréamont, Sade, Rimbaud, Jarry, Artaud, Roussel.

Naqueles dias, comecei a passear pelas ruas do bairro acreditando ser uma pessoa *interessante*. Às vezes me sentava no terraço do Flore ou do Chez Toton e fazia com que os transeuntes reparassem em mim, que observassem que, munido de meu cachimbo sartriano, lia com ares de jovem poeta francês perigoso. De vez em quando – tinha-o muito estudado – levantava as vistas do livro que fingia ler e então meu penetrante olhar de escritor maldito não podia ser mais impostado.

Naqueles dias eu dizia amiúde que não suportava a vida e que desejava morrer de qualquer coisa. "No fundo, um truque para evitar a humilhação de aceitar que, depois da morte de Deus, você já não era ninguém", comentou anos depois, de Montevidéu (a cidade de Lautréamont), o amigo inteligente, o amigo Raúl Escari. Foi a primeira vez que percebi que o elegante podia ser algo diferente do que sempre havia pensado, talvez o elegante fosse viver na alegria do presente, que é uma forma de nos sentirmos imortais.

Ninguém nos pede que vivamos *a vida em rosa*, porém tampouco o desespero em negro. Como diz o provérbio chinês, nenhum homem pode impedir que o pássaro escuro da tristeza voe sobre sua cabeça, mas pode sim impedir que se aninhe em sua cabeleira. "Não faço nada sem alegria", dizia Montaigne. No começo de *O Antiédipo* achamos esta grande frase de Foucault: "Não acredite que deva se sentir triste porque é revolucionário".

Naqueles dias de juventude de Paris, entretanto, eu acreditava que a felicidade era uma bobagem e uma vulgaridade e, com notável impostura, fingia ler Lautréamont e não parava de incomodar os amigos insinuando toda hora que o mundo era triste e que não tardaria em me suicidar, pois só pensava em estar morto. Até que um dia encontrei Severo Sarduy em La Closerie des Lilas e ele perguntou o que eu iria fazer no sábado à noite. "Matar-me", lhe respondi. "Então é melhor nos encontrarmos na sexta", disse Sarduy. (Anos depois ouvi Woody Allen dizer o mesmo e fiquei estupefato, Sarduy o antecipara.)

A partir daquele dia, incomodei menos os amigos com essa idéia de morte auto-infligida, embora durante muito tempo tenha mantido – até agosto deste ano não ficou de todo pulverizada – minha crença na elegância intrínseca do desespero. Até que descobri como pode ser pouco elegante passear triste, morto e desesperado pelas ruas de seu bairro de Paris. Compreendi isso neste agosto. E desde então encontro a elegância na alegria. "Várias vezes empreendi o estudo da metafísica, mas a felicidade me interrompeu", dizia Macedonio Fernández. Agora penso que não é elegante a não ser em cataplasmas estar no mundo sem experimentar a alegria de viver. Fernando Savater disse que o dito castiço *tomar as coisas com filosofia* não significa tomar as coisas com resignação, nem tampouco com gravidade, e sim tomá-las *alegremente*. Claro. Afinal, temos toda a eternidade para nos desesperar.

35

Uma noite de junho de 1974, num restaurante da rue Saint-Benoît (Barthes já voltara da China e os dias em Paris começavam a ficar quentes), Marguerite Duras quis saber qual destino literário eu preferia.

"Mallarmé ou Rimbaud?", perguntou.

Engasguei-me com o café.

Eu não tinha nem idéia do que ela estava falando. Havia lido os dois com certa atenção e deslumbramento, mas estava longe de saber que representavam duas opções literárias distintas, a sedentária e a nômade: Mallarmé, sem mover-se de seu domicílio de Paris por toda a vida, sem abandonar jamais seu escritório, concebendo a linguagem como uma potência de transformação e de criação nascida mais para criar enigmas do que para elucidá-los; Rimbaud, muito jovem abandonando Paris para extraviar-se numa vida africana de aventura, converter-se num homem de negócios que gostava "sobretudo de fumar e beber licores fortes como metal fundido".

Adolfo Arrieta, que jantava conosco, viu minha cara de náufrago e saiu velozmente em minha ajuda, explicando em poucos segundos que tipo de disjuntiva era a que Marguerite acabava de propor. Essa disjuntiva me acompanhou a vida toda. Naquele dia, meu primeiro impulso foi escolher a opção Rimbaud, próximo à apologia de Hemingway das formas de vida baseadas no risco e na mitificação de concepções *viris* da existência, deixar-me seduzir pela aventura, situar-me ao lado de Rimbaud, que "escrevia silêncios, assinalava o inexpressável, fixava vertigens". Em seguida, porém, pensei que, por insossa e aborrecida que parecesse, me convinha escolher a opção Mallarmé, pois uma declaração entusiástica de princípios nômades podia levar Marguerite a perguntar, engraçadinha, por que diabos, se me agradavam tanto a Abissínia e Rimbaud, não saía de Paris e assim desocupava minha água-furtada. Por outra parte, não convinha esquecer que quem dissera preferir o fumo e os licores fortes havia se convertido na África num homem sóbrio, avarento e hipócrita: "Bebo apenas água, quinze francos por mês, tudo está muito caro. Nunca fumo".

Estava para escolher a opção Mallarmé quando me flagrei perigosamente duvidando, e assim cheguei, duvidando, até o dia de hoje, o que no fundo é mais apropriado a Mallarmé do que a Rimbaud, já que o domicílio e a escrivaninha são ideais para a dúvida e têm a vantagem agregada de impedir que nos tornemos loucos, o que, bem observado, não é nada ruim, sobretudo se pensamos, como eu penso, que jamais uma dúvida nos enlouquecerá, sendo mais provável que uma certeza o faça, qualquer certeza, mesmo que uma tão simples como a que tenho agora de que esta primeira sessão das três que compõem esta conferência de três dias está apenas a um fragmento de chegar ao seu final. Passo agora ao fragmento sobre a ordem e a desordem nos escritórios, e por hoje termino.

36

Creio que transpus inconscientemente essa dicotomia entre Rimbaud e Mallarmé para *A assassina ilustrada*, onde inventei dois escritores diametralmente opostos. Um, Juan Herrera, era um escritor de certa categoria que se distinguira a vida inteira por ser um fanático da ordem, da ordem burguesa para ser mais exato. A respeito das arremetidas da desordem (os totalitarismos dos anos trinta) contra a ordem, havia escrito numerosas páginas. O outro se chamava

Vidal Escabia e era um escritor péssimo e a viva imagem da desordem. O primeiro era muito mais sedentário e o outro um nômade recalcitrante. Tinham, claro, escrivaninhas muito diferentes.

Herrera colocava na sua (tivera a mesma durante toda a vida, tanto em Paris como em Sète e em Trouville), segundo um esquema invariável: canetas, lápis, cinzeiro, lupa, abridor de cartas, dicionários, pastas, apostilas, copo de água mineral e caixinha com aspirinas, calmantes e vitaminas. Herrera – contrafigura de Thomas Mann, um escritor burguês a quem eu, como *situacionista*, desprezava – era supersticioso e costumava atribuir seus momentos de inspiração literária escassa à inexata disposição de algum de seus objetos sobre a mesa de trabalho. Vidal Escabia, diferentemente, nunca tivera escrivaninha (nem necessitava, porque outros escreviam para ele a maior parte de seus romances), era tremendamente distraído, esquecia em táxis os manuscritos de seus livros escritos por outros, escrevia (ou, melhor dizendo, simulava escrever) nas praias ou nos bares mais concorridos, uma esferográfica não lhe durava nem três dias seguidos, o único dicionário que tivera havia sido um de sinônimos com que o presentearam em Lima e que perdeu num prostíbulo (nunca se soube com que idéia o levara para lá), era um apaixonado promotor de qualquer idéia de caos e um entusiasta de sua própria desordem.

Creio que Vidal Escabia tinha muito de mim, pois no final das contas eu não tive escrivaninha até chegar a Paris e, além disto, havia passado a vida homenageando a desordem e escrevendo minhas bobagens nas praias ou nos bares concorridos, nunca em uma escrivaninha. Eu amava muito o caos e detestava a estabilidade *burguesa* e creio que me identificava com Escabia, por quem, apesar de ser um mau escritor, tinha muita simpatia; não direi que fosse meu modelo de escritor, porém sempre o preferiria, se confrontado a Thomas Mann, quer dizer, a Juan Herrera, o escritor insuportavelmente sério e sedentário, sempre dependente de que tudo tivesse uma ordem precisa.

Ironias do destino. Quando em *A assassina ilustrada* descrevi a ordenada disposição dos objetos na mesa de Juan Herrera, não podia nem imaginar que, com o tempo, ao longo de mais de um quarto de século, eu acabaria tendo em Barcelona sempre a mesma escrivaninha e zelaria até extremos patológicos e com superstições de todo tipo pela disposição de meus objetos sobre a mesa de trabalho, ou seja, que me converteria num escritor sedentário, um Thomas Mann qualquer.

Sou conferência ou romance? Thomas Mann ou Hemingway?

37

A ironia já existia na antiga Grécia, sem dúvida, vamos encontrá-la em Sócrates. *O banquete* de Platão é de fato o primeiro romance moderno. Na Idade Média, indubitavelmente, a ironia era vista como perigo ou era inconcebível, estava fora de lugar, quem resolvesse praticá-la podia acabar na fogueira. Nós a reencontramos em Cervantes, homem do Renascimento. A ironia se introduz no cerne do romance, em sua estrutura. E de lá aos nossos dias. "Se a realidade é um complô", diz Ricardo Piglia, "a ironia é um complô privado, uma conspiração contra esse complô." A ironia não é uma incorporação, faz parte dos mecanismos de representação do mundo, oferece um ângulo de sombra sobre esse mundo. A ironia, por outro lado, é uma figura retórica, desmente a linguagem. E, sem dúvida, eu não quero desmentir nada do que acabo de dizer sobre ela. Não é nada irônico tudo o que disse sobre a ironia. É que no fim das contas a arte é o único método de que dispomos para dizer certas verdades. E não vejo verdade maior que ironizar sobre nossa própria identidade, que é o que venho fazendo desde ontem, sempre com bom ânimo, nesta conferência.

38

Um dia estava sentado com Martine Simonet (a *plus belle pour aller danser*, a mais bela do bairro, meu amor platônico), Javier Grandes e Jeanne Boutade no terraço do Café de Flore (Sarduy chamava-o de Flora) e fazia um tempo que não falávamos, seriamente imersos na observação e no estudo das pessoas que nos rodeavam ou que passavam pela rua, quando de repente me ocorreu perguntar a Martine o que ela achava mais irresistível para rir às gargalhadas.

"Casca de banana", disse, "as pessoas que escorregam e quebram o nariz. Sou muito clássica."

Naqueles dias os clientes do Café de Flore se dividiam para mim em três partes: os escritores exilados, os escritores franceses e a multiforme e bem mais extravagante clientela alheia ao literário, porém não ao incomum. É possível que desde então não tenha voltado a ver reunidos em nenhum lugar do mundo tantos elementos excêntricos como havia ali.

"Valha o fácil tropo: o Flora tem sua fauna: titular, quase imóvel, afetada e constante", escreveu Sarduy por essa data. Lembro-me muito bem de alguns dos integrantes daquela extravagante e afetada fauna: o jovem louro, por exemplo, que só se sentava onde

Jean-Paul Sartre escreveu *A náusea*; a imitadora de Zsa-Zsa Gabor, que chegava, todos os dias ao entardecer, com seus sete cachorrinhos brancos; o jovem milionário maiorquino Tomás Moll e seu eterno secretário, trabalhando num livro que lhes resultou infinito; a pintora norte-americana Ruth Stevens, esquálida e escorbútica; Roland Barthes refugiando-se na leitura do *Le Monde* para não ser incomodado; o travesti gordo de todas as noites, exibido e negro; David Hockney, com o olhar falsamente ausente; a insuportável avó moscovita, desgrenhada e diabólica; Paloma Picasso e seu namorado argentino etc.

Eu passava horas ali no Flore com os amigos, rindo dos clientes do local e sobretudo das pessoas que víamos passar pela rua em frente ao café. É claro que, conforme onde estivesse situada minha mesa, havia dias em que, quando decidia deixá-la para voltar à água-furtada (que ficava a quatro passos dali), era capaz de dar uma volta inteira no quarteirão para não passar diante do terraço e ser eu mesmo a nova vítima dos comentários e das zombarias.

É claro que nem sempre foi assim, pois na realidade tardei muito em me atrever a entrar no Flore e ainda mais em aprender a rir das pessoas da rua e do interior do café. Com efeito, no dia em que fiz a pergunta a Martine, eu de certo modo estava há pouquíssimas horas integrado à fauna do Flore. Nesse dia eu estava consciente de que, tal como já suspeitara da primeira vez em que entrei no Flore, na realidade não havia me exilado na França nem em Paris, mas num bairro de Paris, o Quartier Latin, e muito especialmente num café do bairro, o Flore.

Logo no dia em que fui pela primeira vez ao Flore suspeitei que entrar nele significava pedir asilo literário ao café, passar a fazer parte de uma cadeia de gerações de escritores que se exilaram *ali*, exatamente ali. Eu naquele primeiro dia senti que ingressar no Flore significava abraçar uma ordem de escritores *deslocados*, aceitar algo semelhante à delegação de uma continuidade. O Flore parecia conter todos os idiomas e todos os cafés literários do mundo. "Exilar-se no Quartier Latin", ouvira Sarduy dizer, "é como pertencer a um clã, integrar-se a um brasão, ficar marcado por essa heráldica do álcool, de ausência e de silêncio, na qual gerações de escritores e poetas vão se sucedendo." Iludia-me essa responsabilidade de abraçar a ordem dos que são sempre estrangeiros, mas ao mesmo tempo temia não estar à altura, não chegar a ser digno dos escritores que haviam me antecedido, pois era já consciente de que tinha de escrever como eles, ou até melhor, e que para semelhante projeto minha escritura tinha de ir adquirindo consistência e textura. Como faria? Achava difícil. Estava tudo por fazer. Conseguiria ser digno daquela tradição de escritura do café e do exílio? Sobressaltado por tudo isso, nos dias seguintes cheguei a imaginar que a tradição apátrida do Flore me falava, e até acreditei ouvir algumas das lúcidas e também trágicas vozes que me precederam, vozes que pareciam compor um coro chamado Exílio. É a sua vez, ouvia me dizerem.

Minha vez? Durante um longo período acordei suado no meio da noite, tombado ali no horrível colchão da água-furtada, vendo ainda as paredes e as mesas do Flore que tinham se somado ao meu sonho. E recordo perfeitamente que, embora já tivesse despertado, continuava ouvindo essas vozes do coro. O coro dos deslocados. O Exílio, em definitivo.

Agora cabe a você, dizia-me o Exílio. E, secando o suor, eu pensava que Marguerite deveria ter acrescentado a seção *responsabilidade* em sua apostila de instruções.

39

É recomendável ir embora de Paris? Não, não creio que seja muito. Para a mulher que acompanha o intrépido Harry em *As neves do Kilimanjaro* não é nada. Referindo-se à perigosa África na qual penetraram, ela diz a Harry num momento do relato de Hemingway: "Quisera não ter vindo a este lugar, em Paris não teria acontecido nada disso, poderíamos ter ficado lá". Essa mulher, ainda que apenas por seu caráter leviano e porque não lhe agradava nada sair de Paris, me lembrava às vezes Kikí, a única pessoa deste mundo que sei com certeza que quis me assassinar.

As neves do Kilimanjaro é um relato no qual Hemingway nos conta, de forma elíptica, que já vira as orelhas do lobo, que vê um presságio de morte nos cumes nevados dessa orgulhosa montanha, "cujo cimo oeste é chamado pelos masai de *A casa de Deus*". Hemingway estava convencido de que as neves do Kilimanjaro, que identificava com a morte, eram definitivas, perpétuas. Nós também estivemos convencidos disso até há bem pouco. Em meio a um mundo acelerado em que tudo se transforma, era confortável saber que a morte, como a neve sobre o cume do Kilimanjaro, estaria lá sempre intocável, deliciosamente fria e estável. Sem dúvida, toda essa serena segurança na eternidade da neve desses cumes africanos se desfez há pouco tempo quando soubemos que dentro de vinte anos já não haverá nem rastro delas no Kilimanjaro. Trata-se de uma notícia do século XXI equiparável a outra do XIX, parecida com aquela sobre a morte de Deus que em seu momento difundiu Nietzsche.

Dentro de vinte anos morrerão as neves eternas do Kilimanjaro. Pergunto-me o que teria dito Hemingway se pudesse se inteirar disso que agora sabemos, quero dizer, de que depois de Deus será a

Morte quem morrerá. Lembro de Hemingway com sua mulher fotografando na África, com o majestoso Kilimanjaro ao fundo, sua mulher Mary mirando a câmera com uma escopeta. E lembro dele também em outra fotografia africana, junto do grande aventureiro Philip Percival, cuja valentia ele tanto admirava.

"Harry olhou, e tudo o que pôde ver foi o cimo quadrado do Kilimanjaro, amplo como o mundo; gigantesco, alto e incrivelmente branco debaixo do sol. Então soube que era para lá que iria." Havia em Hemingway uma maneira muito valente e digna de ir em direção à morte, em direção aos cumes nevados. É evidente, contudo, que, no caso de que dentro de vinte anos lhe fosse possível voltar ao mundo, se tornaria impossível voltar a escrever isso de "então soube que era para lá que iria", pois nestes tempos o espaço que deu título ao seu relato, esse lugar de silêncio e imponente clima de altitude ("lá que iria"), ao encontrar-se sem suas neves perpétuas, não será o mesmo lugar, não será a Morte.

Dentro de vinte anos, teremos de ir a Paris em busca de algo mais eterno, dar assim razão a essa mulher do relato de Hemingway que dizia que não era recomendável deixar a cidade. Parece-me que ela, apesar de seu caráter leviano, soube intuir muito bem que Paris, diferentemente das sentenciadas neves do Kilimanjaro, será sempre imortal, nunca terá fim. Por que será que é verdade, senhoras e senhores, que Paris nunca terá fim?

40

Deve ter sido em setembro de 1974, estávamos no Café Blaise, no alto da Torre Eiffel, e prontamente a realidade deixou de ser para mim o que era e ao olhar para a cidade vi somente uma encruzilhada de quatro caminhos, um dos quais levava com toda a clareza aos cumes do Kilimanjaro. Meu absoluto assombro ao ver isso e minha fulminante despedida de uma realidade que até então me parecera única e imutável se encontram entre as recordações mais memoráveis daquele dia em que, acompanhado e guiado por Kikí, tomei meu primeiro ácido, meu primeiro LSD.

Pouco depois de notar os primeiros efeitos da pílula, comecei a ter a sensação – sempre com dúvidas, porém crescendo de segundo em segundo – de que talvez fosse imortal, e acabei tendo-a já com toda a força quando de repente me chegou a quase inequívoca impressão de que eu estava *um pouco mais do que vivo* e que se naquele momento ocorresse a alguém, por exemplo, disparar em meu coração, não conseguiria me matar, não conseguiria ao menos naquele momento, pois eu notava em meu corpo uma energia infinita e de incontrolável potência.

Com minhas dúvidas – cada vez menores – sobre se era ou não imortal, comecei a me perguntar o que poderia acontecer se me lançasse do Café Blaise no vazio. Estava tão *passado* de LSD que era bem capaz de fazê-lo. Olhei para Kikí e ela parecia distraída observando os movimentos de alguns meninos que brincavam com globos no terraço. "Gostaria agora", eu lhe disse, "de me jogar no vazio e cair em pé, são e salvo, no asfalto. Acredita que com a força do ácido sou capaz de uma pirueta assim? O que você acha que me aconteceria se fizesse isso, acha que me mataria?"

Kikí era apaixonada pela filosofia hindu e adorava o músico Ravi Shankar e tinha Katmandu no centro de seu atormentado mundo hippie e com freqüência me falava de encruzilhadas de caminhos com montanhas nevadas ao fundo, encruzilhadas de diferentes *caminhos espirituais da vida* nos quais a sabedoria budista ajudava a escolher o único verdadeiro. Kikí era uma jovenzinha obstinada e leviana pela qual estive perdidamente apaixonado até aquele dia da Torre Eiffel em que comecei por sorte a dispor de algumas primeiras notícias sobre a existência da ironia, que é uma atividade que acredito que às vezes desenvolve uma prudência egoísta que afortunadamente nos imuniza contra a exaltação sentimental. Graças à ironia – que nos permite eludir as desilusões pela simples razão de se negar a iludir-se – já não me iludo hoje em dia com nenhuma Kikí – hoje em dia, por certo, mãe de família em Reims, além de senhora obesa e alcoolizada, nada budista –, já não me iludo e faz tempo que meu lema é uma frase cervantina que aplicada, por exemplo, à hoje gorda Kikí, deixa qualquer um apaixonado pela ironia: "Não há carga mais pesada que a mulher leviana".

"Não se mataria, não morreria, só iria embora para longe de Paris, mas não se mataria", me respondeu naquele dia Kikí num tom hipnotizador, muito persuasivo. "Ah, não?", lhe disse, estranhando um pouco. E ela: "Não morrerá se com o devido karma se concentrar bem na queda, compreende? Deve ir freando mentalmente no ar durante sua descida. Trabalhando assim, até pode ser que chegue inclusive a cair de pé, veja só". "E não cairei de pé no solo de Paris?", perguntei. "Cairá de pé, mas não será em Paris", respondeu.

Estava apaixonado por ela. Dera até então tanta importância às instruções que me passara sobre como me comportar sob os efeitos do LSD, que quase me jogo confiantemente do alto da Torre Eiffel no vazio. Alguma coisa, contudo, no último momento, impediu que acreditasse que podia mentalmente frear meu corpo na queda. E essa coisa, além da oportuna intervenção de minha inteligência natural, foi a descoberta de que Kikí era monstruosa, pois, sabendo como sabia que o ácido abre brechas perigosas em nossa mente, tentava sem disfarces fazer com que eu me matasse. Vi que ela não somente não gostava de mim, como com suas palavras buscava se desfazer de mim, talvez porque quisesse ficar com o pouquíssimo dinheiro que eu tinha na água-furtada, ou talvez simplesmente porque eu, tal como ultimamente vinha suspeitando, lhe parecesse odioso. Por sorte, a ironia acudiu no último momento em meu auxílio e desenvolveu em mim uma prudência egoísta que me imunizou contra a voz assassina e persuasiva da terrível Kikí.

"Não entendo por que ir embora de Paris lhe parece recomendável", eu lhe disse. "O quê?", perguntou algo surpreendida, como se não esperasse que eu ainda estivesse ali, talvez acreditasse que já estava morto. "Nada", eu disse, "só quero que saiba que a eternidade não é muito mais longa que a vida." Dei meia-volta e caí fora, deixei o Blaise e a deixei, deixei-a para sempre, o que é força de expressão, porque na realidade a inescrupulosa Kikí me deixara já fazia meses. Desci pelo elevador da Torre Eiffel e pouco depois, já na rua, na encruzilhada dos quatro caminhos, me internei numa rota que ia mais além inclusive da realidade que viera suprir a realidade que deixara de ser o que era, e fui, no ritmo do ácido, até outra realidade onde tempo e espaço não existiam: fui, para dizê-lo de algum modo, além das neves perpétuas do Kilimanjaro; fui ao país onde as coisas não têm nome e onde não há deuses, não há homens, não há mundo, somente o abismo das profundezas.

Muitas horas depois, já na água-furtada e tendo passado bastante o efeito da droga, estava eu olhando distraidamente o teto quando de repente senti um calafrio de terror, como se nesse preciso instante houvesse voltado à normalidade e à realidade. E me dei conta da gravidade do que acontecera.

"Caramba", disse assustado, "não é todos os dias que tentam nos assassinar."

41

Ainda que escrevendo sobre uma assassina ilustrada tivesse me encontrado com uma assassina de verdade, evitei dar à narradora de meu romance o olhar da miserável Kikí. Curiosamente, alguns dias depois, quase por puro acaso, durante uma festa na casa de Marguerite, cruzou em meu caminho o olhar extremamente perturbador de uma garota que me pareceu o olhar ideal para minha mulher fatal, a assassina.

Todos caímos alguma vez no clichê e no mau gosto de dizer da noite anterior que foi "uma noitada inesquecível". Ao final da vida, porém, apenas aqueles que não viveram noitadas inesquecíveis são, como diria Pessoa, ridículos. Creio estar a salvo do ridículo porque posso recordar ao menos uma noitada inesquecível. Uma noite na casa de Marguerite Duras. Uma reunião animada, com muitos convidados; eu me sentia dentro de um filme, como se estivesse no salão da casa do vice-cônsul da França em Calcutá, pois a música que soava no toca-discos era a composta por Carlos d'Alessio para a trilha sonora de *India Song*.

Entre os convidados, uma jovem atriz, com um rosto de uma beleza absoluta, uma atriz ainda não famosa, mas que não tardaria a sê-lo, uma garota chamada Isabelle Adjani. Acabara de rodar com Truffaut *L'Histoire d'Adèle H.*, mas o filme ainda não estreara e naquele dia ainda não era uma atriz famosa. Pensei que podia chegar a gostar dela mais que de meu amor platônico, mais que da própria Martine Simonet. Mas não me atrevi a dirigir-lhe a palavra ao longo de toda a noitada. Com efeito, conversei em toda a reunião, deliciado por sua grande animação, apenas com Dyonis Mascolo, Edgar Morin (que cantou várias canções de Joan Manuel Serrat) e Duras. Passei toda a noitada esperando ingenuamente que Adjani se apaixonasse por mim. E somente ao final da reunião, visto que isso não havia sucedido, recorri ao álcool para atrever-me a dizer algo; bebi três copos de conhaque seguidos e finalmente, aproveitando um hiato na conversação geral, disse que se eu fosse diretor de cinema contrataria Isabelle imediatamente. Disse isso como quem escreve uma carta de amor, uma carta de amor ridícula. Depois do grande esforço que isso representou para mim, fiquei completamente esgotado no sofá. O ventilador grudado no teto girava, mas com uma lentidão de pesadelo. Todos me olharam e riram pensando que tivesse falado ironicamente, pois todos, menos eu, sabiam que ela acabara de rodar com Truffaut. Embora não soubesse por que, achei que minha breve intervenção havia sido muito feliz e então, com a ajuda do quarto conhaque, me atrevi a olhar diretamente para os olhos de Adjani, tratei de olhá-los com a maior fixidez e profundidade possíveis.

Nesse momento, uma inoportuna mosca pousou em meu olho esquerdo e, tendo que afastá-la com um tabefe, deixei de olhar para Adjani. Enfastiado, disse para mim mesmo que as moscas andavam sempre metendo o nariz onde não eram chamadas. Quando voltei à minha atividade anterior, quando regressei ao meu olhar fixo e profundo, descobri que Adjani estava me lançando naquele preciso instante um olhar tão gelado como aterrorizante. Fiquei imprestável para o resto daquela inesquecível noitada, pois percebi com toda a clareza e horror que se aqueles olhos pudessem matar não deixariam vivo nem mesmo o ponto do teatro. Mas não há mal que não venha para bem. Dei-me conta de que, em compensação, encontrara a mulher fatal de meu livro. Agora já sabia exatamente como olhava minha *assassina ilustrada*.

"Obrigada por ser tão galante", disse Adjani com ironia. E todos riram muito, como se achassem graça porque o ventilador do teto tivesse aumentado sua lentidão de pesadelo.

42

Entre as contribuições da droga à construção de *A assassina ilustrada* três se destacam acima do resto: 1) Grandes interrogações a respeito de a realidade visual aceita pelo sentido comum ter algo a ver com a verdadeira realidade. 2) Descoberta de meu gosto pela simulação e o travestismo. Daquele dia perigoso no Café Blaise, dificilmente esquecerei que, após o incidente com Kikí, fui caminhando rumo à minha *chambre*, e uma vez ali, muitas horas antes de voltar à normalidade e à realidade, dei-me conta de que me sentia muito mal com meu corpo e também com minha burguesa e comportada forma de vestir e deu vontade de mudar freneticamente de roupa e buscar uma presença diante do espelho distinta da habitual, e acabei vestido como um Hemingway em versão feminina, quero dizer, me travesti de menino com cachos louros de menina, tal como a mãe de Hemingway o travestia quando era pequeno, quando punha nele um macaquinho rosa com chapéu florido, o que diga-se de passagem me levou sempre a pensar que toda a carreira viril-literária de Ernest pode ser lida como uma reação extrema à imagem de menino afeminado da mamãe. 3) Descoberta da fragilidade de minha incipiente escritura, atribuível sobretudo à minha escassa experiência de leitor, o que me levou a decidir que, já que só podia me alimentar de material literário (tinha poucas experiências como leitor), me nutriria das lições visuais, cinematográficas, que a droga me proporcionava.

Oh, claro! Como esta conferência de três dias é uma revisão irônica de meus anos de juventude em Paris, seria muito fácil agora rir do material *não*-literário de que *A assassina ilustrada* começou a nutrir-se naquele dia. Portanto, um narrador que alcançou a experiência de escrever depois de bagunçar os livros da biblioteca familiar parece muito mais respeitável do que alguém que começou a construir seu edifício literário após uma experiência com LSD. Parece parca a nobreza de minha poética inicial se, como eu mesmo estou dizendo, esta se viu alimentada basicamente por uma droga que simplesmente me ampliou o campo visual do perceptível. E, sem dúvida, não estou seguro agora de que deva censurar nada, muito pelo contrário. Porque se é certo que depois li bastante e minha cultura literária se fortaleceu, o LSD, com sua abertura de meu campo visual, não foi em seu momento uma desprezível fonte de inspiração. E mais, algumas daquelas percepções de uma realidade distinta perduram com firmeza e, carregadas ainda hoje de uma energia muito notável, são a causa de que me façam rir, por exemplo, os escritores realistas que duplicam a realidade empobrecendo-a.

43

Alguns dias depois daquela festa com Isabelle Adjani na casa de Duras, eu estava sentado tranqüilamente no Flore esperando Jeanne Boutade quando meu vizinho de mesa, um jovem que disse se chamar Yves, de repente começou a falar comigo, com um discurso um tanto acelerado a princípio, mas que logo adquiriu um ritmo lento e lúcido. Passou de perguntar se eu apreciava os *croque-monsieur* – quase não escutou minha atenta resposta – a falar do bairro, de Saint-Germain-des-Prés. Viveu a vida toda ali, disse. Gostava muito da rue Mazarine, onde nascera. Quando era muito pequeno, Saint-Germain ainda era um bairro de província. Detive-me a olhá-lo: um sorriso doce sob cabelos eriçados e olhos míopes ou assustados detrás de óculos redondos. Eu lhe agradava, isso parecia totalmente evidente. Confiei em Jeanne Boutade e disse a mim mesmo que tomara que ela fosse pontual e me desse uma mão e me ajudasse a escapar, sem ofender Yves, daquele pequeno equívoco.

Em dois minutos tocamos em sete ou oito temas distintos e não sei como fomos parar no Maio de 68. Alguns anos se passaram depois daqueles acontecimentos, disse, mas dava a impressão de que uma eternidade já havia transcorrido. Pareceu-me que tinha razão nisso. Desde que chegara a Paris eu mal pensara se é que havia pensado que estava na cidade onde, alguns poucos anos antes, tiveram lugar aqueles fatos que, segundo pude ler, haviam convulsionado o Ocidente. Salvo engano, ninguém falava de Maio de 68 entre as pessoas que eu freqüentava. E a mim, por outra parte, aquela revolução infantil me importava muito pouco, sentia apenas certa curiosidade em saber o que tinha acontecido.

"Não aconteceu nada", disse subitamente Yves. "Nada?", perguntei. "Não, nada. De tudo aquilo resta somente a recordação de uma emoção imensa num amanhecer que pensávamos que iria mudar o mundo", disse. "Que tipo de emoção?", perguntei sinceramente interessado. "Estávamos nas barricadas e ninguém tinha sono e parecia que Paris despertava de anos de uma vida chata e cretinice. Tivemos um momento de inspiração coletiva, muito emocionante, nos pusemos a cantar Jacques Dutronc e aquilo se parecia muito com a Revolução: *Il est cinq heures, Paris s'éveille...*"

"E isso foi tudo?", lhe perguntei. Ficou pensativo, muito concentrado em si mesmo. Nesse momento, como tantas outras noites naquela mesma hora, entrou Roland Barthes no Flore e deu uma rápida olhada na fauna local. A dois passos dele, e até parecia que era sua acompanhante, entrou Jeanne Boutade, que se deu conta muito rápido de minha embaraçosa situação com meu vizinho de mesa e, pegando-me pela mão, começou a dizer que tínhamos pouco tempo para ir à festa que dava Copi numa casa do bairro de la Bastille. Eu me levantei e enviei ao pensativo e muito concentrado Yves um sinal para que compreendesse que estava indo embora.

"A Revolução", disse ele então, melancólico, "me lembra a definição da vida que nos dizia sempre um amigo de minha família, o doutor Gottfried Benn. A vida, nos dizia esse doutor, dura vinte e quatro horas e foi no máximo uma congestão."

44

Chovia e o vento era muito forte, e nessa mistura violenta o ar de Nova York parecia um espelho destroçado. Eu andava com

Sonia Orwell pela Park Avenue, próximo do edifício onde dormira Kruschev nos dias em que fora à ONU e em plena assembléia-geral, possivelmente carregado de humor e de vodca, bater na mesa com seu próprio sapato. Seguíamos, Sonia Orwell e eu, caminhando devagar como se fizesse um dia cálido e sereno com o céu azul-turquesa e as duras ruas escorregadias fossem longas praias caribenhas com reflexos de pérola.

Eu, fora daquele sonho, vira Sonia Orwell antes na vida real somente uma vez, uma manhã em Paris em que, ao descer da água-furtada e passar pelo terceiro andar, observei que a porta da casa de Duras estava entreaberta e pensei que detrás se encontrava minha senhoria, disposta a me pedir pela enésima vez os aluguéis que lhe devia.

Algo aterrorizado, passei nas pontas dos pés rente ao corrimão, mas a porta se abriu de repente então e vi uma mulher madura de notável beleza, que estava varrendo o vestíbulo com grande alegria e que me olhou. "Marguerite está?", perguntei sobressaltado; perguntei isso porque pensei que devia dizer algo, "Não, saiu", respondeu. "Voltará logo?" Ela parou pensativa, sorridente, parecia que me conhecia bastante, que sabia muito bem quem eu era e até que sabia – como se tratasse de um Grande Irmão – a quantidade exata de dinheiro que devia a Marguerite. "Olhe", disse logo, enquanto começava a varrer o patamar e a escada, "ninguém vai muito longe quando conhece a felicidade de voltar a entrar em sua própria casa." Logicamente confuso, perguntando a mim mesmo se aquela senhora estava me sugerindo que regressasse à minha água-furtada, decidi continuar o quanto antes meu caminho, minha habitual descida fulgurante pela escadaria. Logo mais, à noite, Adolfo Arrieta disse que a mulher era Sonia Orwell, que se hospedava por aqueles dias na casa de Duras. Pensei que algum dia contaria aos meus netos que vi a mulher de George Orwell varrendo uma escada.

Não tenho filhos, não terei netos. Em vez de netos, tenho vocês. Não quero que agora pensem que sou somente o homem que viu a mulher de Orwell varrendo uma escada. Fiquem com o sonho de Nova York, é mais poético.

45

Alguns poucos dias antes de eu nascer, no mês de março de 1948, Hemingway, que estava se aproximando de seu qüinquagésimo aniversário e se encontrava em plena crise criativa, se apaixonou em Veneza por uma jovem de dezoito anos, Adriana Ivancich. "Aquele amor apenas imaginário", ela me disse quando a entrevistei no ano passado em sua casa.

Cinqüenta anos não são nada, pensava Hemingway à medida que se aproximava o inquietante aniversário. Por aqueles dias, tinha a impressão de que como escritor já estava acabado, mas ao mesmo tempo relutava em aceitá-lo. Talvez Cuba tivesse a culpa, viver naquela ilha. Foi pela necessidade de estimular sua imaginação criativa e colocá-la em ação que deixou seus galos de briga e seus daiquiris no bar Floridita de Havana e voltou à Europa, ao centro do mundo da arte.

Veneza se converteu para Hemingway em sua nova amante. Ele e sua quarta esposa, Mary, se estabeleceram felizes no inverno veneziano da ilha de Torcello e mais tarde em Cortina. Caçou patos e perdizes, tentou escrever. "Necessitava, embora não soubesse, da centelha rejuvenescedora de uma relação com uma filha temporária, uma relação outonal caduca, minimamente colorida pelo erótico, penosamente deliciosa", escreveu Anthony Burgess.

O que terá Veneza para ser o lugar ideal para alguém se apaixonar? Encontrou essa filha temporária em uma jovem de dezoito anos chamada Adriana Ivancich, de voz suave, católica, feminina com uma feminilidade que estava desaparecendo rapidamente da América. Ele julgava sua atitude diante dela como paternal, mas converteu-a em heroína de um romance, *Do outro lado do rio e entre as árvores*, um romance péssimo, há que se dizer, com um argumento óbvio: a história de um velho soldado que sabe que vai morrer. Morre em Veneza. O desenho da capa – não muito feliz – foi feito por Adriana. Quando fui vê-la no ano passado, me explicou que queimou todas as cartas de Hemingway porque estava apaixonada por um rapaz, a quem parecia um escândalo que tivesse mantido qualquer tipo de relação com o velho escritor. "Um jovem *innamorato*, me disse, que ameaçou não se casar se eu não queimasse as cartas. Quantas vezes lamentei tê-las destruído! Para o cúmulo, saiba, o rapaz acabou não se casando comigo."

Dois anos depois do fracasso do romance sobre o velho soldado que morria em Veneza, Adriana fez também o desenho – nada excepcional – da capa de *O velho e o mar*, e desta vez a jovem italiana trouxe mais sorte a Hemingway, pois o romance o fez ressuscitar internacionalmente como escritor e contribuiu para que lhe dessem o Nobel. Mary, a quarta e última esposa de Hemingway, tolerou sempre as aventuras amorosas de seu marido porque se deu conta de que ele necessitava de uma musa jovem para seguir adiante. Ganhou o Nobel, mas voltou a se sentir acabado. Quando ficava sozinho e pensava na vida e na literatura, sabia que estava acabado, na vida e nos romances, e no romance de sua vida, talvez porque Veneza ficara para trás. Começou a sofrer uma degeneração física e nervosa generalizada. Em 1960 se pôs a trabalhar num livro intitulado *Paris é uma festa.* Isolou-se numa casa muito sombria, em uma casa espantosa que tinha em Ketchum, Idaho. Via-se que era uma casa para morrer.

Quando, depois de seu suicídio, foi publicado *Paris é uma festa,* o livro emergiu como uma espécie de autobiografia dos anos de boemia e de aprendizagem literária. De Paris, nesse livro ele diz – e agora isto, diferentemente do final abrupto de sua vida, nos parece irônico – que não tem fim e que "a recordação de cada pessoa que lá viveu é distinta da recordação de qualquer outra. Sempre voltamos, estivéssemos onde estivéssemos, e sem nos importar com o quão trabalhoso ou fácil fosse chegar lá. Paris sempre valia a pena, e sempre recebíamos algo em troca do que lá deixávamos. Eu falei de Paris como era nos primeiros tempos, quando éramos muito pobres e muito felizes".

Burgess opina que a prosa desse livro é Hemingway no seu estado mais puro, prosa simples e muito evocativa, aceitando a vida, mas, como sempre em sua obra, matizando-a de melancolia. É uma prosa que fala sempre da fortaleza estóica na adversidade. Ainda que essa fortaleza acabasse quebrada por um disparo na testa, sua melodia melancólica é juvenil. E seu livro sobre Paris entra como um vento tempestuoso nas mentes de todos os homens e mulheres jovens que começam a escrever. É um livro para futuros escritores.

"*Brutto* disparo!", me disse Adriana Ivancich no ano passado, quando fui vê-la, "queria poder ter feito algo por ele, mas a distância e a indecisão me impediram, sabe? E pensar que aquele jovem pretendente, o *innamorato,* não se casou comigo, que grande imbecil!"

Não sabendo como dar um final à visita a Adriana – aquela conversa com ela parecia Paris, que não tem fim, e eu sentia que devia cair fora antes que fosse tarde demais –, disse-lhe que não sabia se ela já pensara nisso alguma vez, mas até mesmo o pior Hemingway nos lembra que, para nos comprometermos com a literatura, primeiro temos de nos comprometer com a vida. Pensei que isso podia fazê-la chorar mas, para dizer a verdade, não chorou, entre outros motivos porque nada compreendeu das minhas palavras. Decidi ir embora dali o quanto antes. E foi então que ela disse algo com a intenção de que eu chorasse. "Já sou tão velha quanto meu pai, que está morto." Decidi não retardar mais minha partida. Beijei cerimoniosamente sua mão e parti. Lembrei uma frase que ouvira minha mãe dizer muitas vezes: "Há que saber nadar só o bastante para se abster de salvar os outros".

46

Não estava preparado para o fracasso ou, melhor dizendo, sabia que quando o fracasso chegasse não poderia resistir. Talvez por isso fazia todo o possível para não terminar *A assassina ilustrada* e assim prorrogar a chegada da hora do começo do fim, a hora do previsível desastre. Ainda que escrevesse, tinha medo de escrever (sobretudo de terminar meu livro), suspeitava que isso me conduzisse diretamente ao fracasso. E, por outro lado, embora fizesse sexo com mulheres, em geral tinha medo de fazê-lo, medo de que me achassem sexualmente tímido, decepcionante. Tinha, pois, medo de escrever e medo das mulheres. A ironia poderia ter me ajudado, mas, como não a conhecia, ela não podia fazer nada por mim. A ironia teria sido como pérolas para desdramatizar tudo e rir de mim mesmo, baixar a intensidade do medo da escrita e das mulheres, estou certo de que a ironia me teria feito ganhar segurança. Mas não a conhecia ainda. Sem dúvida, me deram uma mão inesperada algumas amigas travestis, que souberam me orientar rumo ao conhecimento da ironia e além do mais conseguiram que diminuísse em mim o medo das mulheres.

Meu funcionamento mental um tanto estropiado daqueles dias, lembro-me bem: consistia em estar convencido de que, por mais incrível que parecesse, existiam no mundo seres ainda mais frágeis que minha débil pessoa, existiam algumas pessoas que necessitavam que eu lhes prestasse atenção e ajuda, e essas pessoas eram nada menos que os travestis do bairro. Assim, tão simples e tão curioso. Isso fez com que me aproximasse deles, sobretudo de Marie-France, Vicky Vaporú, Amapola e Jeanne Boutade. Não as esquecerei nunca, me ajudaram muito sem sabê-lo. Esse sentimento ruim porém útil de crer-me necessário para elas – miséria moral da juventude – acabou me dando segurança em mim mesmo. Visitava meus amigos travestis em suas casas e, se tinham algum problema, lhes aconselhava sobre o que deviam fazer, e em troca elas também me aconselhavam, e me ajudaram a dar um passo adiante, a tratar com menos medo as mulheres. Afinal, eles presumiam ser mais mulheres do que as mulheres.

Durante alguns meses – o tempo que durou a filmagem de *Tam-Tam*, o filme *underground* de Adolfo Arrieta, o filme com mais travestis por metro quadrado de toda a história do cinema –, grande parte de minhas relações foram com travestis. Por outro lado, a rodagem desse filme contribuiu para me dar não somente mais confiança nas mulheres, mas também em minha escrita, pois a estética de Arrieta me facilitava dia após dia todo tipo de felizes descobertas, uma animada matéria-prima cinematográfica que acabou se revelando útil para a criação de meu universo literário, para a criação de *A assassina ilustrada*: os jogos de espelhos, as mudanças de aparência (aplicadas inclusive ao próprio texto), a erótica do transformismo e, sobretudo, a prosa poética vista como uma festa. Na realidade, todo o filme de Arrieta era uma festa. Iniciava-se com algumas cenas em Nova York nas quais a câmera do mítico cineasta Jonas Mekas servia de suporte para um pequeno *journal* de um jovem escritor (Javier Grandes) que era esperado em Paris para uma festa. O tempo que esta durava era o tempo do filme. *Tam-Tam* era a história de uma festa contínua, sem limites, que se desenvolvia sem interrupção de Nova York a Paris passando pelo sul da Espanha (Marbella), e em um apartamento, que era todos os apartamentos: essa casa de Paris na qual esperavam Grandes que, por estar em Nova York, não aparecia, mas tinha o cuidado de mandar seu irmão gêmeo.

Quando estreou, o filme foi visto, talvez algo precipitadamente, como uma reportagem de *cinéma-verité* sobre o mundo da nova geração de artistas boêmios de Saint-Germain-des-Prés. "Os espectadores e também os críticos", declarou Arrieta, "crêem que no filme tudo é verdade e dizem que é um filme esnobe. Sem dúvida, essas damas tão chiques que passeiam entre jovens milionários são com freqüência travestis que depois de filmar comigo vão trabalhar no show do cabaré Carrousel."

Na realidade, o que fazia Arrieta era cinema *punk* à francesa e com seu aparente excesso de realismo adiantou-se muitos anos ao seu compatriota Almodóvar, por exemplo. "Excesso de realismo. Existe no travesti um suplemento de feminilidade (as mulheres os imitam), mas Arrieta os dirige como simples atrizes, sem insistir no simulacro cosmético nem no exagero fácil da situação", escreveu Severo Sarduy sobre o filme.

O núcleo central, o núcleo parisiense festivo, foi rodado em várias casas de Paris que simulavam ser uma só, de modo que a rodagem de *Tam-Tam* foi, de certa maneira, uma grandessíssima festa móvel e o filme poderia ter levado perfeitamente o título original inglês do livro de Hemingway sobre suas recordações de Paris, *A Moveable Feast*. Nesse filme nem sequer a trama ligeira era o que aparentava ser. Participar como ator me ajudou a perder parte de meu medo da escrita e das mulheres, e com isso foi diminuindo em mim o terror do fracasso; digamos que meu temor do fracasso naqueles aspectos que me pareciam mais importantes da vida foi diminuindo a intensidade de meu medo do fracasso total. Ainda que o fracasso estivesse *ali*, não adiantava me enganar, eu sabia que cedo ou tarde chegaria. Na realidade, bastava terminar o romance.

47

A lembrança do boêmio Bouvier emerge agora nitidamente de meu obscuro passado de aprendiz de amante e de escritor principiante. É uma clara manhã de sol, certamente um dia de março de 1974, não faz muito que cheguei à cidade, faz frio, Barthes ainda não foi à China. Sinto vontade de sair para passear, ponho minha gabardina e o cachecol xadrez e desço de três em três os degraus da escadaria do prédio e estou na rua e ali dou de frente com um ancião de nobre figura e barba branca. "Uma névoa desceu sobre mim", me disse o velho. Penso que com certeza está louco, e ele parece que lê meu pensamento: "Não estou louco, sou um antigo morador deste prédio, isto é tudo. Há muitos anos morei lá em cima", aponta mais ou menos para onde eu moro, "e aí estagnei como artista." Tento deixá-lo para trás, mas ele me segue. "Apresento-me", disse, "sou o boêmio Bouvier, lá em cima tentei ser artista mas não consegui." Olha-me como que se apiedando de mim, como se soubesse que moro lá no alto, onde ele foi infeliz. "Lá no alto estagnei", repete. "Está bem, agora já sei", digo-lhe, e de novo tento me safar dele. "Quero lhe dizer que este prédio tem uma onda estranha, uma vibração rara, qualquer um funde os fusíveis nele, aqui se fracassa, eu acabei sendo o boêmio Bouvier por culpa desta casa", me disse. Com o tempo, retenho sobretudo a frase de que é um lugar onde se fundem os fusíveis, e que acabou sendo premonitória do que iria ocorrer. Ainda que, quando ele a disse, pensei que era algo que não me afetava, eram somente as palavras de um louco. Muitas vezes, porém, os loucos anunciam o que vai acontecer.

48

Fui um domingo até Neauphle-le-Château, convidado por Duras para sua casa de campo, e lembro que depois do almoço e uma hora antes de que me contasse o argumento de *L'après-midi de Monsieur Andesmas*, subimos ao sótão do terceiro andar onde, espalhadas no chão, estavam as traduções de seus livros, que estavam sobrando e não sabia a quem dar, tampouco desejava jogá-las no lixo, não havia encontrado melhor lugar para elas do que aquele sótão. Marguerite começou a me presentear com as traduções para o espanhol e a perguntar minha opinião sobre Carlos Barral, seu editor de Barcelona. Eu nada sabia de Barral, de modo que me limitei a resistir aos embates da pergunta, uma e outra vez repetida, lá em cima no sótão, onde me ocorreu imaginar que ali num baú eu encontraria, manchado de umidade, o manuscrito de *A assassina ilustrada*, já felizmente terminado e traduzido para alguns idiomas, escrito na realidade por Duras mas assinado por mim (uma forma a mais de tentar vencer o medo de publicar), o que, ao aparecer o livro, me daria uma certa fama ao converter-se num *succés d'estime*.

Esse pretensioso sonho no qual se mesclavam a preguiça, o terror e certa idéia de sucesso não podia ser mais miserável – é, sem dúvida, desejar que alguém escreva seu livro por você –, porém curiosamente, apesar de seu caráter detestável, o sonho teve a virtude de me levar a uma séria reflexão quando repentinamente temi que as manchas de umidade do manuscrito do baú pudessem apagar as palavras que haviam de me conduzir ao sucesso. De repente, graças a crer literalmente nessas manchas e nesse sonho e, portanto, em minha imaginação, me pus a refletir – atividade que não costumava praticar muito naqueles tempos – e lembro como se fosse hoje que, descendo as escadarias centrais da casa de Neauphle, em marcado contraste com o picaresco sonho do sótão e como surgindo precisamente desse imenso contraste, acreditei advertir em sua mais ampla dimensão o poder das palavras escritas, e isso me levou, por um intrincado atalho, a intuir a importância delas como meio de adquirir certa distância do que chamavam realidade, que era algo – como sempre foi para tantas e tantas pessoas jovens – muito decepcionante. Acreditei advertir de repente, descendo aquelas escadarias, essa necessidade que tinha das palavras e também de que elas pudessem ser úteis para me distanciar do mundo real. Seguramente comecei a me tornar de fato um escritor naquelas escadarias. Mas, como ainda não tivera acesso à ironia, as palavras pouco podiam fazer por mim naquele dia, embora isso eu não pudesse saber naquele momento, precisamente devido à minha carência de um senso da ironia. Era como o peixe que morde o rabo. Sem dúvida, é muito mais complicado ser jovem, embora isso não signifique de jeito nenhum que se deva andar desesperado. É claro que a maturidade também não é uma maravilha. Na maturidade se conhece a ironia, sim. Mas já não se é jovem e a única possibilidade que resta de sê-lo um pouco consiste em resistir, não renunciar demais, com a passagem do tempo, àquela úmida imaginação do baú de Neauphle-le-Château. Resta somente resistir, não ser como aqueles que, à medida que a intensidade de sua imaginação juvenil vai decaindo, se acomodam à realidade e se angustiam pelo resto da vida. Resta somente tratar de ser dos mais obstinados, manter a fé na imaginação durante mais tempo que outros. Amadurecer com obstinação e resistência: amadurecer, por exemplo, ditando uma conferência de três dias sobre a ironia de não ter conhecido a ironia quando jovem. E depois envelhecer, envelhecer muito e mandar ao diabo a ironia, mas aferrando-se pateticamente a ela para não ficar sem nada e ser o alvo aterrorizante da ironia dos outros.

49

Eis alguns versos de Gil de Biedma: "Agora vou lhes contar como também eu estive em Paris, e fui feliz. / Foi nos bons anos de minha juventude..." Parece que sempre se deu por certo que os jovens artistas que vão a Paris vivem geralmente uma boemia interessante, passam apuros mas seguem em frente graças à cidade, que é hospitaleira, livre e maravilhosa. Existem, porém, casos muito trágicos que contradizem essa idéia. O do contista uruguaio Horacio

Quiroga, por exemplo, que foi a Paris e, em vez de enxergar com esperança seu futuro, caiu no desespero mais profundo. Por sorte, nunca cheguei a saber de seu caso nos tempos em que vivi em Paris. Por sorte, pois poderia ter sido catastrófico, já que teria me sentido ainda mais respaldado no meu desespero fictício.

Que Paris nunca tivesse fim deve ter sido para Quiroga, diferentemente de Hemingway, um verdadeiro pesadelo. Vejam o que escreveu o desgraçado Quiroga em seu diário: "Que angústia tão grande! Há momentos em que quase choro. E em Paris, acontecer isso, sem ter uma só pessoa a quem me dirigir! Cada dia que passa, em vez de ter mais esperança, é mais escuro". Escreveu isso em seu diário, onde mais adiante encontramos algumas frases que são o reverso exato dessa idéia de Hemingway de que a lembrança de Paris é uma festa que nos segue. Escreve Quiroga que somente a idéia de suicídio o acalma, um pensamento que lhe produz uma emoção nova e que teoricamente deveria distanciá-lo da lembrança de sua passagem por Paris, e que sem dúvida não somente não o afasta dessa lembrança como pressente que não a perderá de vista nem sequer com o tiro final, pois "ainda então, digo, terei horror da lembrança de Paris".

50

Mais sobre o desespero. Um dia, estávamos sentados, Raúl e eu no perigoso Café Blaise, no alto da Torre Eiffel. Era a hora do aperitivo, se bem me lembro. Resolvi ler para ele algo que Perec dizia em seu livro *Espèces d'espaces*: "Há algo espantoso na própria idéia de cidade; temos a impressão de que somente poderemos nos aferrar a imagens trágicas ou desesperadas". Perguntei a Raúl o que lhe parecia a frase e ele deu de ombros. "Tenho a esperança de que as coisas logo melhorem", me ocorreu então dizer a ele. Havia desespero em minhas palavras, mas também certo histrionismo. Raúl sorriu. "Isso significa que acredita que há esperança", disse. "E não há?", perguntei. "Pois claro que há, mas não para nós", me respondeu.

Recordei-lhe esse fugaz diálogo quando me telefonou neste agosto em Paris, depois que um amigo comum lhe deu o telefone de meu hotel. Ligou como sempre de Montevidéu, do país de Quiroga, claro. Ligou do lugar onde costuma fazê-lo, dessa cabine próxima à casa onde nasceu Lautréamont. Não se lembrava de absolutamente nada da conversa sobre a esperança. "Ligo desta cabine, não da esperança", me disse, suponho que tentando me dizer com essa frase (absurda e incompleta, porém eficaz para seus propósitos) que não lhe interessava o tema da esperança e que, além do mais, havia passado muito tempo desde que faláramos daquilo. "Sabe que estou me dedicando aqui a lembrar e escrever nossas conversas de Paris?", lhe disse. Silêncio. "Ainda está aí na cabine?", perguntei. "E para que está fazendo isso?", respondeu de repente. Então lhe contei que estava preparando uma conferência de três dias na qual revisava ironicamente os anos que passei em Paris. "E fala o tempo todo de mim?", disse. "Bem, sim", respondi, "mas sobretudo da ironia, de Paris, de Hemingway, de Marguerite Duras, e de como escrevi meu primeiro livro." Novo silêncio. "Ou seja, é uma conferência que terá algo de autobiografia da boemia e de seus anos de aprendizagem literária em Paris", disse de repente. "Pois sim", respondi, "apesar de aprender mesmo eu não ter aprendido muito." "Tem sua graça", disse, "uma autobiografia também é uma ficção entre muitas possíveis." Seguiu-se outro silêncio. "Mas procure", acrescentou, "ser o mais verídico possível, que seja possível ver você *de verdade*. E a mim, se possível, de mentira."

51

Alguns dias, ao entardecer, quando ia passear pelo relaxante Jardin du Luxembourg, costumava dar uma volta antes de retornar ao meu bairro e passava diante da casa que nos anos vinte tinha sido de Gertrude Stein, no número 27 da rue des Fleurs. Não ia ali, como no caso de Hemingway, "por amor à chama e aos quadros magníficos e à conversa" que ele encontrava naquela casa, mas porque pensava que aquilo podia me trazer sorte, pois afinal de contas Miss Stein, em sua faceta de protetora, havia sido para Hemingway o que Marguerite Duras – eu supunha – era para mim. Como jovem mais ou menos ambicioso que era, aspirava a ter não uma senão duas proteções, por isso via como um possível talismã aquele ritual de passar às vezes diante daquela casa e ler a placa que, mesmo lembrando corretamente que aquele lugar tinha sido um dos centros mundiais da literatura, esquecia por outro lado de informar que ali os grandes gênios que iam de visita ouviam às vezes dizer "uma rosa é uma rosa é uma rosa", uma das frases preferidas de Miss Stein e prova incontestável de que também nos centros mundiais da literatura sempre se ouviram besteiras.

"Horrível escritora", podiam também ter acrescentado aqueles que puseram a placa comemorativa. Porque Gertrude Stein, exilada americana que tentava depurar o inglês e administrar choques estéticos (forçar o leitor a olhar o mundo exterior como se fosse pela primeira vez) através de uma excessiva simplificação da linguagem, foi uma escritora péssima apesar de ter exercido um magistério interessante sobre o jovem Hemingway. Foi ela quem recomendou que prescindisse em sua prosa de todo tipo de adornos e que comprimisse e concentrasse e, em definitivo, destroçasse a velha retórica através da paródia. Na realidade o que recomendou, sem dar-se conta, ao seu discípulo Hemingway foi que fizesse o que exemplarmente acabara de fazer James Joyce em seu *Ulisses*.

Quando meses depois dessa recomendação Hemingway leu o livro de Joyce, comentou no 27 da rue des Fleurs: "Trata-se de um livro fodidamente bom". Foi a única vez que pôde dizer isso naquela casa, pois Miss Stein lhe advertiu imediatamente que, se alguém mencionasse duas vezes Joyce naquele salão, não o convidaria nunca mais. Em todo caso, porém, a frase sobre *Ulisses* chegou aos ouvidos de Ezra Pound, amigo de Joyce, que decidiu ler o jovem Hemingway e achou grande talento nele e deu-lhe ânimo e acabou recebendo, em troca, lições de boxe.

Eu passava ao entardecer diante da placa comemorativa do 27 da rue des Fleurs e fazia isso temeroso às vezes de que o espírito de Miss Stein descobrisse que, buscando dar *verossimilhança* ao texto, havia transferido grande parte da página 7 da edição espanhola de *Giacomo Joyce* (um caderno pessoal do autor de *Ulisses*) para *A assassina ilustrada*, onde, na introdução ao manuscrito central, eu fazia referência a um caderno ilustrado pela assassina e dizia que "os números entre colchetes indicam as páginas do caderno; o texto e os desenhos correspondem, página por página, ao original", quando na página 7 de *Giacomo Joyce* lia-se algo parecido.

Como me baseara num caderno de verdade, o de Joyce, acreditava que aquilo tornava o meu mais verossímil. Sem dúvida tinha uma idéia ainda muito débil do que realmente era a verossimilhança, algo que exige muito suor aos verdadeiros romancistas. Vendo a partir da perspectiva de agora, contudo, digo que mais valia aquilo que nada. Lembro de como me senti satisfeito ao crer ter resolvido sem mais problemas uma das seções daquela abrupta apostila que

Duras me dera com instruções para escrever um romance. Claro que (eu dizia a mim mesmo) ainda ficaram por abordar algumas das seções mais duras da apostila, como, por exemplo, unidade e harmonia, o fator tempo e o estilo, para não falar da técnica narrativa, que deve ser terrível.

Eu passava às vezes, ao entardecer, diante daquela casa da rue des Fleurs e desejava que fazer aquilo me trouxesse sorte. Não trouxe nunca, ao menos enquanto estive em Paris, de modo que neste agosto, quando fui de novo ver a casa-talismã, olhei a placa comemorativa, pensei em Gertrude Stein e na sorte que ela não me deu e no medo que me dava noutro tempo que seu espírito descobrisse minhas modestas conexões com Joyce, e também pensei, ou melhor, lembrei os problemas que tinha naqueles dias com a unidade, a harmonia e nem falemos do estilo e do fator tempo. E nessa ocasião me desafoguei, disse em voz muito alta, me arriscando a ser tomado por louco: "Miss Stein, você está aí, pode me ouvir? Olhe, olhe-me bem, sou Hemingway. Pode me ver? *Ulisses* é fodidamente bom é fodidamente bom é fodidamente bom. Tá me ouvindo, Miss Stein?".

52

Uma manhã, vi *de verdade* Jean Seberg. Estava com o cabelo muito curto (como uma heroína de Hemingway), óculos de sol e um vestido branco com bolinhas pretas. Eu a vi passar andando muito rapidamente diante de um dos frontões neoclássicos do Palais de Chaillot onde há, em letras douradas, algumas frases solenes de Paul Valéry escritas especialmente para o lugar e que de repente, ante o passo veloz da bela Seberg, pareciam estar encontrando sua verdadeira significação:

Depende de quem passa que eu seja tumba ou tesouro.

53

Eu ligava uma vez por mês para minha mãe, ligava sempre da cabine – habilitada especialmente para chamadas internacionais – que havia nos sótãos do Relais Odéon, um café do bulevar Saint-Germain. Era um telefonema rápido que fazia mensalmente, tentando tranqüilizar minha consciência. Parecia que estar mais de um mês sem lhe dizer nada, sem dar sinais de vida, era ser um filho desnaturado, quer dizer, levar as coisas longe demais. Mas, na realidade, para ela era a mesma coisa se eu telefonasse ou não, e eu bem que sabia. Ao contrário de meu pai (que desejava que eu voltasse a Barcelona), para ela era indiferente o que fizesse com minha vida. E mais, achava-me um ser cinzento, gris, e nunca fez questão de guardar para si mesma, mas – como se isso a deliciasse – me dissera em diversas ocasiões, creio que procurando diretamente me humilhar. Dissera-o – sempre que não estava diante de meu pai – de muitas maneiras distintas, com todo tipo de variações, um dia até chegou a me comparar com Paris: "Filho, você é mais gris do que Paris".

Para ela tanto fazia que eu estivesse nesta cidade. Era uma mulher que vivia preocupada com outras coisas. Vivia preocupada, por exemplo, em somar todos os números que via. Algumas pessoas preferem ler tudo o que lhes aparece, até folhas de jornal que voam pela rua. Ela gostava de somar todos os números. Por exemplo, para algumas pessoas ela nunca telefonava porque seus números somavam uma cifra de mau agouro. Também recusava quartos de hotéis pela mesma razão. Não gostava do ano em que eu tinha nascido e talvez por isso procurava não sentir muito afeto por mim, sempre fazia tudo para não ter de se importar minimamente comigo.

Telefonava-lhe de Paris em uma hora em que sabia que meu pai não estava em casa e trocávamos quatro palavras e geralmente a conversa era fria e sobretudo muito excêntrica, e não porque eu fosse assim, o que eu era bastante, mas porque minha mãe – acredito ter esclarecido – sempre foi muito, sempre foi enormemente excêntrica. Caso ainda não esteja bem claro: não podia suportar três bitucas no mesmo cinzeiro, gritava se via um botão solto, não viajava num avião caso nele estivessem duas freiras, não começava nem terminava nada nas sextas-feiras. E, como se fosse pouco, era uma mulher que nunca fechava as torneiras totalmente. Esta última mania, decerto, era francamente exasperante.

Para minha mãe dava na mesma que eu estivesse em Paris, mas um dia, numa dessas ligações mensais, mudou de atitude. Aconteceu somente um dia e talvez por isso me ficou bem registrado. Só muitos anos depois eu soube que sua estranha atitude se devera ao fato de que meu pai havia regressado antes da hora para casa e ela se vira repentinamente obrigada por telefone a fazer o papel de mãe preocupada e dizer-me que voltasse a Barcelona e abandonasse minhas veleidades boêmias de "promessa ridícula da literatura". Eu não podia naquele dia estar mais confuso no outro lado do telefone, e aquele telefonema permaneceu em minha lembrança como o mais incomum de todos os que fiz de Paris, cidade que ela conhecia muito bem, pois lá havia passado em sua primeiríssima juventude algumas breves temporadas, que somente lhe serviram para se converter numa pessoa de frases às vezes incomuns, essas frases que, antes de que ela se casasse, tantas vezes minha avó havia se visto obrigada a pontuar com bom humor diante das visitas. "É que a menina morou em Paris, sabem?", dizia minha avó. "Ah, bom. Então é compreensível. Se morou em Paris...", diziam as visitas num tom entre brincalhão e carinhoso.

"Parece um disco riscado", recordo que disse prontamente naquele dia (depois soube que coincidindo com a entrada de meu pai em casa), "encher tanto a boca com Paris e Paris, mas pode-se saber o que você vê em Paris?" Apesar de surpreendido, lembro que estive a ponto de dizer que percorria as ruas daquela cidade com o coração aturdido pela tristeza. Mas não me atrevi a dizer nada. "É uma desgraça para mim", continuou minha mãe, "ver que meu filho se tornou um disco riscado." Ficou calada de repente. Quando isso acontecia, era o anúncio de que podia acabar dizendo alguma frase excêntrica, alguma dessas frases que aprendera em Paris e que muitas vezes carregavam uma estranha genialidade. Como aconteceu aquele dia quando me disse: "É Paris pra lá e Paris pra cá, parece um disco riscado numa cidade que... está cheia de riscos. Olhe a Torre Eiffel, não passa de riscos. Riscos nas calças dos senhores franceses, riscos na frente das portarias, riscos e mais riscos. E você é o maior disco riscado do reino. Deveria reconsiderar a vida riscada que leva."

Minha mãe foi uma mulher de curiosas intuições e estranhas genialidades. O que há muito tempo me impressiona em suas frases sobre Paris e os riscos é que guardam uma curiosa coincidência com algo que escreveu Kafka e que descobri não faz muito tempo e que minha mãe nunca leu, entre outras coisas porque nunca lia e não creio que sequer chegou a saber da existência de Kafka, o estranho passageiro do século XX, o homem que viu uma Paris parecida com a que viu minha mãe e escreveu em seus diários: "A Paris riscada [...] o teto riscado de cristal do Grand Palais des Arts, as janelas divididas por riscas das oficinas, a Torre Eiffel, feita de riscos, o efeito riscado das listras laterais e centrais das portas dos balcões em frente de nossas janelas, as pequenas poltronas ao ar livre e as mesinhas dos cafés, com pernas que são riscos, as grades de ponta dourada dos parques públicos".

A Paris riscada de Kafka. Eu estaria mais de acordo com Walter Benjamin, que nas *Passagens* via Paris como a cidade dos espelhos: "O asfalto de suas ruas, liso como um espelho, e sobretudo os terraços cristalizados diante de cada café. Uma superabundância de espelhos nos cafés para fazê-los mais claros no interior e dar uma agradável amplitude a todos os cantos minúsculos de que se compõem os estabelecimentos parisienses. Neles as mulheres se olham mais do que nunca, daí a beleza especial das parisienses".

Minha riscada mãe. Minha mãe. Gênio e figura. Amei-a, mas ela não me amou. De qualquer maneira, não gostei quando ela morreu. Os últimos anos de sua vida passou-os mais maníaca do que nunca, confiando tudo a alguns amuletos mouriscos que comprou em Granada. No leito de morte, diante de mim e de meu pai e de dois irmãos seus a quem não via fazia séculos, disse algumas palavras de despedida, algumas palavras em vida que, por sua premeditada estranheza, me soaram como epitáfio, embora não nos atrevêssemos a colocá-las em seu túmulo. "Rirei de minhas frases amargas", disse. Seus dois irmãos ficaram consternados. "É que morou em Paris", eu lhes disse.

54

“Veio a Paris disposto a forjar o seu próprio estilo, não é?”, perguntou-me um dia Marguerite Duras, traiçoeira e algo noturna. Primeiro preferi pensar que a ouvira mal, que falara em seu francês *superior* e que na realidade havia dito outra coisa. Mas não, dissera exatamente aquilo. Repetiu e vi que entendera bem. Recordei que o *estilo* fazia parte da sua apostila com instruções. Lembrei quando já havíamos entrado no Seat 127, meu carro. Havia aceitado sair naquele veículo pela primeira vez em muitos meses. Estacionara-o eternamente diante de minha casa – talvez seja melhor dizer em frente à casa de Marguerite Duras –, porque lhe faltava um dos faróis da parte dianteira e não sabia onde consertar aquilo e, além do mais, quanto dinheiro podia custar, mas aquele dia havia aceitado sair de carro porque encontrara Marguerite na rua e surpreendentemente ela havia me pedido – na realidade quase me ordenou – ir ao Bois de Boulogne para ver se era verdade que à noite lá havia prostitutas vestidas com roupas de primeira comunhão. Acabara de ler isso no *L'Express* e lhe parecia um insulto, um intolerável desprezo diante da dignidade feminina. Se era certo que havia putas vestidas daquela forma, ela escreveria um artigo em algum lugar, aquilo era inadmissível. Eu assumi o volante, absolutamente resignado com a negra sorte que me esperava, pois imaginava que, por causa da ausência de luz num dos faróis, logo teria (coisa rara, não os tive) problemas com a polícia.

Ainda hoje aquelas palavras de Marguerite sobre meu estilo me zunem no ouvido. “Não tenho estilo”, acabei lhe dizendo, depois de ter hesitado um bom tempo para responder. Estávamos então já percorrendo o Bois de Boulogne, ficamos um longo tempo percorrendo-o, não encontramos nada. Ao cabo de uma hora, cansado daquela transtornada *razzia* que não levava a parte alguma, disse-lhe num tom muito cortês mas quase no limite dos meus nervos: "Já rastreamos o bosque vinte vezes, não há putas de primeira comunhão, me parece que isso está claro".

"E por que falta um dos faróis dianteiros?", voltou então a me perguntar. "Porque não sei como se conserta nem quanto dinheiro custa", respondi. Ela prontamente viu um símbolo no farol dianteiro que faltava. "Dir-se-ia que, como tantos jovens, você tem um estilo de um só farol", me disse, e riu, tossiu, voltou a rir, repetiu que eu tinha um estilo de um só farol. Embora tenha entendido perfeitamente, preferi pensar que me falara em seu francês *superior*. Simulei que prestava uma grandessíssima atenção ao volante e a verdade é que me agradaria naquele momento encontrar uma puta, uma só, que estivesse vestida para primeira comunhão e assim poder terminar de uma vez por todas com o irritante assunto sobre meu estilo literário. Uma hora e meia para cima e para baixo pelo Bois de Boulogne sem encontrar o que buscávamos, terminamos tomando algumas taças de vinho do Porto – sempre que ia lá tomava isso – no bar de La Coupole. E lá ela me perguntou se queria ouvir o conselho de Queneau. Estava disposto a lhe responder quando ela disse que não me diria nada, pois não iria me fazer nenhum bem. E passou a comentar algo extremamente complicado acerca do farol que me faltava, e a partir daí se dedicou o resto da noite a falar em seu francês *superior* e não pude entender mais nada do que disse.

O estilo! Durante muitos anos vi *A assassina ilustrada* como o livro de um escritor estranho a mim e, além disso, gélido e pouco conectado com a vida: algo, por outro lado, nada estranho se levarmos em conta que só pensava na morte de meus leitores. Hoje creio saber por que meu primeiro livro sempre me pareceu *frio*; creio que isso se deve à sua absoluta falta de estilo. Estava muito distante nessa época de saber que, como dizia Gide, o grande segredo das obras com estilo – o grande segredo de Stendhal, por exemplo – consiste em escrever *no ato*. Disse Gide sobre Stendhal que seu estilo, o que poderíamos chamar a malícia de seu estilo, consiste em que seu pensamento comovido permanece tão vivo, com colorido tão fresco, como a recém-nascida mariposa que o colecionador surpreendeu quando estava saindo da crisálida. Daí esse toque aceso e espontâneo, desprevenido, súbito e desnudo, que sempre volta a nos cativar no estilo de Stendhal.

Eu creio que em minha primeira incursão nas letras, em *A assassina ilustrada*, dissociei demais forma e conteúdo, a emoção e a expressão da emoção, do pensamento, que teriam que ser inseparáveis. Emoção e pensamento deveriam ser sempre inseparáveis, para que o leitor assista *ao vivo* à criação de um texto de pensamento comovido.

Na juventude são raros os momentos em que alguém escreve com o pensamento comovido.

55

Que eu saiba nunca existiu um único aprendiz de escritor que não tenha ficado preocupado com o estilo. No dia seguinte, à noite, depois da saída com Marguerite Duras, eu andava cismado com o tema do estilo quando encontrei Raúl Escari em frente ao cine Pommeraye. Havia uma grande fila de pessoas que pretendiam entrar para ver a versão cinematográfica da ópera-rock *Tommy*. Eu tinha algo bem claro para mim naquela noite, e o tinha tão claro como o resto das pessoas de Paris: não tardaria muito a chover. A questão do estilo, entretanto, me parecia confusa, embora algo também estivesse muito claro: nos assuntos triviais, o estilo e não a sinceridade, era o essencial. E, nos assuntos importantes, também o estilo era o essencial. Resumindo: era muito importante sempre. Mas o que era exatamente o estilo? Era, em essência, a maneira que alguém tinha de fumar cachimbo? Quando pedi a Raúl sua opinião, ele me olhou com cara de fastio e citou Wilde: "O crime deve ser solitário e sem cúmplices", disse. Cismei com a frase. Talvez quisesse me indicar que aos que buscam seu estilo se deveria dizer que buscá-lo é uma maneira pouco sutil de consegui-lo, já que para consegui-lo lhes bastaria ser eles mesmos. Fiz-me de tonto, para ver se conseguia maiores informações de Raúl. "O estilo é um crime?", perguntei. Havia cada vez mais gente diante do Pommeraye e decidimos sair de lá, começamos a andar em direção à rue Mouffetard, entramos no Café Robin. E foi então que Raúl, vendo que eu estava desconcertado e ansioso por saber mais coisas sobre o tema, acrescentou, quase apiedando-se de mim: "Olhe: está chovendo ou então nevando e você quer me informar disso. Como fazer? Pois diga: Chove, neva. Isso é o estilo. Está claro?". Nem ele podia imaginar o Mal que estava me fazendo com tanta engenhosidade. É que, como diz uma máxima francesa, ninguém é tão inteligente que possa saber todo o mal que faz.

56

Na surdez do sono eterno, não somos importunados pela Glória.

MARCEL PROUST

E a imortalidade? Por acaso a imortalidade não tinha nenhuma importância? Marguerite não a incluíra em sua apostila de instruções. Por quê? Por acaso não deveria escrever com ambição máxima e aspirando sempre a criar uma obra-prima, uma obra imortal? Por que ela não me aconselhara a ambição? Não me achava capaz de alcançar a imortalidade? Não a havia incluído certamente por ser algo óbvio, do mesmo modo que entre as instruções não estavam a intuição, o gênio, a sabedoria e a sensibilidade. Quando consegui ver isso, me tranqüilizei. Como ela iria me recomendar a imortalidade? Ficou em mim, porém, uma estranha, amarga quietude. Sempre que a via, me sentia *mortal.* Um dia, comentei isso com Raúl. Não pareceu estranhar o que lhe disse. Ficou pensativo, e eu esperando para ver o que me dizia. Como passava o tempo e continuava pensando, perguntei no que pensava. "Que o resplendor de nossos nomes pára na pedra de nosso túmulo", disse.

57

O caráter se forma nos domingos à tarde.

RAMÓN EDER

Nos domingos à tarde eu ficava sempre muito sozinho. O bairro, por outro lado, mudava muito e se enchia de gente estranha, visitantes chegados da periferia da cidade ou mesmo da província que olhavam aborrecidos as vitrines dos comércios fechados do lendário Saint-Germain. Não havia modo de encontrar alguém conhecido nos cafés e um sentimento de grande infelicidade se apoderava de mim todos os domingos, passava-os esperando que o dia seguinte voltasse a ser segunda-feira e tudo recuperasse certa normalidade. Muitos domingos à tarde ia à livraria dos sótãos da loja de conveniência de Saint-Germain e olhava livros. Algumas vezes, como se tivesse que justificar o longo tempo que passava ali passando tempo – fazer hora, dizem os portugueses –, acabava comprando um livro de bolso que me destroçava o orçamento semanal. Aborrecia-me e o sabia, olhava dez, vinte vezes os mesmos livros.

"A vida é curta, e ainda assim nos aborrecemos", dizia Jules Renard.

Alguns domingos eu tinha a impressão de que estava *fazendo hora* para poder voltar a Barcelona e contar que morava em Paris. Um dia, ao entardecer de um domingo em que se via que não tardaria a nevar, nessa livraria da loja de conveniência, descobri que uma pessoa de Barcelona que eu conhecia, a psiquiatra Alicia Roig, estava me observando. Achei que ela percebera meu aborrecimento, sobretudo que tinha visto que estava sozinho e que não sabia o que fazer em Paris. Tratei de me esconder, mas compreendi que era inútil porque havia me visto. Eu a vi aproximar-se e enrubesci. "Você mora em Paris, não?", me perguntou, amável. Estava convencidíssimo de que se dera conta de minha solidão e aborrecimento. Enrubesci um pouco mais. "Estão me esperando, desculpe, acho que tenho pressa", disse de uma forma brusca, cortante. "Acha, apenas?", perguntou sorridente. Comprei um livro de bolso e fiz com que o embrulhassem como se fosse para presente. Comprei o primeiro que encontrei e ela estranhou que me interessasse pela obra de Afanasi Golopupenko. Eu não tinha nem idéia de quem era aquele escritor. "Acho que vai nevar", disse-lhe, e me mandei.

Aquele encontro me tocou a alma. Pouco depois, já de noite, na água-furtada, fiquei deprimido. Inclinei-me sobre as páginas datilografadas de *A assassina ilustrada* e comecei a chorar. Me senti mais sozinho e desamparado do que nunca. A lua, entrando pela pequena janela, refletia no espelho do quarto, sem dúvida colocado ali para criar a sensação falsa e muito parisiense de que aquele quarto era maior do que era. A lua, deslumbrando-me, parecia querer que eu olhasse pela janela para ver se nevava. Levantei-me, deixei o escritório noturno. Olhei e vi que a neve caía sobre Paris. Fiquei um longo tempo contemplando o lento, sereno e silencioso espetáculo. Quando a monotonia da neve se tornou intolerável, me lembrei que alguém uma vez pensou como seria monótona a neve se Deus não tivesse criado os corvos.

58

Uma tarde de inverno, na água-furtada, enquanto escrevia, pareceu-me que Elena Villena, uma das personagens de *A assassina ilustrada*, estava atrás de mim e me ditava o que devia dizer sobre ela. "Não sou lésbica", ouvi alguém dizendo com toda clareza. Dei a volta e não a vi, mas dava a impressão de que acabara de esvanecer-se um décimo de segundo antes. "Pois agora vai ser lésbica mesmo", lhe disse. Não obtive resposta. Encantou-me saber que eu tinha autoridade suficiente para evitar a rebelião de meus personagens, saber que não podia nem devia acontecer comigo o que acontecia com Unamuno em *Névoa* e que no colégio tantas vezes nos contaram. É que o que mais me satisfazia em ser escritor era a liberdade que alcançava na solidão de minha água-furtada. Uma liberdade bem distante do patriarcal e autoritário mundo familiar e político que havia deixado para trás em Barcelona. Não me convertera em escritor e em homem livre em Paris para que viesse uma senhorita, ao final de contas inventada por mim, estropiar tudo com seus caprichos e ordens.

Assim, desde o primeiro momento tinha claro para mim – e isso é incomum, porque quase nada tive claro num primeiro momento – que os escritores, por meio de certo esforço mental, tinham de passar, por assim dizer, por cima de seus personagens, não fazer com que estes passassem por cima deles. Disse para mim mesmo que era no fundo uma questão de disciplina e também de bons modos e sobretudo algo relacionado com a confiança que o leitor pudesse ter em mim. E creio que estava certo. Porque digam-me vocês agora se, por exemplo, não perderiam a confiança em mim e, além do mais, não lhes pareceria caótico e de má educação e de um notável embaraço se, de repente, Marguerite Duras regressasse do outro mundo e passeasse entre nós e se queixasse das coisas que a faço dizer aqui e me exigisse que consertasse de uma vez por todas a luz do farol dianteiro de meu carro e além disso me cobrasse não sei quantos meses de aluguel, e eu me desculpasse com ela, consertasse o farol e lhe pagasse a dívida?

Aprendi, pois, com meu primeiro livro – mais por instinto que por outra coisa – a não permitir que os personagens me dominassem, mas sobretudo, se realmente aprendi algo em Paris – não é e a intenção de ser irônico –, foi a escrever à máquina. Antes da água-furtada não havia me exercitado muito no teclado monótono e constante. Quanto ao estilo, continuei depois de meu primeiro livro sem um estilo próprio, essa é a verdade. Mais ou menos como quando havia chegado a Paris. Sem muito estilo, por mais que me esforçasse com o cachimbo e o desespero. Ainda que suspeitasse que matando os leitores não iria encontrar nunca pessoas que me amassem, não cheguei nunca a compreender que aos leitores não devia assassinar nem sequer *textualmente*, e sim que o estilo podia precisamente consistir em dar-lhes vida em vez de matá-los, inventar leitores novos e se dirigir a eles com a maior clareza e simplicidade possíveis, por mais incomum que fosse o que eu quisesse dizer.

Tardaria em compreender, se é que realmente compreendi, o que soube ver em Stendhal quando, escrevendo *A cartuxa de Parma*, decidiu que para adquirir o tom correto e para que seus leitores, por mais incomum que fosse o que lhes quisesse contar, entendessem exatamente o que queria lhes dizer, ele devia ler de vez em quando algumas páginas do Código Civil. "Se não sou claro", escreveu, "todo o *meu mundo* está aniquilado."

59

Como a água-furtada tinha um minúsculo e repugnante lavabo comum no térreo e carecia de chuveiro, eu ia semanalmente com uma toalha, num longo trajeto de metrô, lavar-me nos banheiros públicos da estação de Austerlitz, aonde precisamente chegavam todos os trens procedentes de minha cidade, o que me infundia um medo bastante grande de ser descoberto por amigos ou conhecidos de Barcelona recém-chegados a Paris. Poucas coisas me aterrorizavam mais do que a possibilidade de ser visto por eles, quer dizer, que prontamente me encontrassem com minha humilde toalha de banho e descobrissem as condições não idílicas nas quais me preparava em Paris para ser um grande artista como Hemingway. Naturalmente, um dia, o que mais temia aconteceu. Ouvi meu nome, olhei para ver quem me chamava, e era Antonio Miró, hoje um famoso designer de moda e então dono da charmosa loja de roupa Groc da Rambla de Cataluña em Barcelona.

Por sorte, me encontrava de banho tomado, não antes. "O que faz todo penteado por aqui?", me perguntou. Levei alguns segundos para reagir e acreditei fazê-lo com astúcia. "Tenho um encontro", disse, piscando um olho. "Caralho. Que calculista. Vai com toalha e tudo", me disse.

Aquelas longas viagens de metrô para tomar banho pertenceram sempre ao mundo do absurdo, sobretudo os regressos à água-furtada, tão ridículos após o asseio inútil, pois, após passar de novo pelo metrô, voltava ao meu lar tão sujo como havia saído dele. E ainda por cima sempre com o temor de que na porta estivesse me esperando alguém e me visse chegar com a triste toalha e a cara suja.

É que às vezes subiam amigos do bairro até a água-furtada para cumprimentar, outros para bisbilhotar, e alguns, que chegavam de Barcelona, para tentar – não costumava permitir a quase ninguém – ficar para dormir. A jovem Petra foi uma das que foram com este último intuito. Em seu caso, e fazendo uma exceção, disse-lhe que podia ficar. Não andava precisamente com mulheres sobrando e aquela era uma bênção do céu. Tinha dormido com ela várias vezes em Barcelona, na realidade havia sido a última namorada (secreta, porque feia e proletária) que tivera antes de deixar minha cidade. Eu a achava muito horrorosa, mas precisamente isso me excitava muitíssimo. Isso, e que fosse filha de operários da periferia mais periférica de Barcelona, me excitava ainda mais, entre outras coisas porque, diferentemente das de minha classe social, deitar com ela me infundia um temor menor do fracasso sexual, relativo ou total. Com ela me sentia menos tenso e mais desinibido na cama e podia ir aprendendo como amante, sempre com a vantagem de que, no caso de não estar à altura, ninguém de meu meio social ficaria sabendo e eu poderia seguir com minhas alegres práticas de inseguro sexual.

A jovem Petra bateu na porta e alguns segundos depois passeava pelada diante de mim tapando com seu corpo a grande fotografia de Virginia Woolf recortada de uma revista francesa e que eu tinha ali dependurada como se fosse um pôster. Sentado no colchão posto no chão onde dormia, fiquei um bom tempo observando Petra. Parecia que estávamos num bordel, embora logo se visse que não, pois naqueles que vira nos filmes uma vasta extensão de piso espelhado relegava o nu feminino a uma distância quase sagrada; por outro lado, na água-furtada, entre as quatro paredes de um quarto tão exíguo, a proximidade do nu, a vizinhança de Petra em pêlo, beirava a agressão, embora fosse uma agressão interessante, que me excitava muito.

"Pode ficar as duas noites", disse-lhe. Petra queria ficar somente duas noites por ali, pois, ainda que pudesse parecer – me disse –, não tinha deixado Barcelona para seguir meus passos em Paris, apenas havia encontrado um trabalho, e isso era tudo. Em dois dias teria já sua própria água-furtada: daria aulas de espanhol à filha de uma senhora que vivia no 25 do bulevar Malesherbes e que a contratara em troca de comida e moradia e alguns poucos francos. Aquilo soava tudo muito fantasioso, as aulas de espanhol pareciam um pouco inverossímeis, e o mais provável era que a tivessem contratado como criada, e precisamente por isso teria sua *chambre de bonne*, ou seja, seu quarto de empregada, sua água-furtada, como eu.

Dois dias depois, deixou minha água-furtada. Combinamos que eu a visitaria na sexta-feira da semana seguinte em sua ardente nova morada. E assim foi. Numa sexta de tempo desagradável fiz duas intermináveis baldeações de metrô noturno para ir deitar com Petra em sua *chambre de bonne* do bulevar Malesherbes. Fui de mau humor, no entanto, porque nessa mesma sexta tinha um encontro mais atraente com o *beautiful people* de Paris, na casa de Paloma Picasso, do outro lado da cidade.

Fui à água-furtada de Petra pretendendo compatibilizar as duas coisas. Havia uma greve dos Correios na Espanha e já estava há vinte dias sem receber o reembolso postal de meu pai. Estava sem um franco e me interessava o contato com Paloma Picasso e seus amigos porque pensava que dali podiam sair no mínimo convites para outras festas do seu círculo de amizades, convites que me ajudariam a subsistir, pois nelas comeria de graça. A visita à *chambre de bonne* de Petra era um autêntico fastio. Fui dividido entre as duas opções da noite e disposto a fazê-las compatíveis.

Petra e Picasso. Uma hora de trajeto no metrô noturno separavam as duas casas tão distintas. O que menos esqueci do quarto de Petra é como era horrível. Cortinas de tela barata com quadrados azuis e jogo de colcha e um urso de pelúcia sobre o travesseiro. Era de chorar se pensasse que naquele momento podia estar conversando com Paloma Picasso ou com todo o círculo de amigos de Duras. Disse a Petra que tinha um compromisso importante e que não tinha tempo para dormir com ela e se havia ido até lá era somente porque necessitava que me emprestasse dinheiro, pois a greve dos Correios espanhóis me deixara sem um franco. Petra se irritou. E o que disse me deixou muito surpreso, não podia esperar. "Vou lhe emprestar este dinheiro", disse, "mas deveria voltar para Barcelona, está perdendo tempo aqui. Eu também estou perdendo, mas ao menos tenho um emprego." Me deu quase todos os francos que tinha. Me senti seu cafetão e isso fez com que me sentisse bem. "Agora vá", disse entediada, mas me desejando. Olhei o dinheiro. "Vou me transformar no melhor escritor do mundo, e por isso estou em Paris", lhe expliquei. Voltei a olhar o dinheiro. "Devolverei quando acabar a greve dos Correios e meu pai voltar a enviar o salário", lhe disse. "Que salário?", ela perguntou. Não respondi. Uma hora depois, após um longo trajeto noturno de metrô, eu estava *triunfante* – essa ao menos era minha ridícula impressão – nos salões de Paloma Picasso, falando de Audrey Hepburn e de *Breakfast at Tiffany's* com o cineasta Benoît Jacquot, o assistente de direção de Duras em *India Song*, filme que naqueles dias arrasava nos guias de espetáculos parisienses. Jacquot, por sua vez, acabava de estrear seu primeiro filme, de título parecido com o do meu romance: *L'Assassin musicien*. Havia luxo nas luminárias e caviar nas mesas daqueles salões. Eu, com os francos de Petra no bolso, me sentia o homem mais rico do mundo e muito orgulhoso de ter sido tão esperto e ter agido de forma cafetinesca e conseguido aquele dinheiro com o qual acreditava ter me convertido no rei do mambo.

60

Um mês e meio depois daquela noite, Petra reapareceu em minha água-furtada e eu, para que não ficasse ali e após lhe devolver o dinheiro, a convidei para um cinema, e quis o acaso que casualmente o filme escolhido ilustrasse de forma inquietante as relações que tivéramos, ela e eu, naquela noite na água-furtada com urso de pelúcia, aquela noite de um mês e meio antes em que para mim ela foi meu reembolso postal e minha puta e eu seu fugaz visitante, grande cafetão e rei do mambo.

"Proponho que vejamos o filme de Benoît Jacquot, um amigo do bairro", lhe disse. Se bem que Jacquot vivesse a quatro passos de minha casa, que fosse um amigo era mais que duvidoso. Vira-o por alguns minutos naquela festa de Paloma Picasso. E somente em outra ocasião mais, na casa de Duras, onde ele havia ido com sua mulher, Martine Simonet.

L'Assassin musicien era protagonizado por Anna Karina, Joel Brion e pelo impagável veterano – sempre ator coadjuvante – Howard Vernon, amante do cinema jovem ou arriscado e que também trabalhava com Arrieta. O estilo do filme de Jacquot era austero, influenciado pelo cinema de Bresson e de Duras, de ritmo lento e diálogos sóbrios e, para dizer a verdade, muito mais denso. Martine Simonet tinha um papel muito secundário, o que me parecia uma flagrante injustiça.

O filme era a adaptação de um relato que Dostoiévski deixou incompleto e que Jacquot situava em Paris: a história de um jovem violinista de província que, convencido de ter um dom excepcional como músico, deixa sua cidade natal para conquistar a capital, onde não se encaixa nas sucessivas orquestras em que procura assento, o que o leva a dizer que não trabalha porque não está interessado em compartilhar seu gênio excepcional com os componentes modestos de qualquer orquestra do mundo, por melhor que esta fosse. Considera-se o melhor violinista do mundo e passeia pelas ruas de Paris, observando com uma estranha mescla de presunção e inveja os cartazes que anunciam concertos musicais na cidade e acaba não tendo mais remédio a não ser cafetinar uma pobre criada (Anna Karina) que o acolhe em sua modesta *chambre de bonne* porque se apaixonou por ele, não pelo arrogante músico provinciano sem trabalho, e sim pelo patético pobre-diabo que encontrou cambaleando pela cidade, dizendo-se o melhor violinista do mundo.

61

Em 29 de abril de 1974 comprei papel e envelope e escrevi a mesma carta que Arthur Rimbaud havia escrito em 29 de abril de 1870 a Théodore de Banville:

> E se encontrassem lugar estes versos no *Parnasse contemporain*?
>
> Eu não sou conhecido. Mas, que importa? Os poetas são irmãos. Seus versos têm fé, amam, esperam: isto é tudo.
>
> Querido mestre: eleve-me um pouco: sou jovem: estenda-me a mão...

Meti a carta no envelope e a enviei a Monsieur Théodore de Banville, chez M. Alphonse Lemerre, éditeur. Passage Choiseul, Paris.

Sete dias depois, os Correios me devolveram na água-furtada a carta de Rimbaud. A carta havia chegado à passage Choiseul (cenário, por sua vez, do inferno adolescente do escritor Céline), mas não encontraram nenhum Monsieur Théodore de Banville e a tinham reenviado à rue Saint-Benoît, onde esperei que se fizesse noite para abri-la e lê-la. "Sou jovem", li em voz muito alta. E esperei a noite toda que alguém acudisse em meu auxílio, batesse à porta de minha *chambre* e me estendesse a mão. Passei a noite esperando Rimbaud.

62

Eu ia muito ao cinema.

Johnny Guitar, de Nicholas Ray, é o filme que mais vezes vi na vida. Quando o passavam em Paris em alguma sessão chinfrim, lá estava eu na fila noturna, disposto a ver aquele filme pela enésima vez. Me fascinavam seus diálogos sobre o amor e me encantava a segurança que emanava da forte personalidade do herói. Pensava que, se o tivesse conhecido em minha infância, esta teria sido muito distinta do que havia sido. Imaginava-me a mim mesmo dormindo em meu quarto de menino, distante de qualquer terror noturno, sabendo que Johnny Guitar guardava a casa. Sabia de cor tudo o que o herói dizia no filme, sobretudo os diálogos de amor, como aquele em que Johnny (Sterling Hayden) pergunta a Viena (Joan Crawford) quantos homens ela amou e Viena pergunta a Johnny quantas mulheres ele esqueceu.

Uma noite em Paris, de volta de uma longa festa na Le Sept da rue Sainte-Anne, discoteca da moda e centro do *beautiful people* (Ingrid Caven, por exemplo, mas também Yves Saint Laurent, Nureiev, Helmut Berger, Andy Warhol, e *uma outra* Josette Day, ainda bela e acompanhada da fera), caminhando com os amigos junto ao Sena, Adolfo Arrieta apontou de repente para o último andar de um dos imponentes edifícios ao lado do rio. "Ali, naquela grande cobertura que estão vendo iluminada, mora Sterling Hayden", nos disse.

Eu não sabia que Johnny Guitar morava em Paris. Após as palavras de Arrieta, continuamos andando, quase todos em respeitoso silêncio, como se tivéssemos caído aprisionados pelo feitiço da cobertura do herói sobre o rio. Depois daquele dia e daquele silêncio, houve outros dias e outros silêncios. Sozinho ou acompanhado, várias vezes voltei a passar de noite, à margem do Sena, próximo da casa de Sterling Hayden. E lembro que sempre instintivamente levantava as vistas e olhava para o último andar daquele prédio e procurava a cobertura e sempre estava acesa. E recordo também o quanto me confortava passar por aquele lugar e olhar para cima e ter a sensação de que desde aquela casa junto ao Sena, desde sua insone cobertura sempre iluminada, o grande Johnny Guitar velava por mim, vigiava a deriva às vezes patética de meus passos junto ao rio.

63

Eu ia muito ao cinema.

Senti verdadeira comoção vendo *Notre Dame de Paris*, na versão do medíocre diretor Jean Dellanoy do romance de Victor Hugo. O filme era horrendo sob todas as luzes, mas a história do corcunda Quasímodo e da bela Esmeralda me tocou a alma. Na saída do filme, fui andando até o Hotel Esmeralda, perto de Notre Dame, o famoso *Esmegaldá*, centro indiscutível naqueles dias da alma boêmia da cidade, um lendário espaço de liberdade sobre o qual circulava o rumor de que os quartos não tinham chave e, além disso, todos se intercomunicavam. Germán, um jovem espanhol que trabalhava na recepção e que era amigo de

Arrieta e Javier Grandes, me contou que quem freqüentava muito o hotel, e sempre com notável escândalo, era o travesti que imitava Josette Day.

E quem era a verdadeira Josette Day? Germán me explicou que era a atriz que protagonizara *A bela e a fera* de Cocteau e que era famosa sobretudo porque, depois de rodar esse filme, se casara com um belga que era um dos homens mais ricos do mundo e a quem tinha arruinado ao deixar-se arrastar por seu fascínio pelas esmeraldas.

"E me conta tudo isso no Esmeralda", foi tudo o que me ocorreu dizer a Germán, que absurdamente se chateou comigo pela obviedade – disse – de meu comentário. Achei tão injusto, por desproporcional, esse enfado que imediatamente fui embora dali, não sem antes agradecer que tivesse me contado quem era a verdadeira Josette Day. Saí do Esmeralda e decidi subir até o alto de Notre Dame, onde nunca estivera, e conhecer o mítico território do Quasímodo. Subi em companhia de alguns turistas e, uma vez lá em cima, fiquei imensamente aturdido diante do que vi. A fotógrafa Martine Barrat, amiga de amigos comuns, estava imortalizando com sua câmera Raúl Escari, que naquele preciso instante compartilhava um *joint* com William Burroughs, porque era Burroughs quem estava ali com meu amigo, no mesmo momento não tive nenhuma dúvida, embora meu estranhamento, surpresa e excitação diante de tal descoberta tivessem sido grandes. O que fazia Raúl com aquele famoso escritor lá no alto de Notre Dame? Claro que, quando ia perguntar, eu também deveria ter me perguntado o que eu fazia lá no alto.

Me dei conta de que ignorava muitas coisas sobre meu bom amigo. Me senti, por outro lado, tão excluído daquela cena que não me atrevi a ir até eles e cumprimentá-los. Como não me viram, preferi não dizer nada, via a mim mesmo como um pobre-diabo a quem tivessem jogado de repente num mundo desconhecido.

Nos dias seguintes, quando via Raúl, não podia deixar de ter o tempo todo presente comigo que ele me ocultava amizades e seguramente histórias e que os *outros* talvez não fossem o inferno – como dizia Sartre –, mas sim completos desconhecidos por mais que acreditássemos conhecê-los. Até que, um dia, o próprio Raúl me mostrou a foto de Martine Barrat. "Estive com Burroughs outro dia, sabia?", me disse com simplicidade e total ausência de mistério. E se houve alguém ali misterioso e enigmático fui eu mesmo, sobretudo quando lhe disse: "Eu estava no alto da Notre Dame, mas não me aproximei de vocês porque não me atrevi, você estava com uma pessoa tão famosa...".

Raúl me olhou como se fosse eu quem tivesse fumado aquele *joint*. Na realidade me olhou como eu o tinha olhado quando o avistei lá no alto, com Burroughs. Mas o mais assombroso de tudo é que um pouco depois, dando mostras de que me conhecia muito bem, soube notar que, por mais estranho que fosse, eu estava dizendo a verdade e falando além do mais um pouco ressentido e movido pelo ciúme. Acreditou tanto no que eu dissera que se desculpou antes de me dizer que no dia seguinte tinha jogado *flipper* com Serge Gainsbourg. Muitas vezes pensei que nossa grande amizade na realidade só naufragou totalmente com essas duas sérias cenas de mistério, perturbação e ciúme.

64

Eu ia muito ao cinema.

De meus últimos dias em Paris recordo bastante a tarde em que casualmente, numa das pequenas salas do Quartier Latin, vi *Drei amerikanische LPs*, um curta-metragem de Wim Wenders do ano de 1969, no qual a trilha sonora, de rock and roll, tinha uma importância absoluta, acima inclusive da imagem. Veio prontamente à memória a esquecida trilha sonora de minha vida. "Esquecemos faz tempo", escreve Walter Benjamin em *Rua de mão única*, "o ritual segundo o qual foi edificada a casa de nossa vida. Mas quando é preciso tomá-la de assalto e começam a cair as bombas inimigas, quantas antiguidades descarnadas e estranhas nos deixam estas descobertas entre as fundações!"

Aquele dia, naquela pequena sala de cinema, apareceu uma antiguidade estranha que eu havia sepultado nos porões do edifício de minha vida: a lembrança do dia de 1965 em que eu andava pela rua Pelayo de Barcelona e ouvi de repente pela primeira vez os Beatles, que cantavam *Twist and Shout*, uma música que me pareceu diferente de todas e que me descobriu o sentimento de uma felicidade rara, impensável até então.

Descobrimento do rock and roll, que me salvou a vida, ou que ao menos me deu o impulso para buscá-la. O rock and roll era algo que minha geração não havia herdado de ninguém e portanto não havia quem nos ensinasse a gostar dele. Ao contrário, muitos queriam nos convencer de que devíamos desprezá-lo. O cabelo comprido dos Beatles, que hoje nos parece uma banalidade, na realidade não foi, muito pelo contrário; creio que foi um fator decisivo para o rock, porque criou um sentimento de identidade totalmente distinto do capitalismo. Em certo sentido, foi um passo rumo a uma revolução, pois foi o rock que nos outorgou a muitos, pela primeira vez, um sentido de identidade. E isso foi possível porque o rock antes de tudo, apesar de nosso desespero (fictício ou não), nos conectava com uma estranha felicidade.

Aquele dia, naquela sala de cinema do Quartier Latin, recuperei a lembrança enterrada nas fundações da casa de minha vida, a lembrança daquele *Twist and Shout* que mudara minhas perspectivas. *Drei amerikanische LPs* começava com uma viagem de carro, e a câmera se demorava, enquadrando da janelinha a paisagem que se movia lateralmente. Via passar a cidade, os comércios, cartazes publicitários, os arrabaldes, cemitérios de automóveis, fábricas, enquanto se ouvia a música de Van Morrison. As vozes de Wenders e Handke comentavam fora de plano os discos que escutavam no rádio do carro. O verdadeiro herói daquele filme era o rock and roll, que se convertia no único veículo de comunicação num universo desolado e impenetrável. Não importava o que havia fora – aquele não era um road movie –, e sim o que havia dentro: o rádio do carro, a trilha sonora do filme, o rock.

Desde aquele dia, Van Morrison é meu cantor favorito. Foi um dia, suponho, importante para mim, pois descobri que devia perder certos complexos e não considerar o rock alheio ao que podia escrever. Foi também o dia em que me dei conta de que não devia me deixar intimidar por alguns escritores espanhóis de minha geração que diziam estar interessados somente na música clássica e que, por exemplo, haviam se compadecido de mim no dia em que me ocorreu citar os Rolling Stones. Foi o dia em que me dei conta de que não somente não devia descartar nunca nada na hora de criar, como não devia me deixar influenciar pelo olhar compassivo daqueles pedantes de meu país tão atrasado, escritores altivos e ancorados numa literatura engessada. Foi o dia em que descobri que na hora de escrever não devia descartar nada pois, como dizia Walter Benjamin, o cronista que narra acontecimentos sem distinguir entre pequenos e grandes se guia, ao fazê-lo, por essa verdade: de todo o ocorrido, nada deve ser considerado perdido para a história. Foi o dia em que descobri que havia no estrangeiro escritores e cineastas de uma geração anterior à minha – como Wenders e Handke – que dialogavam sem complexos sobre o rock and roll, sobre a felicidade estranha que uma canção de Van Morrison pode nos dar de repente. Continuei vivendo em desespero, mas com momentos de estranha felicidade que de vez em quando me vinham – continuam vindo – do rock and roll.

65

Eu ia muito ao cinema e Edgardo Cozarinsky também devia ir muito, pois com freqüência o encontrava vendo o mesmo filme que eu. Cozarinsky, um borgesiano tardio segundo Susan Sontag, era um exilado argentino que parecia ter conseguido sentir-se cômodo no papel de pessoa desterrada. Escritor e cineasta, vivia entre Paris e Londres, ignoro onde vive agora, creio que somente em Paris. Lembro que o admirava porque sabia conciliar duas cidades e duas dedicações artísticas – algo de que eu, sem dúvida, era incapaz; até chegar a Paris, por exemplo, não me ocorrera nunca que podia viver em duas cidades ao mesmo tempo, me bastava viver em uma só – e também lembro que vi algum de seus filmes e li seu ensaio sobre Borges e o cinema, e também seu estudo sobre a fofoca como procedimento narrativo e outros textos, todos sempre muito encantadores. Dez anos depois de deixar Paris, admirei muito especialmente seu *Vudú urbano*, um livro de exilado, um livro internacional no qual utilizava uma estrutura híbrida que naqueles dias era muito inovadora e hoje está mais assentada no panorama literário.

Vudú urbano dava a impressão de ter sido escrito por Cozarinsky após ter levado muito a sério aquilo que propunha Godard: fazer filmes de ficção que fossem documentários e documentários que fossem filmes de ficção. *Vudú urbano*, que era um livro que se adiantou a outros que depois mesclaram o ensaio com a ficção e que portanto avançava novas e interessantes tendências para a literatura, parecia composto de narrações que eram como ensaios e ensaios que eram como narrações. Era, por outro lado, um livro carregado de citações na forma de epígrafes que faziam pensar naqueles filmes de Godard que eram semeados de citações. Alguns de meus livros dos anos oitenta e noventa derivam em parte, embora suponho que inconscientemente, do cinema de Godard. E creio que também de algo da estrutura novelística de *Vudú urbano* de Cozarinsky, dessa estrutura em que as citações ou enxertos aparentemente arbitrários emprestavam magnífica eloqüência ao discurso: as citações ou resíduos culturais se incorporavam à estrutura de uma forma prodigiosa, pois, em vez de se somarem ao resto do texto placidamente, chocavam com ele, elevando-se a uma imprevisível potência e convertendo-se num capítulo a mais do livro.

Creio que o artefato literário de *Vudú urbano*, esse livro escrito por alguém que, eu acho, se sentia cômodo como uma pessoa desterrada, influenciou sobretudo meu romance sobre conjuras portáteis, mas essa influência recebi-a em meados dos oitenta e pertence, portanto, a um período de minha biografia literária distante da que abarca esta conferência de três dias, que não fala de conjuras e sim de conjurar minha juventude revisando-a ironicamente.

66

Eu ia muito ao cinema para ver *India Song*. Por um motivo ou outro sempre estava vendo *India Song*, o melhor filme de Duras. Se alguém não tinha assistido e eu o acompanhava para vê-lo. Vi-o muitas vezes quando estreou em 1975 em vários cinemas de Paris com notável sucesso, assisti muitas vezes e sempre me fascinou, e, além disso, o sentia como algo meu, talvez porque muitas vezes assistira à filmagem, sobretudo quando estiveram filmando no palácio Rothschild do Bois de Boulogne, a quatro passos dos lugares onde, dois meses antes, ela e eu procuráramos uma noite as putas de primeira comunhão. Marguerite havia descoberto esse palácio num de seus longos passeios pela cidade, e desde o primeiro momento se sentiu atraída pelo lugar. Até o final de seus dias se sentiu impressionada por esse espaço, e contava que Goebbels vivera ali e que alguns criados dos Rothschild puderam realizar atividades para a Resistência em quartos secretos do palácio, pelas costas dos alemães. Era um palácio no qual, depois da guerra, os Rothschild decidiram não voltar jamais a residir. Quando Marguerite o escolheu como locação, tudo estava num notável estado de abandono, de desmoronamento. Era uma casa enormemente decadente e muito adequada para o que Marguerite tentava contar que se passava nela e que não era mais do que uma história de amor imobilizada no ponto culminante da paixão. Em torno dessa história de amor, estava o mundo exterior, a Índia. E com ela o horror, a fome, a lepra e a umidade da monção. Também o horror aparecia imobilizado em seu paroxismo cotidiano. Algumas vozes – sem rosto – se encarregavam de falar e tratar de reconstruir essa história de amor que as vozes recordavam vagamente, embora não tivessem esquecido o grito de amor do apaixonado em plena recepção da embaixada da França, o grito do vice-cônsul pronunciando o nome da amada, o nome de Anne-Marie Stretter. Ouviam-se sirenes de barcos a distância e trinados de pássaros próximos. Todo o filme era o eco de um grande grito de amor.

Ora com Raúl Escari, ora com Adolfo Arrieta, fui muitas vezes às filmagens e presenciei como o parque dos Rothschild se transformava num jardim colonial. Uma enorme lâmpada de quartzo atraía as mariposas noturnas, que queimavam às centenas. A luz branca do verão parisiense adquiria a cor da monção. Marguerite, no dia da pré-estréia, adorava que lhe perguntassem em que região da Índia tinha rodado o filme. Recordo que, ao final dessa primeira projeção, se aproximou Robbe-Grillet para dizer-lhe que, como acontecia com todos os que ela fizera, havia gostado muito do filme. E recordo que fiquei gelado pensando se tinha ouvido bem ou ela voltara a falar em seu francês *superior*, quando ouvi que dizia a Robbe-Grillet que lamentava muito não poder dizer o mesmo de seus filmes. Creio que nunca até então ouvira ninguém falar em minha vida com tanta franqueza, e talvez por isso aquelas palavras permaneceram muito bem gravadas na memória. E mais, imitei esse tipo de franqueza em algumas ocasiões de minha vida, sempre com maus resultados, pois em todos os casos os afetados reagiram mal e se tornaram meus inimigos e eu acabei, por uma curiosa associação de idéias, considerando-os por sua vez inimigos da beleza de

India Song, da extensão crepuscular do eco de um grande grito de amor na noite indiana: uma associação que com o tempo soube que não era tão descabelada como eu acreditava, pois *India Song* encanta exclusivamente os meus amigos.

67

Eu ia muito ao cinema e entre meus filmes favoritos sempre esteve *Il conformista*, de Bernardo Bertolucci. Adorava as participações de Dominique Sanda, Stefania Sandrelli e as do ambíguo Pierre Clementi. E adorava também a extraordinária fotografia de Vittorio Storaro, mas sobretudo o que sempre me fascinara mais naquele filme tão diferente de todos era a maneira nada ortodoxa de contar a história, uma história que avançava à base de saltos, como se avança quando se está fazendo um romance e não se sabe o que vai acontecer e se se chegará ao final. Bertolucci, assim como fazia Cortázar em *O jogo da amarelinha* – romance que li para sentir-me mais ligado a Paris e que admirei em seu momento –, convertia em jogo a narração. E eu me perguntava quando me atreveria a começar um romance com esse espírito de jogo que havia encontrado em Bertolucci e Cortázar, saltando de casinha em casinha com a liberdade primitiva que teve em seus primórdios a arte de contar. Ainda sem chegar à categoria de amarelinha perfeita, outro filme de Bertolucci, *O último tango em Paris*, também me produziu certa comoção, muito especialmente por seu começo arrebatador, com um Marlon Brando desorientado e muito desesperado – como eu mesmo, pensei –, perdido pelas ruas de Paris. Com um começo como aquele, partindo daquela situação extrema, tudo parecia possível. Eram dias em que o cinema era um espelho. Um espelho inclusive de minha desorientação porque não ignorava – e sofria por isso – que, do mesmo modo que o cinema organizava a realidade visual, os bons romances organizavam a realidade verbal. Eu não ignorava tudo isso, por exemplo, mas, sem dúvida, apesar de que havia encontrado o jogo narrativo e os saltos de casinhas e os padrões ideais para relatar, não sabia como podia organizar essa realidade. Mais ainda, a sombra de uma alarmante pergunta pairava sobre minha água-furtada. Qual era a minha realidade? Se não a conhecia, como queria organizá-la?

Dou um salto agora e mudo talvez de tema, mas não mudo de casinha. As regras do jogo também estão aí para se jogar com elas. Salto para confessar agora a todos vocês que me sinto afortunado por não deplorar meus anos de aprendizado como escritor. Porque se eu, por exemplo, pudesse dizer agora a vocês que recordo a intensidade daqueles anos, as horas consumidas escrevendo na água-furtada, eu também consumido ao longo de todo um dia e então, à noite, inclinado sobre minha mesa enquanto o mundo dormia, sem sentir cansaço, eletrizado, trabalhando até a madrugada, e ainda depois... Se eu pudesse dizer-lhes algo de tudo isso, mas não posso fazê-lo, não há muita grandeza, beleza ou intensidade nos minutos de minha juventude dedicados à escrita. Eu sei, é deplorável. Mas essa é minha sorte, vivo sem nostalgia. Não deploro nem minha pureza, nem meu entusiasmo estimulante, nem a intensidade. É como se em Paris fosse postergando tudo com habilidade para sentir verdadeiramente a sedução da escrita nestes anos de agora, de uma idade tardia.

68

Diz a lenda que Hemingway, armado de uma metralhadora e acompanhado por um grupo da Resistência francesa, em 25 de agosto de 1944, após quatro longos anos de ocupação alemã, se adiantou algumas horas à entrada dos aliados em Paris e *libertou* o bar do Ritz, o famoso Petit Bar da rue Cambon. A lenda diz exatamente que Hemingway *libertou* a adega do hotel. Depois, pegou uma suíte nele e, numa quase permanente nebulosa de champanhe e conhaque, se dispôs a receber amigos ou simples visitantes que fossem felicitá-lo. Entre os que se apresentaram no hotel, esteve André Malraux, arrogante a mais não poder. O escritor francês entrou desfilando no Ritz com um pelotão de soldados às suas ordens, convertido em coronel com lustrosas botas de cavalaria. Não se pode dizer que tenha ido ao Ritz felicitar ninguém, muito menos a Hemingway, que o observou em seguida e que imediatamente se lembrou de que aquele orgulhoso coronel abandonara em 1937 a Guerra Civil Espanhola para escrever *L'Espoir*, o romance que alguns ingênuos haviam elevado à categoria de obra-prima. Em seguida notou que o coronel Malraux alardeava seu pelotão de soldados e ria do punhado de esfarrapados que estavam às ordens de Hemingway, o libertador do bar do Ritz.

"Que pena", disse Hemingway a Malraux, "que não tivéssemos a ajuda de suas fantásticas forças quando tomamos Paris." E um dos recrutas esfarrapados às ordens de Hemingway murmurou ao ouvido de seu chefe: "*Papá, on peut fusiller ce con*?" ("Papai, podemos fuzilar esse idiota?")

Em 25 de agosto deste verão fui ao Petit Bar, a esse pequeno bar do qual há vinte anos mudaram o nome e agora a direção do

Ritz chama de Bar Hemingway, embora houvesse contado com muitos outros clientes famosos: Marlene Dietrich, Scott Fitzgerald, Ingrid Bergman, Graham Greene e Truman Capote, entre outros.

Ao entrar ali com minha mulher com a idéia de celebrar o 58º aniversário da libertação do bar, encontrei o pequeno local repleto de uma multidão de pessoas que, em meio a uma horrenda bebedeira generalizada, davam a impressão de também estar celebrando aquela data. Gente feia, muito embriagada. O que eu vi ali estava muito longe de ser paradisíaco. "Quando sonho com o Paraíso", dizia Hemingway, "me vejo sempre transportado ao Ritz de Paris." Me senti na obrigação imediata de advertir minha mulher de que aquilo, contrariamente ao que esperava, não era o Paraíso. "Mas é preferível ao Paraíso", disse minha mulher enigmaticamente. Ia dizer-lhe que não entendia a que se referia quando algumas das pessoas que estavam no bar, ao nos verem procurando uma mesa, trocaram comentários e algumas inclusive riram, nunca saberei de quê. "Viu como riem esses grosseirões?", eu disse à minha mulher, que encolheu os ombros, pois aquilo não parecia afetá-la tanto como a mim, que sempre levei as coisas mais a sério.

Recordei que, quando era jovem e vivia em Paris, ia àquele bar, que ainda se chamava Petit Bar, e ninguém ria de mim. Ao contrário, houve ali até quem me levasse muito a sério e me desse conselhos, muitos conselhos. Sempre que havia uma mesa livre, gostava de sentar-me no mezanino do bar. Um dia, estando nesse mezanino com Vicky Vaporú, ela se dignou – isto eu chamo levar a sério – a me dar um conselho que nunca esqueci: "Sempre que sentir desejos de criticar alguém, lembre que nem todo mundo desfrutou das facilidades que você teve". Dias depois soube que a frase era de *O grande Gatsby* e pedi explicações a ela, que quase chorou ao se ver descoberta ao mesmo tempo que percebi que de todo modo o conselho tinha sido dado de boa-fé, com muito boas intenções, e que ninguém em Paris me levava tão a sério como ela.

Quase chorou e se desculpou dizendo que fora uma homenagem a Scott Fitzgerald, que era assíduo cliente daquele bar e que escrevera, além do mais, um conto intitulado *Um diamante do tamanho do Ritz*, que era o que ela queria na vida, ter um diamante daquele tamanho colossal. Vicky Vaporú, além de ser o travesti mais bonito do Quartier Latin, era o mais parecido que jamais existiu com a Holly Golightly de *Breakfast at Tiffany's* de Truman Capote. Nas claras, frescas manhãs de Paris, eu a encontrava de repente pelo bairro e ela me fazia perguntas que me lembravam a heroína de Capote: "Eu achava que os escritores eram muito velhos. Embora, claro, Patrick Modiano não seja velho. E Hemingway, também é?" "Já morreu", me vi obrigado a responder.

Nas claras, frescas manhãs de Paris eu a encontrava de repente pelo bairro comprando pão e me fazia em voz alta perguntas muito divertidas ou incríveis para aquela hora e sobretudo levando em conta que estávamos numa fila de padaria. Recordo especialmente uma dessas perguntas: "É verdade que eu não sou uma mulher sofisticada nem falsificada e sim uma falsificação verdadeira?". A fila inteira do pão nos olhou, claro. De certa forma, aquela cena foi um antecedente dessa sensação que tive neste 25 de agosto, quando ao entrar no antigo Petit Bar o mundo todo nos olhou e alguns riram de nós. Nisso consistia amadurecer? Quando era jovem (pensei), neste bar ninguém ria de mim, e, mais ainda, me davam conselhos e me levavam mais a sério.

Um dia, também no mezanino, o ator Jean Marais, o herói dos filmes de Jean Cocteau, me deu um misterioso conselho do qual desde então nunca deixei de me lembrar. Eu tinha ido acompanhando um jornalista amigo que o entrevistava para uma revista espanhola. Ao final da reunião, Jean Marais soube que eu queria ser escritor e, dando um rodeio antes do conselho, disse que eu certamente sonhava em alcançar a fama. "Não é assim?", me perguntou. Não lhe respondi, não sabia muito bem o que lhe dizer, na realidade mais do que a fama eu desejava triunfar em Paris, porém talvez as duas coisas fossem a mesma. "A fama", disse então Marais, "é feita de mil rumores e mal-entendidos que costumam ter pouca relação com a pessoa real." Eu não o compreendia direito e não sabia muito bem aonde ele queria chegar, e o que mentalmente me mantinha mais ocupado naquele momento era como ele imitava Jean Cocteau, pois falava como ele, havia se impregnado da personalidade de seu antigo amante e mestre, às vezes seus gestos eram uma cópia exata dos de Cocteau. Quando anunciou que iria me dar um conselho, passei a escutá-lo com atenção. "Fabrique um duplo de si mesmo", disse Marais, "que ajude a afirmá-lo e possa inclusive substituí-lo, que ocupe a cena e o deixe tranqüilo para trabalhar longe do ruído." Tempo depois, soube – e não estranhei nada – que esse conselho era uma famosa frase que Cocteau costumava dizer.

Assim, pois, o bar do Ritz era um local onde eu tinha ouvido todo tipo de conselhos. Faltava o que me daria minha mulher, neste 25 de agosto passado, quando ao ver o panorama que oferecia o bar naquele dia do aniversário da façanha de Hemingway eu lhe disse que, quando se celebra uma festa, a festa que for, não existe razão alguma para que façamos parte dela. Disse isso com a intenção de que não ficássemos ali. Como não me dizia nada, insisti: "Além do mais, não estamos no Paraíso de que falava Hemingway". Então ela me deu um conselho que nos fez ficar no bar até o despontar do dia seguinte: "Precisamente por isso aconselho que fiquemos um tempo aqui, vamos aproveitar que não é o Paraíso para rir um pouco. Pense que no Inferno não vão nos deixar rir, e muito menos no Paraíso, é lá certamente que não nos convém fazê-lo".

Neste 25 de agosto, minha mulher e eu liberamos nossos impulsos mais secretos, como se estivéssemos libertando a adega do Ritz, libertando talvez até demais. Começamos pedindo dois daiquiris e, me animando um pouco, contei a ela o choque militar de Malraux com Hemingway no Ritz. "Estou cansada de você, Hemingway", disse prontamente minha mulher, filha e neta de militares. E eu deveria ter lembrado nesse momento que nela *pernoitava* – o verbo mais adequado é precisamente esse termo castrense, *pernoitar* – uma fobia do tipo militar, um ódio unicamente noturno e impregnado de álcool, uma oculta porém séria animosidade contra mim e sobretudo contra minha mania de que alguém por fim, um dia, ainda que fosse como mentira piedosa, me diria que pareço fisicamente com Hemingway. Mas não dei a devida importância àquele primeiro sinal de agressividade. Pedimos mais dois daquiris e logo outros dois e logo dez mais, e passei a chamar os daiquiris de *coquetéis Malraux*. Soava bem, parecia que soava perfeito: *coquetéis Malraux*. Mas tudo havia se tornado perigoso, como um gigantesco coquetel molotov. Logo descobrimos que já íamos muito além da madrugada e, para dizê-lo em termos hemingwayanos, do outro lado do rio e entre as árvores. Rindo como felizes grosseirões, as horas haviam passado voando e amanhecemos no bar. Eu estava falando com alguns norte-americanos absolutamente estúpidos quando de repente minha mulher, em sua bebedeira extrema, parou de rir, porque lhe pareceu que os meus esfarrapados – disse isso – a olhavam feio. "Que esfarrapados?", perguntei desconcertado. Os esfarrapados eram, segundo ela, os estúpidos com quem eu falava, "seu exército pessoal", os últimos bêbados do bar. Olhei para ela e me lembrei do coronel Malraux e não pude evitá-lo, me escapou isto: "Não estará pensando que quero fuzilar você?". Nunca devia ter feito essa pergunta, nunca. Delatei que uma fobia secreta também pernoitava em mim. Seguiu-se uma refrega militar, eu em meu papel de papa Hemingway e ela no de Malraux. Seguiu-se uma refrega terrível e eu perdi a guerra e dois dentes, e também perdi a confiança em mim e a confiança nela. Não pude evitar de odiar minha mulher quando no dia seguinte ela me disse que estava mais bonito. "Com dois dentes a menos, você já não se parece tanto com Hemingway", ironizou.

69

Na primeira das duas mortes de Franco – porque houve duas – eu estava muito tranqüilo em minha água-furtada lendo poesia. Agonizava o ditador numa clínica de Madri quando um falso rumor levou Santiago Carrillo, o dirigente comunista espanhol no exílio, a anunciar pela Radio Paris, antes do tempo, a morte do ditador. Meu vizinho de água-furtada – um misterioso negro que não falava nunca comigo, mas que nesse dia o fez – soube da notícia em seu radinho e teve o cuidado de dar alguns golpes em minha porta e, ao abrir, eu, com mais medo do que outra coisa – era um negro da Costa do Marfim de dois metros de altura e certo aspecto de canibal –, me disse: "Bom dia, *tubab*. Franco da Espanha *mort*, morto". E logo soltou uma gargalhada e me mostrou, não sei se de propósito, seus dentes afiados. A notícia me deu uma grande alegria, embora mantivesse a postura; exibi certa fleuma, possivelmente para evitar que ele se desse conta de que me intimidava. "O que é isso de *tubab*?", me limitei a dizer. Não respondeu, regressando à sua água-furtada.

Naturalmente, não continuei lendo poesia. Saí à rua para celebrar a morte com o primeiro amigo que encontrasse. Naqueles dias, além de ler Borges (a quem acabara de descobrir) e todo o *panteão negro da literatura* (com Roussel e Rimbaud à frente), continuava lendo a Geração de 27, sobretudo Cernuda, Salinas, Larrea, García Lorca e Guillén. Lia muita poesia. A Geração de 27 fazia tempo que influenciava a minha, digamos assim, formação de escritor. De fato, no período imediatamente anterior ao de minha vida em Paris, eu não fizera nada mais do que ler poesia em Barcelona, e não somente a de 27, mas também Juan Ramón Jiménez e Antonio Machado e alguns poetas do pós-guerra como Blas de Otero, e tudo isso vinha influenciando minha aprendizagem anterior à vida na água-furtada e continuava me estimulando a escrever.

A poesia espanhola, portanto, nunca a perdi de vista, fui leal a ela, depois de tudo era o que me levara, em meus anos de universidade em Barcelona, a esboçar alguns ingênuos versos de primeira hora, que ainda conservo, como aquele de meu poema *Juventude na intempérie*, que hoje em dia ironicamente poderia reintitular *O desespero em negro*, pois se tratava de um poema muito eufórico e otimista, mas que no fundo não ocultava meu angustiante e total desconcerto diante da vida: "Eu tinha programado um mundo/ carregado de quadros negros e velhos frades/ que chorassem salmos/ enquanto bebessem latim/ contagiando geografias mortas [...] mas agora me preparo para desfrutar liberdade/ sentir que afinal estou vivendo a vida/ que nunca os velhos sacanas sonharam pra mim...".

Eu desfrutava de liberdade em Paris? Não muita, já que, por acaso, arriscava pegar uma pneumonia. O aquecedor elétrico estragou, por exemplo, e passei vários dias com um frio imenso na *chambre*. Sem calefação central, como a que eu tinha na casa de meus pais, não existia verdadeira ou, melhor dizendo, completa liberdade. Isso no fundo eu sabia, mas preferia enganar a mim mesmo e crer que o frio e a boemia eram a pura liberdade. Era um poeta frustrado que, tendo desejado escrever grandes versos, rebaixara minhas ambições e aceitara ser tão-somente (tinha o suficiente já, com o trabalho que isso me daria) um narrador. Porém carregava os ideais perdidos de meus desejos de ser poeta. No fundo, o que narra o manuscrito criminoso de *A assassina ilustrada* é a morte do poeta que eu quis ser.

Enfim. No momento em que soube da morte de Franco, eu lia poesia. Mas bastou saber que havia morrido o general assassino, parei de ler e saí à rua em busca de algum amigo para celebrar e me encontrei com Javier Grandes, que não sabia de nada da morte do ditador e me abraçou com força e nos abraçamos muito e saltamos com tanta alegria e de forma tão selvagem que acabei torcendo um tornozelo. Uma hora depois, com o pé enfaixado, sabia que Franco não havia morrido e maldizia Santiago Carrillo. Nos dias seguintes, meio imobilizado pelo acidente, voltei a ler poesia. E então, um dia, Franco voltou a morrer, voltou a dizer a rádio do vizinho negro, e desta vez era verdade, mas eu já não podia pular de alegria, pois de alguma forma já tinha celebrado e, além do mais, meu tornozelo não obedecia. Voltou a bater à porta o negro e voltou a me chamar de *tubab*. Tive por alguns momentos a impressão de que, cada vez que morria Franco, me chamavam de *tubab*. A segunda morte do ditador me encontrou também lendo poesia. Nessa ocasião, lendo *Canto del despertar*, uns versos de Claudio Rodríguez: "Como se nunca houvesse sido minha/ dai ao ar minha voz e que no ar/ seja de todos e a saibam todos/ igual a uma manhã ou a uma tarde".

Abri a janela da água-furtada. Morrera um ditador, o grande assassino e, embora não pudesse dizer que, como dizia Claudio Rodríguez em seu poema, o vento ou a luz fossem meus, falei a mim mesmo que logo talvez minha voz estaria no ar e seria de todos. Em um primeiro momento, pensei que o acontecimento da morte de Franco era um fato histórico muito importante, tinha algo desse *Canto del despertar* de que falava Claudio Rodríguez. E fiquei todo solene. Disse a mim mesmo que talvez se iniciasse uma nova etapa para mim e para o vento e a luz. E de repente...

Não seria a última, mas aquela foi a primeira vez que me ocorreu algo assim na vida. Sentia que as circunstâncias daquele momento eram pavorosamente transcendentes quando então, sem me dar conta, me distanciei do transe solene e fui cair logo numa tolice, pois me veio à memória uma palavra estrangeira, que era, por assim dizer, uma bobagem comparada com a transcendência do momento, mas que afinal de contas permitiu que relaxasse, porque essa tolice rapidamente descansou meu ânimo.

A palavra estrangeira era Savannakhet.

Era um nome oriental repetido obsessivamente em *India Song*. Era um nome oriental, uma palavra estrangeira que a mim, pelo modo que a pronunciava uma mendiga indiana no filme, soava mais como pergunta do que como um nome próprio, a pergunta em forma de grito aterrorizante, como se alguém gritasse como o vice-cônsul e dissesse: Agora o quê? Soava igual a Savannakhet. Agora o quê? Soava angustiado. Era um grito, era uma pergunta, era uma palavra tão perdida como o nome de Veneza na Calcutá deserta.

Era um grito, era uma pergunta, era uma palavra que no filme logo se convertia numa canção.

Uma canção de Savannakhet.

Agora o quê?

Franco havia morrido e logo eu só pensava nos tremores da luz da monção num parque junto ao Ganges. Franco havia morrido e eu só era capaz de pensar em Savannakhet. Parecia uma frivolidade. Logo disse a mim mesmo, porém: E agora o quê?

70

Dei com um livro que decidi que tinha conexões com minha vida boêmia: *O tempo dos assassinos*, de Henry Miller, uma biografia de Rimbaud e ao mesmo tempo uma evocação dos anos em que Miller foi pobre e feliz em Paris. Num prefácio escrito em Big Sur, Califórnia, em 1955, referindo-se a Rimbaud, dizia que, na simbólica linguagem da alma, o poeta francês "descreveu tudo o que está acontecendo agora". Segundo Miller, existia uma relação direta entre Rimbaud e os grandes inovadores religiosos. Também o poeta francês propunha reinventar a vida, voltar a começar do zero. "Está mais vivo do que nunca", dizia de Rimbaud, "e o futuro lhe pertence... embora não haja futuro." Eu me dizia que, dada a mediocridade de meu presente, seria fantástico que o futuro me pertencesse. E estava disposto a crer em Miller quando dizia que não havia futuro, estava disposto a acreditar nele a fim de poder conservar a esperança de que, de todos os modos esse futuro, ainda sem existir, pudesse me pertencer algum dia.

71

Fui a Paris neste agosto e viajei de metrô até as absurdas edificações que acolhem a Biblioteca Nacional da França, erguida pela megalomania de Mitterrand. Fui a esse estranho lugar convencido como W. G. Sebald de que lá "está enterrado tudo o que nossa civilização produziu", e convencido também de que o homem moderno, sob a hipnose do progresso e do pensamento único, não sente falta do que jaz nesse panteão nem tampouco das marcas dos ausentes, extraviado como está o homem moderno na ilusão de um futuro que não está ao seu alcance.

Também nos anos setenta, quando estive em Paris – então Mitterrand era para mim basicamente um amigo de Duras que em 1943, em plena Resistência, havia se escondido duas noites em minha água-furtada –, o futuro era uma ilusão, mas eu me negava a aceitá-lo. Como era jovem, sentia que tinha a obrigação de crer que tinha futuro, embora não o visse muito claramente. Por outro lado, de tanto simular desespero passava dias inteiros desesperado de verdade, vendo tudo escuro, um porvir muito negro. Minha juventude começava a se parecer com o que antes chamei um desespero em negro. Esse desespero – às vezes fingido e em outras realmente bem vívido – foi minha companhia mais fiel e constante ao longo dos dois anos que vivi em Paris. Muitas vezes, uma repentina lucidez que parecia surgir de meu desespero menos fingido me dizia que estava enterrando minha juventude naquela água-furtada. A juventude é extraordinária, pensava, e eu a sufoco vivendo uma boemia que não me leva a nada.

Um dia, por conta do ensaio de Cozarinsky sobre Borges e o cinema, descobri o autor de *O aleph*. Comprei seus contos na Librería Española e lê-lo foi uma revelação para mim, me impressionou muito sobretudo a idéia – encontrada num de seus contos – de que talvez o futuro não exista. Era a mesma que encontrara no livro de Miller sobre Rimbaud. Fiquei de novo perplexo ante essa negação do tempo, nesse caso diante da refutação do tempo que se podia encontrar num escrito sobre o Orbis Tertius, o axioma mais importante das escolas filosóficas. Segundo esse axioma, o futuro só é real na forma de nossos medos e esperanças presentes, e o passado só é real meramente como lembrança.

O passado é sempre um conjunto de lembranças, de lembranças muito precárias, porque nunca são verdadeiras. A respeito disso ouvi Borges dizer algo muito belo e comovente. Ouvi-o falar numa conferência secreta que ele deu na Zékian, uma livraria clandestina que ficava no segundo andar de uma casa da rue Littré. Foi o próprio Cozarinsky quem me pôs na pista dessa livraria secreta.

Fui até a Zékian sem futuro e saí sem passado.

Escutei Borges dizer que recordava uma tarde em que seu pai havia lhe dito algo muito triste sobre a memória, havia lhe dito: "Pensei que podia recordar minha meninice quando pela primeira vez cheguei a Buenos Aires, mas agora sei que não posso, porque creio que se recordo algo, por exemplo, se hoje recordo algo desta manhã, obtenho uma imagem do que vi esta manhã. Porém se esta noite recordo algo desta manhã, o que então recordo não é a primeira imagem, mas a primeira imagem da memória. Assim é que, cada vez que recordo algo, não estou recordando realmente, e sim estou recordando a última vez que recordei, estou recordando uma última recordação. Assim é que na realidade não tenho em absoluto recordações nem imagens da minha meninice, da minha juventude."

Depois de evocar essas palavras de seu pai, Borges se calou durante alguns segundos que me pareceram eternos, e logo acrescentou: "Tento não pensar em coisas passadas porque, se o faço, sei que o estou fazendo sobre recordações, não sobre as primeiras imagens. E isso me deixa triste. Me entristece pensar que talvez não tenhamos recordações verdadeiras de nossa juventude".

72

Uns meses depois de escutar Borges dizer na Zékian que não temos recordações verdadeiras de nossa juventude, uma garota que disse se chamar Sylvie me parou na rua e, com voz de conspiradora, explicou que havia me visto no dia de Borges na Zékian e que desejava me avisar que na terça-feira da semana seguinte, às seis da tarde, haveria uma intervenção clandestina de Georges Perec naquela livraria secreta. "Espero você lá", disse meio envolta em mistério, "não chegue tarde porque Perec será muito breve." Em seguida, me deu a contra-senha para entrar na reunião secreta e, dobrando a esquina da rue Saint-Benoît com a rue Jacob, desapareceu para sempre. Usava o mesmo penteado de Jane Birkin, é o que mais me lembro dela. E digo que desapareceu para sempre porque não a vi na Zékian na terça seguinte quando fui à reunião secreta, não a vi lá nem voltei a vê-la nunca mais em minha vida. Um mistério.

Custou-me muito me decidir a ir até a Zékian para ver Perec. Primeiro porque tinha que ir sozinho e minha timidez tornava algo difícil voltar a subir até a porta pintada de branco do segundo andar daquele edifício da rue Littré no qual meses antes havia escutado Borges. E segundo porque já vira Perec em uma ocasião, propiciada pelo lançamento de um livro de Philippe Sollers, e já o espiara o suficiente. E, enfim, por muitos outros motivos seria custoso subir até a livraria. O fato, porém, é que acabei indo. Dei a contra-senha ("Sou um homem que dorme") e entrei, e o fiz com maior timidez do que sentiria em situações normais, pois gozaram de mim ao responder à contra-senha, dizendo: "Pois não se vê a cara de sono". Havia umas trinta pessoas na livraria e não conhecia nenhuma delas. Às seis em ponto apareceu um homem que disse ser Perec, mas não era ele. E mais, não se parecia nada com Perec. Entre outras coisas porque era negro e lembrava muito Tony Williams, o cantor dos Platters. A intervenção do falso Perec foi breve e dessas que a pessoa, por mais que seja uma recordação de juventude, não esquece. Disse mais ou menos o seguinte:

"Há muito tempo, em Nova York, a algumas centenas de metros dos recifes onde vão quebrar as últimas ondas do Atlântico, um homem se deixou morrer. Trabalhava de escrevente para um advogado. Escondido detrás de um biombo, passava o tempo sentado diante de sua escrivaninha e não se movia nunca dali. Alimentava-se de biscoitos de gengibre. Olhava pela janela um muro de tijolos enegrecidos que quase podia tocar com a mão. Era inútil pedir-lhe algo, que revisasse um texto ou que fosse ao correio. Nem as ameaças nem os pedidos tinham poder sobre ele. Ao final, tornou-se quase cego. Tiveram de despedi-lo. Instalou-se nas escadarias do edifício. Então o prenderam, mas ele se sentou no pátio do cárcere e se negou a comer".

Dizendo isso, olhou fixamente para o público durante alguns segundos e depois foi em direção à saída e saiu da livraria batendo a porta. "Toda essa profundidade não quer dizer nada", gritou o homem que estava sentado ao meu lado. Todo mundo o olhou com desprezo. E pouco depois se dissolveu a reunião. Não entendi nada. Saí para a rue Littré e voltei à àgua-furtada. Não vira Sylvie, não vira Perec. E aquela porta batida?

Que estranho, pensei. Recordarei isso dentro de alguns anos? No dia seguinte, transferi a frase "toda essa profundidade não quer dizer nada" para *A assassina ilustrada*, quem sabe talvez se com o ânimo de com o tempo me lembrar do cantor dos Platters.

73

Em Paris, neste agosto, todo dia ao voltar para o hotel passávamos diante do edifício da rue Littré em cujo segundo andar existiu uma vez uma livraria secreta chamada Zékian. Nem minha mulher nem eu nos decidíamos a entrar nesse prédio para tentar averiguar o que havia no andar onde então ficava a livraria Zékian. Estaria a livraria ainda ali, e ainda por cima continuaria sendo clandestina? E por que diabos, afinal, numa Paris livre existiu uma livraria clandestina e isso quase me pareceu normal?

Recordava perfeitamente e de maneira quase obsessiva a escada de caracol que conduzia ao segundo andar, onde havia uma porta branca e nela, pintada de negro, acima do olho mágico, uma minúscula porém orientadora letra z.

Ainda que estivesse constantemente com a sensação de recuperar para mim mesmo o espaço em que um dia vi pessoalmente o lendário Borges, não chegava a me decidir por dar o primeiro passo. Ao mesmo tempo, essa indecisão, que compartilhava com minha mulher – também muito indecisa –, agigantava na realidade minha curiosidade para saber no que teria se convertido a enigmática Zékian. Era agora talvez o lar de uma aprazível família burguesa que ignorava o passado da casa e que ficaria muito aturdida ao saber que um dia, na sala de estar de sua doce residência, Borges confessou que o entristecia pensar que talvez não tenhamos recordações verdadeiras de nossa juventude?

O que haveria por detrás da porta branca? Passavam os dias e não nos decidíamos a entrar no edifício da rue Littré e subir ao segundo andar para tocar a campainha da porta branca – continuaria branca? – onde ficava a Zékian. Até que uma tarde, no Café de Flore, onde nos refugiamos porque chovia, repentinamente nos encontramos – não sabíamos que ele estava em Paris e foi uma alegria para nós – com o amigo Sergio Pitol, que se converteu de imediato em chefe da expedição ao prédio da rue Littré. Foi ele quem praticamente nos arrastou até o local. Quando a chuva diminuísse, averiguaríamos, disse, tudo o que tivéssemos de averiguar e não sairíamos do edifício da rue Littré até que soubéssemos o que existia atrás da porta branca, que tipo de pessoa ou móvel – disse sorrindo – ocupava o lugar exato onde um dia Borges disse que era triste não ter recordações verdadeiras de nossa juventude.

Surpreendeu-me, já no edifício da rue Littré, ver que no segundo andar havia, uma diante da outra, duas residências com suas respectivas portas, nenhuma delas pintada de branco. Permanecia ali, tal como a recordava, a escada de caracol, de modo que não tínhamos nos equivocado de prédio, mas sem dúvida a memória me traíra no que se referia à única porta do segundo piso. De repente, toda a investigação sobre o mistério da Zékian passou a girar em torno de qual das duas era a outrora porta branca.

Apesar de meus esforços, tornou-se impossível saber qual das duas portas era a que eu, quase trinta anos antes, atravessara em duas ocasiões. Decidimos bater na da esquerda, que era a que mais me parecia que podia ser. Ninguém atendeu. Insistimos, tocamos diversas vezes a campainha. Nada. "Está tão claro que esta foi a porta da livraria como que não há ninguém aí dentro. Seus habitantes eram tão secretos que, como vêem, se tornaram invisíveis", disse Pitol, que não ocultava o quanto se divertia com aquela investigação. De repente, pareceu-me que ele estava agindo como se estivesse dentro de um de seus relatos. E lembrei que seus contos seriam contos impossíveis se acabassem nos revelando algo que jamais nos revelarão: o mistério que viaja com cada um de nós. O estilo de contista de Pitol consistiu sempre em contar tudo porém não resolver o mistério.

Tanto se divertia Pitol que acabou batendo na porta, morria de dar risadas. Então ouvimos que alguém, na porta em frente, se aproximara do olho mágico e nos espiava. Tocamos pouco depois a campainha dessa porta da frente. Uma mulher de idade avançada, uma velha dama, entreabriu-a com precaução, deixando a trava de segurança no lugar. "Procuram alguém?", perguntou. E então Pitol teve uma saída engenhosa e perguntou em seu francês impecável: "Monsieur Jorge Luis Borges vive aí em frente?". Após um breve silêncio, a mulher nos disse: "Vivem aí, mas não estão, não estão nunca".

O olhar de Pitol se iluminou. Agora já sabíamos onde estivera e onde podia ainda estar a livraria Zékian: onde viviam os Borges que não estavam. Abandonamos o lugar entre risos, com a impressão de haver feito tudo o que estava ao nosso alcance para resolver o enigma da livraria secreta e, em definitivo, do mundo. Fomos embora de lá com a impressão de ter estado mais próximos do que nunca da verdade invisível.

74

Com Raúl Escari eu ia a muitas reuniões de argentinos e devia ser por volta de julho de 1974 quando, numa festa que aconteceu no ateliê do pintor Antonio Seguí, conheci Gilberta Lobo, uma senhora uruguaia que tinha cerca de oitenta anos de idade e à primeira vista era uma mulher de grande personalidade, muito interessante, embora às vezes passasse certa angústia, já que parecia ser assaltada de vez em quando por breves mas intensas rajadas de desassossego. Sabia tudo sobre a Espanha, embora nunca houvesse pisado terras espanholas. Tal país, no entanto, era a única paixão de sua vida, segundo me disse. Os homens, ao contrário, nunca tinham sido sua grande paixão. Disse-me isso e logo se vangloriou de seu nome parecido com Gilberte de Saint-Loup, uma personagem de Proust, e voltou a insistir sobre os homens e se mostrou orgulhosa de não ter casado com nenhum. "Todos acabam se tornando muito enfadonhos", disse, e me perguntou à queima-roupa se gostaria que fôssemos comer no dia seguinte, a sós, num restaurante. "Se você achar que não se compromete indo comer sozinha com um jovem...", disse-lhe, tentando ser engenhoso, mas com evidente torpeza. Quando vi que ao meu redor todos riam, acrescentei a tempo: "Ou melhor, indo comer sozinha com um velho". Dei-me conta nesse mesmo momento de que essa minha primeira frase, a que tanto fizera rir os convidados do pintor Seguí, era daquelas que minha mãe poderia ter dito, falando precisamente de mim (para ela eu sempre fui um menino: um menino, diga-se de passagem, gris).

No dia seguinte almocei numa sala privada de um hotel de Champs Elysées com a senhora Lobo e me senti, durante um bom tempo, um menino na companhia da mãe que gostaria de ter. "E Marguerite Duras trata você bem?", foi uma de suas perguntas, como que rivalizando em sentimentos maternais com minha senhoria. Senti-me muito bem ao longo de toda a refeição. Protegido. E com mãe. Como há tempos não me sentia. Na realidade, pensei, talvez nunca até aquele dia estivera protegido por uma mãe. Uma mãe, além do mais, que não me achava gris, mas com um potencial artístico – segundo me dizia – imenso, o que me animou a sentir-me criativo e a lhe contar o argumento de *A assassina ilustrada*, embora tenha lhe contado algo absolutamente diferente.

Para que transformasse toda a história de meu romance devem ter contribuído – e não pouco – as três garrafas de Bordeaux que havíamos bebido. O fato é que lhe disse que *A assassina ilustrada* narrava a história de uma anciã muito atraente mas com tendências assassinas, uma mulher que se dedicava a cortejar somente jovens espanhóis com os quais acabava fazendo amor até matá-los.

"Por acaso você me vê como uma namorada canibal?", me perguntou de repente. Não soube o que lhe dizer. "Acredita que sou o quê, uma Mantis religiosa?" Não sabia muito bem a que se referia. "Acredita que sou daquelas que come o macho ao cruzar com ele?" Após me dizer isso, avançou sobre mim e recordarei sempre esse episódio como um dos mais breves mas também mais significativos do que poderíamos chamar – colocando desde já muita ênfase no assunto – minha educação sexual em Paris.

Enfiou a mão em minha braguilha e eu permaneci estrangulado, assustado. "Não o acho muito espanhol, está parecendo mais um pico nevado", disse bastante desgostosa quando viu que me mantinha quase imóvel e mais frio do que um cubo de gelo. Estava para lhe perguntar se aquilo era uma reprimenda, mas os efeitos do Bordeaux me levaram por outro atalho.

"E a senhora sua mãe?", eu disse.

Tratava-se de uma pergunta educada, sem dúvida, mas sob todas as luzes absurda naquele momento e absurda, além disso, para uma dama de sua idade. A surpresa chegou, indubitavelmente, quando soube que, por incrível que parecesse, Gilberta Lobo tinha mãe.

"Minha mãe continua admirável", me disse, e continuando explicou o porquê: no uso das faculdades mais materiais, como ir a pé à missa ou suportar com insensibilidade os enterros, sua mãe, aos noventa e cinco anos de idade, adquirira uma extraordinária beleza moral.

"E a mãe de sua mãe?", perguntei timidamente e sem a menor ironia.

"Continua morta", me respondeu.

Vi que dessa vez ela tinha se chateado de verdade comigo, lembrou minha mãe quando se aborrecia seriamente com alguma de minhas travessuras. Enfim. Devo dizer-lhes algo sem a menor ironia: nunca na vida me senti com tantas mães como naquele dia.

75

Disseram-me que você se chama Clara. É isso? Não? Bem, tampouco sou adivinho. A verdade é que ninguém me disse que você se chamava. Estava apenas com vontade de estabelecer um breve contato com alguém do público, separar-me um pouco de meus papéis, do manuscrito desta conferência. Voltar a improvisar de novo, dizer a você e ao público em geral que não desdigo algo que já disse: gosto mais de Nova York do que de Paris. E não vou negar agora que, como fez Hemingway em maio de 1918, teria adorado passear pela Broadway e Manhattan, fanfarrão, com meu uniforme de subtenente honorário. E desfilar como ele pela Quinta Avenida. E tampouco vou negar agora que aprecio as enfermeiras que usam o cabelo *à la garçon* e que gosto de enfermeiras, claro que sim. Você é enfermeira, não creio que me equivoque. Não se chama Clara, mas é enfermeira.

Gosto das enfermeiras porque têm uma grande capacidade de sacrifício e resistência. Hemingway sabia-o muito bem, ele sempre se apaixonava por elas. Na Itália, durante a Primeira Guerra Mundial, uma metralhadora austríaca lhe atingiu a perna esquerda e levaram-no ao hospital da Cruz Vermelha americana, na via Manzoni de Milão. Lá havia dezoito enfermeiras para apenas quatro pacientes. Pois bem, Hemingway se apaixonou por Agnes Hannah von Kurowsky, a enfermeira-chefe, uma americana de origem alemã que lhe inspirou a heroína de *Adeus às armas* e que levou o irônico Scott Fitzgerald a dizer que Hemingway necessitava de uma mulher nova para cada romance que escrevia. Você, então, a que não se chama Clara, é a mulher nova desta conferência, disto não tenho a menor dúvida, como tampouco tenho de que Paris não tem fim. Está bem, vá embora, ninguém a impede. Que conste que não quis incomodá-la. Sou apenas um homem cansado. Vá embora, claro que sim. Não é nada grave. Além disso, já ia terminar por hoje. Amanhã lhes direi se eu queria realmente triunfar em Paris.

76

Andávamos pelo bulevar Saint-Germain quando, na altura do Relais Odéon, me ocorreu sugerir a Amapola (andaluza com ares de caminhoneiro) que nos detivéssemos um momento para tentar a sorte na máquina do milhão, para jogar no *flipper*. No fundo, era uma estratégia para ver Martine Simonet, que costumava ir jogar também naquele *flipper*. Era um dia gris, de outono, e eu me sentia profundamente nostálgico e desolado e me parecia que somente ver a bela Martine me deixaria de bom humor.

Amapola, talvez ciumenta porque tivesse adivinhado o que eu estava procurando, atuou como se fosse uma Martine ao revés e com grande facilidade conseguiu imediatamente, com sua inesquecível voz de aguardente, me deixar de mau humor. "Escuta", disse, "você já não tem idade para jogar nessa máquina. Não entraremos no Relais. Cada dia você parece mais com uma caixa de baralhos caída no chão." Intrigou-me a imagem das cartas esparramadas. "O que quer dizer?", perguntei. "Pois bem, filho, você é pura confusão e desordem. Porque, vejamos, o que pensa fazer de sua vida?" Pareceu-me um exagero me atacar daquela forma só porque não queria parar para jogar *flipper*. "E pode se saber aonde vamos tão depressa?", lhe respondi. Plantou-se por um momento na rua e, com uma de suas habituais saídas extravagantes, disse com seu forte sotaque andaluz: "Suicidar-nos por paixão".

Ao chegar ao Relais, a máquina estava ocupada por Javier Grandes. "Deixe-me ao menos entrar no bar, deixe que o cumprimente", disse para Amapola. Entramos, ela o fez de cara amarrada. "O que estão fazendo?", perguntou Javier sem tirar os olhos da máquina. "Discutindo", disse ela. "O quê?", perguntou Javier. "Nada", eu disse. "Como nada?", e se arreganhou de novo Amapola, "falamos de você, que é pura confusão e desordem." "Como assim?", perguntou rindo Javier. "Ele não sabe ainda o que será na vida", ela explicou.

Javier, sem deixar de jogar *flipper*, soltou uma de suas gargalhadas características e então, com voz gutural, disse a Amapola: "Mas ele sabe, sim, o que será na vida. Escritor. Que esteja um pouco atrasado já é outro assunto". Nova gargalhada de felicidade de Javier, me pareceu que ele havia fumado um baseado de maconha muito boa. "Atrasado?", protestei. Javier deixou de jogar por alguns momentos, pôs a mão em meu ombro, me disse com seu sotaque inconfundível de Fuencarral, o bairro de Madri em que tinha nascido: "Quero dizer que está atrasado se comparado com Boris Vian. Na sua idade ele já estava quase morto, mas havia escrito quinhentas canções, trezentos poemas, não sei quantos romances, cinqüenta peças de teatro, oito óperas, mil e quinhentas críticas de música. E não só isso, fazia o que queria com o trompete. E era um notívago glorioso, que ia todos os dias do Bar Vert à La Rhumerie Martinquaise, do Tabou ao Petit Saint-Benoît, do Trois Cannetes ao Vieux Colombier. Dois casamentos, não sei quantos filhos, estudos de engenharia, mil discussões com os camareiros do Balzar, escândalos mil, estragava as agulhas dos toca-discos nos bailões dos meninos ricos deste bairro, e, enfim, para que vou contar isso...".

Fiquei cabisbaixo, praticamente deprimido, como se tivesse perdido mil partidas de *flipper*. "Isso", me disse Amapola, "agora só falta você ficar deprimido."

77

Eu queria realmente triunfar em Paris? Tento me aprofundar na minha mente não muito profunda daqueles anos e não consigo por lá encontrar a resposta exata para tal pergunta. Chego no máximo a recordar que eu pensava que já era um escritor muito conhecido, era uma pena, contudo, que me faltasse o essencial: ter acabado um livro. Por outro lado, no caso de acabar o livro que andava fazendo, o medo de publicá-lo era imenso, ainda tenho medo só de lembrar o medo atroz que me dava a idéia de publicar. Também me faltava uma mulher, que fosse bela e inteligente e me quisesse. Não tinha nem isso. Na realidade não tinha nada. E eu dizia a mim mesmo: Que grande injustiça, quem sabe se acabando o romance e o publicando eu triunfe, mas que medo. Apesar de que, bem, talvez o publique vencendo o medo e triunfe, graças precisamente a uma mulher muito bela e inteligente que o leia, quem sabe uma enfermeira, que prontamente me desejará ao ler meu livro. Mas então surgia a suspeita terrível de que não iria encontrar uma leitora que me amasse, tendo em conta que eu me propunha a assassinar meus leitores. Não podia haver uma perspectiva de estréia mais desgraçada na literatura, porque estava atirando pedras ilustradas e assassinas sobre meu próprio telhado e, para o cúmulo, devia esperar concluir aquele livro para começar outro que realmente me desse possibilidades de vencer, de encontrar a mulher de minha vida. E como iria vencer se não estava seguro de que me convinha fazê-lo? E como iria publicar se não queria fazê-lo e, além disso, não tinha terminando o livro, devido precisamente ao medo que me dava publicar? E se encontrasse a mulher de minha vida e não vencesse? O ideal, dizia a mim mesmo em muitas noites ao apagar a luz da sinistra água-furtada, seria conhecer uma mulher bela e inteligente que me ajudasse a triunfar, que fizesse valer aquilo de que atrás de um grande homem sempre há uma grande mulher. Como podia aspirar a encontrar uma grande mulher, no entanto, se no fundo eu sabia perfeitamente que não era um grande homem? Chegaria a sê-lo algum dia? Eu me dizia que talvez meu romance seguinte pudesse tratar disso, o que escreveria quando me tirasse de cima a maldita assassina ilustrada. Dizia isso e adormecia. E então imaginava em sonhos que Paris – não eu – tinha um grande futuro e, além disso, tinha bondes.

78

Conheci um sujeito chamado Alonso, exilado político espanhol e leitor compulsivo de tudo o que encontrasse em seu caminho. Era um tipo sem dúvida inteligente, porém obrigado pelas circunstâncias a ser traficante de haxixe para sobreviver em Paris. Quando eu o via, ele sempre estava vestido com um conjunto de boxe e usava por cima uma camisa e por cima da camisa um blusão azul de marinheiro francês, ou seja, andava como costumava andar muitas vezes Hemingway em seus anos de juventude naquela cidade. Ainda por cima, se parecia bastante com o escritor quando era jovem, sobretudo com uma fotografia que havia visto de quando ele era tenente da Cruz Vermelha. Para mim, era muito clara essa sua semelhança com Hemingway, mas nunca lhe dizia nada, comprava a mercadoria (que era para Vicky Vaporú, que me dava uma comissão e assim arejava um pouco minha débil economia), suportava sua inveja ou seu rancor que procediam das excessivas leituras sobre a luta de classes, suportava suas piadas sobre mim e minha água-furtada e caía fora. Não via utilidade em lhe dizer algo sobre sua semelhança com Hemingway, pois usava o conjunto porque praticava boxe em seu tempo livre. Porém também era certo que seu blusão azul de marinheiro francês era o mais velho e surrado que tinha visto em minha vida, o que tornava provável – não muito, mas provável – que esse blusão pudesse ser o mesmo que outrora havia sido propriedade de Hemingway. Mas eu não dizia nada. Para quê, pensava. Até que uma tarde ultrapassou um pouco as piadas e começou a rir com tanta crueldade de minha água-furtada que não agüentei mais e perguntei se não tinha se dado conta de que se vestia igual a Hemingway quando este era jovem e morava em Paris. Reagiu mais rápido do que eu esperava e conseguiu me surpreender ao dizer: "É que sou Hemingway. Eu achava que você já tinha se dado conta".

Quando me perguntam se tenho os textos organizados na cabeça antes de escrevê-los ou se eles se desenvolvem surpreendendo a mim mesmo à medida que avançam, sempre respondo que na hora acontecem surpresas infinitas. E que por sorte é assim, porque a surpresa, o rumo repentino, a frase que se apresenta no momento preciso sem que se saiba de onde vem, são o dividendo inesperado, o fantástico empurrãozinho que mantém ativo um escritor. Isso é o que conseguiu o boxeador Alonso naquele dia com sua surpreendente resposta, conseguiu me manter desperto e bem ativo e com um mais que aceitável jogo de cintura. Dei-me conta de que faria bem em seguir pela senda que ele iniciara ao me dizer que era Hemingway. Porque, se ele era, se era Hemingway (não era, claro), eu tinha uma oportunidade única de entrevistá-lo. E, se fosse o contrário, tudo bem: a ficção sempre foi a ficção e há que se crer nela quando aparece com graça. Quando isso acontece, há que ser consciente de que se trata de uma saborosa ficção e, sabendo disso, crer nela. Não se deve ser escrupuloso em situações como essa. Se Alfonso dizia que era Hemingway, o mais prático que eu podia fazer era dar por válida sua afirmação e passar a interrogá-lo para ver como se defendia sendo quem dizia ser.

"Os ricos são gente muito distinta, não se parecem conosco", disse-lhe. Isso, como se sabe, é o que Scott Fitzgerald em certa ocasião teria dito a Hemingway, que com ironia teria respondido: "Com certeza. Eles têm mais dinheiro". Pelo contrário, Alfonso me respondeu: "A maldição dos ricos é que eles têm de viver com os ricos". Embora a resposta fosse engenhosa, em todo caso não era a mais pertinente. Ou esse era por acaso o jeito de falar de Hemingway? Claro que não, Hemingway não falava como se fosse Oscar Wilde ou Chesterton. Decidi que o melhor seria abandonar aquela entrevista, mas antes fiz uma última pergunta, uma pergunta que me afetava diretamente: "Senhor Hemingway, qual é o melhor treinamento para o aprendiz de escritor?". Quando menos esperava, sua resposta me surpreendeu. A ironia inesperada voltou, e eu pude continuar ativo, entrevistando-o entusiasmado: "Digamos", me respondeu, e isso soava muito como Hemingway, "que esse aprendiz de escritor deveria se enforcar porque descobre que escrever bem é intoleravelmente difícil. Então alguém deveria salvá-lo sem misericórdia, e seu próprio eu deveria obrigá-lo a escrever tão bem quanto pudesse durante o resto de sua vida. Assim ao menos teria a história do enforcamento para começar".

Eu, que não podia estar mais animado, perguntei-lhe então: "Senhor Hemingway, o que muda é o tema ou a trama ou um personagem à medida que alguém escreve?". "Algumas vezes se sabe a história", disse cobrindo a cara como se estivesse boxeando, "e outras vezes se inventa essa história à medida que se escreve e não se tem a menor idéia de como acontecerão as coisas. Na realidade tudo muda à medida que se move. Isso é o que produz o movimento que produz o conto. Algumas vezes o movimento é tão lento que não parece estar se movendo. Mas sempre há mudanças e sempre há movimento."

Animei-me ainda mais. "Senhor Hemingway, quando você escreve, alguma vez descobriu estar influenciado pelo que está lendo no momento?" Ficou alguns segundos concentrado em si mesmo até que por fim me disse: "Atualmente nada do que leio me influencia, mas houve uma época em que Joyce foi importante. Isso me trouxe graves problemas com minha amiga Gertrude Stein quando me ocorreu comentar que *Ulisses* era um livro fodidamente bom, e ela me disse que, se alguém mencionasse Joyce duas vezes em sua casa, não o convidaria nunca mais". "E você, o que fez?", perguntei. "O que poderia fazer, amigo? Controlei-me. Não voltei a pronunciar aquele nome em sua casa."

Permaneci um bom tempo entrevistando-o e tive a sensação de ter aprendido muito, pois a verdade é que escutei com atenção alguns de seus conselhos. "É estranho", me disse no final da entrevista, "que você atenda aos meus conselhos. Normalmente ninguém os escuta, nem os aceita. É curioso que quase ninguém aceite conselhos e, ao contrário, sim, aceite dinheiro, quem sabe o dinheiro seja mais valioso."

Isso por último não me soou nada como Hemingway. E muito menos o que disse em seguida: "Tratei de sair da miséria por meio de meus conhecimentos autodidatas, mas isso não serviu pra nada. Tenho que viver mal vendendo *merda*. Quando criança, mal tínhamos o que comer. Mãe inválida e pai bêbado. Isso sim, mas tínhamos de manter as aparências. Pobres, mas limpos. Ainda não entendo como a consciência social despertou em mim, porque eu não a tinha, estava resignado".

Somente quando disse isso, que tampouco soou como Hemingway, dei por terminada a entrevista. Uma exclusiva mundial, pensei, algum dia a escreverei. "Algo mais a acrescentar?", perguntei. "Coloque que me agradam muito a neve e os invernos e levar minha filhinhas às aulas de piano", disse. E diante do olhar feroz que lhe enviei – como pedindo que por favor não saísse tanto do roteiro – acrescentou: "Que foi? Não costumo contar tudo, me oriento pelo princípio do iceberg. Construa você a história secreta deste encontro com o não-dito, não serei eu quem vai trabalhar sempre. Pai bêbado e mãe inválida. Lembre-se disso e aplique toda a sua perícia na narração hermética de minha tristeza".

Pensando bem, eu tinha uma entrevista exclusiva mundial ou um conto? Já escurecera e eu devia voltar ao meu bairro, onde me esperava Vicky Vaporú para que lhe desse o haxixe. A ele, por outro lado, quem o esperava era um pintor. "Marquei com o pintor Joan Miró no ginásio onde luto boxe", disse. E não sei... A palavra boxe soou muito contundente, como um murro no entrevistador, e também no contista.

79

E, já que falamos de exilados espanhóis em Paris, creio que o caso do jovem e maluco órfão Tomás Moll, que acabou se convertendo numa instituição do Café de Flore, pode merecer nossa atenção. Tendo herdado uma grande fortuna em sua Maiorca natal, o jovem Moll, que da noite para o dia viu com satisfação que por causa de um acidente ficara sem parente algum na vida, mudou-se imediatamente – ele dizia que havia se exilado – para Paris, a cidade de seus sonhos.

Mudou-se ou se exilou em Paris, procurando esquecer dos mortos andrajosos e pouco asseados que deixava para trás (sua família maiorquina era muito decadente, mas nem sempre isso concede, muito pelo contrário, uma patente de elegância) e levar ali uma vida de dândi ou de *flâneur*, duas formas de vida que eram impraticáveis na sua espremida cidade de Palma de Maiorca. Prontamente renunciou à segunda, de *flâneur*, porque se tornou sedentário no Flore. O terraço desse café o fascinou e prendeu a ponto de, na companhia de um secretário venezuelano que contratou em Paris, passar ali dias inteiros dedicado, com o máximo dandismo possível, a preparar o material destinado a um extravagante livro que pensava intitular *Como ser o menos parecido com Baroja mesmo exilado em Paris*.

Em certa ocasião, o jovem milionário Moll recém-chegado a Paris compareceu, por pura curiosidade, à tertúlia espanhola do filósofo García Calvo no Café La Boule d'Or da place Saint-Michel, onde, tal como intuíra que lhe ocorreria, ficou horrorizado pelo ambiente severo e a escassa elegância do pessoal. A tertúlia espanhola lembrou-o da decadente família suja que tinha deixado para trás. Espantado diante da imundície de uma – para ele – mal ajambrada dignidade, nem sequer lhe restaram forças para aproximar-se de García Calvo e lhe perguntar sua opinião sobre a vida de Baroja no seu primeiro exílio em Paris.

Em todo caso, aquela breve incursão no La Boule d'Or foi muito proveitosa, segundo me disse no dia em que falei com ele. Aquela incursão o imunizou contra qualquer outra veleidade ou tentativa de procurar cafés melhores que o Flore. Não era feliz, me confessou nesse dia, o único em que falei com ele. E não o era basicamente porque notava que todas as pessoas que o cercavam o faziam interessadas no seu dinheiro. Seu secretário, ao menos, ele havia procurado e a relação não passara pelo incômodo pelo qual passavam o resto de suas relações, o incômodo da suspeita e da desconfiança.

"Então você está suspeitando de mim?", disse-lhe nesse dia em que trocamos umas palavras no Flore. "Muito", me respondeu. Eu tinha me aproximado dele intrigado para saber como se escrevia um romance com secretário. Na apostila com instruções de Marguerite Duras não se dizia nada sobre a possível necessidade de se contar com um ajudante. E, embora estivesse praticamente seguro de que não era necessário ter secretário para escrever, eu não queria descartar nada de antemão, pois não andava esbanjando recursos para tornar pública minha frágil condição de escritor principiante. Isso me levou a perguntar ao jovem Moll no que consistia o suporte intelectual de seu acompanhante venezuelano e se o contratara unicamente porque ficava elegante ter secretário. "Tudo pode ser elegante, exceto parecer com Baroja quando vivia em Paris", me respondeu. E foi assim que comecei a saber qual era o tema de que tratava o livro no qual estava trabalhando.

Por meio da coleta de dados sobre a vida levada em 1912 por Baroja no seu primeiro exílio em Paris – minucioso estudo no qual trabalhavam vários estudantes contratados para isso e coordenados pelo secretário, cujos resultados lhe eram informados todo dia pontualmente no Flore –, ele preparava um livro que proporia um modelo de vida para escritores que houvessem se exilado ou tivessem de fazê-lo no futuro: um modelo impecável, baseado na busca desbragada da felicidade e diametralmente oposto à nada modelar vida que, segundo ele, Baroja levara em Paris quando numa mesa com toalha asquerosa escrevia *El árbol de la ciencia* em seu quarto infame do horrendo Hotel Bretonne da rue Vaugirard.

"Precisamente a quatro passos dali", comentou comigo aquele dia o jovem Moll no Flore, "também na rue Vaugirard, em duro contraste entre a literatura espanhola e a norte-americana, num maravilhoso apartamento do número 58, viviam rodeados de *glamour* Scott Fitzgerald e Zelda. Baroja, ao contrário, morava num sórdido quarto com a cama embutida na parede. A literatura espanhola não será nada nunca se não se distanciar das mesas plastificadas e das camas embutidas."

Contou-me horrorizado – suponho que procurando que compartilhasse de seu horror – que Baroja só deixava para trás seu quarto de hotel em Paris para *bater um rango* – como vulgarmente se diz – com os amigos que o visitavam e a quem, como contou Ramón Gómez de la Serna em um *retrato* de Baroja, se empenhava para lhes entristecer a vida com longos sermões sobre a importância da ciência e do biólogo Mechnicov, então na moda porque acabara de determinar que a vida longa de alguns cidadãos búlgaros se devia aos produtos lácteos fermentados. "Não", repetia várias vezes Baroja nos jantares, "o que é preciso ser é um Metchnicofff" (e acrescentava três efes no lugar do v final).

Não era necessário ser um lince para ver que o livro do jovem órfão e milionário Moll era o delírio de um maluco de quem tirava dinheiro um bom grupo de falsos estudantes, todos amigos do secretário venezuelano. Mas como em qualquer caso não existia dúvida de que o Flore, com sua história de exílios, era o lugar mais apropriado para ir preparando um livro sobre o exílio de alguém, felicitei-o por ter escolhido trabalhar num cenário tão adequado como aquele café. Enfim. Falei com o jovem Moll somente esse dia, mas isso não significa que não acompanhasse, ainda que sempre com prudente distância, a laboriosa elaboração de um livro, à medida que os estudantes contratados pelo secretário o aumentavam escandalosamente, cuja preparação se foi alongando e alongando até que um dia, pelo visto já muitos anos depois de eu deixar Paris, tal livro se tornou interminável para o jovem milionário e se provou literalmente infinito: algo que, segundo me contaram, o próprio Moll constatou sem que se importasse nem um pouco que assim o fosse, muito pelo contrário, pois já então descobrira que a verdadeira graça do livro e o verdadeiro dandismo residiam na generosidade de dar trabalho aos falsos estudantes. De modo que, apesar de que se revelara infinito, ele decidiu continuar com os preparativos de um livro que, por outro lado, já deveria ter interrompido fazia tempo, concretamente quando começou a ler Baroja e descobriu que o adorava e que fora uma imperdoável frivolidade querer diminuí-lo-lo por detalhes como o de que lhe faltasse o botão de uma camisa. Se não interrompera então os preparativos, não o faria agora porque o livro se tornara infinito. Para que interrompê-los, se afinal de contas o livro não sairia nunca e, pelo contrário, a continuação desses preparativos continuaria permitindo ajudar, com todo o dandismo do mundo, um bom número de jovens necessitados de trabalho, nesse caso de um trabalho que era – sabia-o Moll e sabia o secretário e afinal me dizem que todos sabiam – pura farsa, necessidade de repartir o dinheiro da herança de uma asquerosa família maiorquina?

Moll acabou convertido numa instituição do terraço do Flore, e até os japoneses nos anos oitenta o procuravam para fotografá-lo junto de seu secretário. Morreu de uma doença fulminante em fevereiro de 1992. Há uma maravilhosa fotografia de finais dos oitenta, creio que do inverno de 1989, na entrada do Café de Flore, na qual se podem ver o milionário maiorquino e o secretário venezuelano rodeados de sorridentes falsos estudantes de quem não se pode exatamente dizer que se aproximaram de Moll e seu ajudante venezuelano (àquela altura também milionário) por interesse econômico algum e sim que, como dizia com felicidade o próprio secretário, eles os haviam procurado; todos aqueles jovens desempregados tinham sido literalmente capturados e enredados por eles, embarcados na aventura de um livro insensato e sem fim, mas que afinal de contas dava de comer a muita gente e permitia além do mais ao já nem tão jovem Moll, a esse grande maluco e estranho órfão, justificar-se perante a morte e ser além disso, por sua ética da generosidade (e não por sua estética contrária às camas embutidas), um verdadeiro dândi. Uma silhueta dândi no exílio dourado do Café de Flore de sua vida.

80

É impossível não me lembrar com muita simpatia – eu a escrevi quando tinha já todo o livro terminado – da primeira frase de *A assassina ilustrada*: "Tão mescladas e entrelaçadas se encontram em minha vida as ocasiões de riso e de pranto que me é impossível recordar sem bom humor o penoso incidente que me levou à publicação destas páginas".

Essa longa primeira frase não somente me parece um bom começo senão que, além do mais – junto às do perigoso manuscrito criminoso que está no centro do romance –, é das poucas que na atualidade reconheço como minhas. É que quase todas as outras frases me parecem muito artificiais ou distantes ou foram copiadas de outros autores. Curiosamente resisti num primeiro momento a incluir essa longa frase inicial com a qual hoje tanto me identifico, porque disse a mim mesmo que não podia começar meu livro com algo tão pouco ajustado à minha vida real, pois nunca me acontecera algo desse estilo, algo que contivesse entrelaçadas lágrimas e risadas.

Prontamente vi, no entanto, que essa frase podia acabar sendo o pouco que com o tempo acabaria reconhecendo como autenticamente meu. Percebi-o graças a Vicky Vaporú, que me disse que a vida muitas vezes acaba imitando a arte e que eu podia chegar a viver a experiência de ver como, com o tempo, terminaria sendo o único responsável por aquela primeira frase e, ao contrário, não me sentiria o autor de muitas outras do meu livro criminoso.

E, bem, assim foi. Tiveram de passar, isso sim, muitos anos – mas que considero bem empregados – para que tenha se convertido em certo algo tão incerto como aquela primeira frase de meu primeiro livro. O fato é que, com o passar do tempo, se entrelaçaram em minha vida as ocasiões de riso e de pranto e que, por exemplo, é impossível recordar hoje sem bom humor o estado mental em que escrevi meus romances mais recentes, esse raro estado mental que me leva a chorar de pena com meu próprio humorismo e a rir de mandíbula batendo quando meus personagens morrem. E assim é a vida e assim é a arte. Afinal, se alguém se arma de paciência, comprova que, igual ao riso e ao pranto, vida e arte têm a inclinação de terminar se misturando e se entrelaçando para compor uma figura única, cômica e trágica ao mesmo tempo, uma figura tão singular como a que compõem touro e toureiro nessas grandes disputas que nunca esquecemos.

81

Alguns dias depois de terminar a rodagem de *India Song*, Marguerite Duras se sentiu muito desorientada, pude sabê-lo muitos anos depois, então eu não me preocupava em saber como se sentia Marguerite, nem me ocorria perguntar a mim mesmo qual podia ser o seu estado de ânimo. Agora sei que o final do verão de 1974 foi espantoso para ela, foi um final de verão de calor e angústia, e também de solidão. Depois da filmagem, todo mundo voltou para sua vida cotidiana, e Marguerite se sentiu sozinha. Vazia, em estado etéreo, segundo conta Laurie Adler em sua biografia de Duras. Foi-se para Neauphle-le-Château, onde a visitei precisamente num dia, ao final daquele verão horroroso, ignorando todo esse drama

Lá, em Neauphle, voltou a ouvir as vozes que estivera escutando ao longo dos dias nos quais havia escrito o roteiro do filme. "Não funciono mais", disse a uma amiga, "não consigo voltar à realidade." Começou a pensar numa continuação de *India Song*. Uma noite, teve um sonho estranho: sonhou que a roubavam, que esvaziavam seu apartamento de Trouville e que, ainda por cima, lhe roubavam inclusive a vista para o mar. Logo lhe tiravam a documentação, o dinheiro, a bolsa. Chorava, mas ninguém se preocupava com ela, estava muito sozinha e sem vista para o mar. Ao acordar, caiu numa grande depressão, e nos dias seguintes o sonho voltou a se repetir uma e outra vez.

Seus dois últimos livros não haviam tido repercussão, parecia estar acabada como escritora. Sentia-se isolada, desprezada, apavorada. "O fracasso de meus dois últimos livros me enche de pasmo e espanto", escreveu a Claude Gallimard, seu editor. E então, falando de alguns elogios que acabara de receber num artigo, dizia-lhe: "Você não teve tempo de ler, compreendo-o muito bem; mas nesse artigo dizia-se de mim (com razão ou sem, não é esta a questão) que sou uma autora dramática genial [...] Você está cheio de trabalho. E eu preciso viver. Tenho uma posição política muito violenta [...] *Preciso viver, estou sozinha e já não sou jovem e não quero acabar na miséria* (os grifos são meus). Caso volte a sofrer a miséria que conheci quando criança, me dou um tiro. Não há como virar a página, quero me defender, não sou nenhuma santa. Ninguém é. O martírio dos últimos anos de Bataille (sempre lhe faltavam alguns francos) não me parece normal [...] Se aqui não vendo mais, irei ao estrangeiro".

Agora sei que, quando, em junho de 1975, *India Song* se converteu num filme *cult*, essa boa acolhida a surpreendeu e ao mesmo tempo a animou muito, a fez sair do baque. Passavam o filme em vários conjuntos de salas dividindo o cartaz geralmente com o comercialíssimo *Tommy*, a ópera-rock do The Who. Hoje em dia, conhecendo a crise pela qual ela passou, compreendo perfeitamente que Marguerite se excitasse tanto – lembro que isso me chamou muito a atenção – ao ver as filas nas entradas dos cinemas, umas filas que ela acreditava que eram para *India Song* quando na realidade eram geralmente para o filme vizinho, para o filme roqueiro, o que não significava que o seu não tivesse sucesso, apesar de não ser o sucesso de massas que ela imaginava, ou sonhava.

Com Raúl, tínhamos rido carinhosamente desse delírio de massas, dessa chamativa ânsia ou febre de sucesso de Marguerite. É curioso, digo hoje a mim mesmo. É curioso, mas de toda essa história de medo e de sucesso, de riso e de pranto, o que mais se enraíza em minha alma é, em primeiro lugar, essa violenta desaparição da vista para o mar nos sonhos de Marguerite, talvez porque me lembre de uma das últimas frases que ela escreveu, uma frase de *C'est tout*, seu testamento literário: "Não sei se a morte me dá medo, não sei quase nada desde que cheguei ao mar". Ou talvez porque o que mais me aterroriza na idéia da morte eterna é não poder voltar a ver o mar, as ondas no inverno quebrando nas praias desertas.

Sobretudo, porém, o que mais se enraíza em minha alma é essa frase surpreendente, que diz muito de seu estilo tantas vezes atrevido, provocador e genial: "Se aqui não vendo mais, irei ao estrangeiro". Que ameaça fantástica! É como se agora a estivesse vendo dizer isso: com um sorriso infantil, quase brincando. Mas o que disse é terrível, todos sabemos disso. E ao mesmo tempo é poético. Terrível e poético. Como o estrangeiro.

82

Alguns dias depois da segunda morte de Franco, vi casualmente em uma revista a fotografia de uma reunião do OuLiPo (Ouvroir de Littérature Potentielle) no jardim da casa de François Le Lionnais. Pertenciam a essa oficina de literatura potencial, entre outros, Georges Perec, Marcel Bénabou, Italo Calvino e Raymond Queneau. Perplexidade ao ver aquilo. O que podia ser uma oficina de literatura potencial? Eu queria justamente ser escritor para não ter de ir trabalhar em um escritório e ainda menos numa oficina. Mas seguramente se tratava de uma oficina de outro estilo, tratava-se de uma oficina literária, tal como indicavam as siglas *Li* da palavra OuLiPo. Dava na mesma, no entanto. O que podia ser uma oficina literária? Não soava muito bem. Seriam coisas de Perec, o estranho?

"Proclamam-se", dizia a legenda da foto, "herdeiros de Raymond Roussel, o precursor deste movimento, tanto por seus métodos de escrita como por um certo conceito da literatura." Roussel me fascinava e eu também me sentia, de algum modo, seu herdeiro. Seria eu *oulipiano* sem sabê-lo? Na foto apareciam dezessete membros do grupo e sobre uma mesa um retrato de André Blavier, correspondente da oficina no estrangeiro, na Bélgica, para ser mais preciso. Anotei muito bem esse sobrenome, Blavier, pois o penteado que usava era idêntico ao meu. E nem vamos falar de seu cachimbo, que parecia o meu. O OuLiPo me roubou o cachimbo, pensei de repente. No dia seguinte, perguntei sobre esse Blavier. "É bibliotecário e *patafísico*", foi tudo o que souberam me dizer. De novo, os *patafísicos*!

Oulipianos, patafísicos, situacionistas... Disse para mim mesmo que o mais prudente seria continuar sendo *situacionista*, embora não exercesse. Não estava para grandes aventuras. Havia, no entanto, que reconhecer que Paris estava carregada de tantas surpresas que estas não tinham fim. Pensei comigo que se decidisse fazer uma breve viagem a Barcelona daria uma de bom quando conhecidos ou amigos perguntassem como iam as coisas em Paris. "Bem, a mesma coisa que aqui, só que lá sou *oulipiano*, *patafísico* e *situacionista*. E isso, como vocês devem imaginar, muda um pouco as coisas", lhes diria, penteado como Blavier e com meu cachimbo. Eu iria certamente me divertir, ao vê-los surpresos ou mortos de inveja. Já era mais do que hora de me levarem em consideração na minha cidade.

83

Alguns dias depois da segunda morte de Franco, fiz uma breve viagem a Barcelona, não sei por que, talvez para que meus pais vissem meu tornozelo enfaixado. O fato é que numa noite de primeiro de dezembro fui à discoteca Bocaccio da calle Muntaner e lá conheci o romancista Juan Marsé, que vivera alguns anos em Paris e a quem alguns amigos comuns contaram que eu queria ser escritor. Em um primeiro momento pensei em pedir-lhe conselho sobre o que uma pessoa devia fazer para aproveitar o tempo em Paris, mas me pareceu uma idiotice perguntar algo cuja resposta não me interessava. Então me ocorreu pedir um conselho literário, assim, secamente, um conselho relacionado à arte de fazer romances. Antes mesmo de pedi-lo já me arrependi, pois pensei que era capaz de me dar na mesma hora uma apostila como a de Duras, uma apostila com instruções. Pensei que se me desse uma apostila ou algo do estilo lhe mostraria imediatamente o papel com as severas instruções de Duras – levava-o sempre no bolso de trás da calça – e lhe diria, obrigado, mas que de recomendações escritas eu andava pelas tabelas. Mas Marsé não era homem de apostilas com instruções. "Que estranho, rapaz, normalmente os jovens não pedem conselhos", me disse. E logo se incomodou a ponto de explicar – e me permaneceu gravado para sempre – que um dos aspectos mais duros do ofício de escritor era ter de jogar fora fragmentos do romance que estamos escrevendo, fragmentos de que gostamos muito e que sem dúvida não servem para o projeto geral porque não se encaixam na trama ou na estrutura. "É um porre às vezes ter de prescindir desses papéis de que gostamos", me disse, e pouco depois se foi, atrás de uma loura que todos chamavam de Teresa.

Na noite seguinte, cismado ainda com o que Marsé me dissera, voltei à Bocaccio e nesse dia não vi Marsé, a única coisa que notei ao entrar no local foi que não conhecia ninguém ou, melhor dizendo, num extremo do balcão, com certo ar de segredo, estavam conversando Juan Benet e o principiante Eduardo Mendoza, naquele tempo autor de um único romance. Aproximei-me de forma dissimulada de onde estavam e pude ouvir uma frase, uma só (porque logo abandonaram o balcão, talvez alertados por minha espionagem), e me aproximei justamente o necessário para ouvir a frase que Benet disse a Mendoza e que escutei perfeitamente e nunca esqueci, foi dita – lembro que lá fora chovia copiosamente, era uma noite de temporal – com ar de filme de mistério: "Hoje escrevi a primeira página de um romance, e não sei do que se trata, sei porém que um ano de obsessão me espera".

Não me pareceu nada mau o sistema de Benet, tomei nota na hora, e creio recordar que me soou como um esplêndido e oportuno conselho não solicitado. Pouco depois entraram pessoas que eu conhecia. Entre elas, Beatriz de Moura, que acabaria editando *A assassina ilustrada*, embora nessa noite eu ainda não pudesse sabê-lo, essa noite nem sequer falei de meu livro com ela, falamos de outro livro, de Julio Ramón Ribeyro, escritor peruano de quem eu nunca tinha ouvido falar. Beatriz me perguntou se ao voltar a Paris poderia entregar nas mãos do escritor as provas de revisão do tal livro, não me disse qual era seu título, o fato é que o publicariam quando as provas estivessem corrigidas pelo próprio Ribeyro. Eu não previa voltar tão logo a Paris, mas isso precipitou de algum modo os acontecimentos, pois a timidez me impediu de dizer a ela que não sabia quando poderia entregar aquelas provas a Ribeyro.

Três dias depois, estava de volta a Paris. E pouco tempo depois de ter voltado à minha água-furtada da rue Saint-Benoît tomava um metrô que, se a memória não me engana, me deixou muito perto da place Falguière, onde demorei bastante – fiquei muito nervoso – até encontrar o edifício em que vivia Ribeyro. Demorei, mas finalmente encontrei e então lembro que subi por uma íngreme escadaria com a satisfação íntima e imensa daquele que se dispõe a cumprir a missão de que o incumbiram. Hoje penso que é provável que as provas de revisão que eu levava fossem as de *Prosas apátridas*, artefato literário que com o tempo se converteria num de meus livros favoritos. Recordo que aquele encargo me deixara contente, pois sentia que por fim tinha recaído sobre mim a responsabilidade de algo e encontrara afinal um sentido respeitável para minha decisão de me mudar para Paris.

Voltei à cidade em 9 de dezembro de 1975, e nesse mesmo dia, após deixar a mala na água-furtada, cumpri imediatamente a incumbência de Beatriz. Subi por uma íngreme escadaria, toquei a campainha de Ribeyro, que estava brincando com seu filho no vestíbulo da casa e abriu a porta no ato. Eu era muito tímido. Pelo visto, entretanto, Ribeyro também era. "Trouxe isto", disse. Depois soube por seu diário pessoal que para ele existia um paralelismo entre a brincadeira e a escrita: "O estado de ânimo que o conduz a seus brinquedos é similar ao que me faz sentar diante de minha máquina: insatisfação, aborrecimento, desejo de ceder a palavra ao outro ou aos outros que existem em nós mesmos...".

Ribeyro pegou as provas e me observou em silêncio. Era alto e enxuto, pareceu-me que de uma ambígua fragilidade. "Da parte de Beatriz", acrescentei, bastante nervoso. Nos segundos que se seguiram fiquei esperando que ele dissesse algo. Quando me pareceu que ia dizê-lo, fugi dali, e fiz isso por causa do pânico que minha timidez e a sua haviam provocado em mim. Desci os degraus em grande velocidade e, quando me achava já no primeiro andar e sentia que estava para alcançar logo o ar fresco e libertador da rua, ouvi de repente a voz do escritor chegando, amortecida pela risada feliz de seu filho, desde o alto do eco da lúgubre escadaria.

"Sossegue", ouvi que me dizia.

É paradoxal, mas o tempo passou, e recordo esse tímido, fugaz e frio encontro como muito cálido. Ignoro de onde vem esse calor que chega de tão longe e chega tanto tempo depois.

84

A primeira noite que voltei a passar em Paris, talvez porque meu pai tivesse me dado um ultimato a respeito do dinheiro, sonhei que André Blavier, o homem que se penteava exatamente como eu, tentava me dizer algo, mas não se atrevia. Até que afinal me disse: "Os jovens imaginam que o dinheiro é tudo e, quando ficam mais velhos, vêem que é isto mesmo".

85

Meditando sobre o que Juan Marsé me dissera em Barcelona, pareceu-me descobrir que suas palavras sobre fragmentos que às vezes devem ser jogados na lixeira podiam estar relacionadas com a enigmática seção *unidade e harmonia* que aparecia na apostila com instruções de Duras. Se não entendia mal, um romance devia ter certa coerência interior e era preferível que o argumento fosse uniforme. Tudo o que escapasse da trama devia ser, por mais sedutor que resultasse o que havia sido escrito, eliminado. Não era isso o que Marsé me dizia na Bocaccio? Ou talvez quisesse me explicar que enquanto escrevia lhe surgiam histórias inesperadas que cresciam incontroláveis à margem do tronco central de suas tramas e às quais devia renunciar às vezes com certo pesar? Estivera me falando na realidade de unidade e de harmonia? Ou me falou de algo muito distinto? Eu podia aceitar como uma lei inflexível que os romances devessem ter unidade? O melhor talvez fosse o que estava fazendo em *A assassina ilustrada*, onde não havia me desviado nunca da espinha dorsal da história. Mas tampouco estava tão claro que isso fosse o melhor, pois paradoxalmente, enquanto escrevia o livro, fui descobrindo que era bastante discutível que um romance tivesse forçosamente unidade e harmonia. O que acontecia, pois, com as divagações? Eu sabia, ou intuía, melhor dizendo, que existiam romances muito bons que se tornavam muito brilhantes precisamente pelas digressões que incluíam. Além disso, eu tinha para comigo que um livro era como uma conversa. Teria que sustentar uma conversa durante horas sobre o mesmo tema, a mesma forma ou a mesma intenção?

Contei minhas angústias a Raúl Escari, que me disse que o tema da unidade e da harmonia era uma questão muito mais difícil de resolver do que eu pensava. "E por quê?", perguntei assustado. Estávamos em sua casa da rue de Venise. Lembro perfeitamente que tocava no toca-discos uma música de Boris Vian e que tínhamos discutido, porque eu – suponho que ainda traumatizado com a figura de Vian – preferia escutar Harry Belafonte. Ele foi até sua biblioteca e disse que ia em busca de uma amostra exemplar do combate feroz de um escritor pela unidade. E em pouco tempo voltou com as cartas de Flaubert para Louise Collet: "Em cinco meses escrevi setenta e cinco páginas. Cada parágrafo é bom em si mesmo e há páginas que são perfeitas. Estou seguro disso. Precisamente por isso, contudo, a coisa não avança. É uma coleção de parágrafos bem acabados e ordenados que não se comunicam uns com os outros. Terei de desfazê-los, afrouxar as dobradiças, como se faz com os mastros de um barco quando se deseja que as velas colham mais vento...".

"Significa que", disse Raúl, "não é questão nem de unidade nem de certa tolerância em distinção às divagações. O assunto é mais profundo ou complexo do que parece. Que os parágrafos se comuniquem uns com os outros. Nada mais, nada menos."

Não disse a ele, mas fiquei enjoado.

86

Duvidava muito, isto está claro. Não era algo que fosse especialmente ruim, mas me faltava saber que não era. Sofria tanto duvidando e poderia ter economizado o desassossego e duvidar simplesmente, sem problema algum. Ignorava que duvidar é escrever. Diria Marguerite Duras em 1995, rumo ao final de seus dias: "Já posso dizer o que quiser, nunca saberei por que se escreve e como não se escreve. Na vida, chega um momento, e penso que é absoluto, de que não podemos nos livrar, em que tudo se põe em dúvida: duvidar é escrever".

Permitam-me que improvise alguma coisa agora, que deixe de ler por alguns momentos e lhes diga algo que creio vá se encaixar com perfeição dentro do momento da conferência em que nos encontramos, quando vocês já dispõem de uma visão notável sobre o cinzento de meus dias em Paris. Creio que devo lhes dizer que de todas as frases de Marguerite que li há uma que sei de cor e que no meu entender diz a verdade sobre mim e sobre a vida que estou contando nesta conferência: "Levamos uma vida muito pobre, os escritores: falo das pessoas que escrevem de verdade. Não conheço ninguém que tenha menos vida pessoal do que eu".

87

Jeanne Boutade se parecia muito com Coco Chanel, mas em versão mais moderna. Era uma espécie de pardal, seca e bonita, loquaz e animada feito um pica-pau. Falava muito e confundia bastante os dados que manejava, embora às vezes fosse surpreendentemente lúcida, porém, em geral, fazia sempre uma confusão enorme com a informação adquirida nos, segundo ela, mil livros que tinha lido nos três últimos anos, concretamente desde que soubera atingir a terceira idade e, desesperada ao ver que não era mais uma menina, se pôs a ler romances e ensaios para tratar de saber algo sobre o mundo, para tratar de averiguar tudo aquilo que quando menina não havia lhe interessado em nada.

No que se refere ao escritor, desenhista, ator e pintor Copi, havia sido um dos inquilinos anteriores de minha água-furtada e deixara nela um manuscrito que um dia decidiu recuperar, e foi assim que nos conhecemos. Logo vimos que tínhamos muitas amizades comuns, os dois tínhamos amigos, por exemplo, dentro do que poderíamos chamar *grupo argentino* de Paris, um grupo de pessoas jovens que sempre rodeavam Marguerite Duras e de quem guardo a recordação de que se encontravam sempre à vontade na companhia da inteligente loucura dela, se encontravam à vontade porque, além de divertida e de passar uma sensação de liberdade e de euforia, Marguerite se interessava muito por todos eles, sempre andava lhes fazendo perguntas indiscretas, queria estar em dia e saber de tudo. Como dizia Copi: "Marguerite é sozinha, mas se alimenta dos demais".

Um dia, Copi, Boutade e eu fomos comer ostras numa *brasserie* do bairro. Lembrarei sempre desse dia, não apenas porque foi a primeira vez que comi ostras (Copi convidou), mas também porque descobri que existiam pessoas que podiam viver literalmente de um segredo e também porque a luz de inverno era belíssima, em minha vida certamente não lembro de outro dia com uma luz como aquela. Nos encontráramos os três casualmente na rue de Medicis, na altura da livraria Corti, e sob o vento, vivo e claro, começáramos a caminhar juntos, passeando pelos cascalhos orvalhados do Jardin du Luxembourg. Ainda não decidíramos ir comer ostras quando, atravessando o Luxembourg, ao entrar na rue Bonaparte, quase nos chocamos com o boêmio Bouvier que, apontando para o alto de um edifício daquela rua, contava a um casal desorientado que ali, quando jovem, transcorreram seus anos de boemia. "Vivi ali, e ali, por culpa do prédio, me bloqueei e como artista fracassei", estava lhes dizendo com uma voz muito melódica.

"Olhem, olhem esse velho", disse Copi. Todos já o tínhamos visto alguma vez. Boutade até falara com ele uma noite em que o encontrara em frente à portaria de sua casa e, ao vê-lo acender um palito de fósforo que não estava destinado a nenhum cigarro, perguntou-lhe o que estava fazendo e o velho lhe respondeu: "É noite, sabe? Acendo um fósforo para assim não ver nada".

Estava louco, isso parecia certo. Mas não deixava de ser enigmática sua obsessão em culpar os prédios do bairro – somente os daquele bairro – por seu fracasso artístico. O boêmio Bouvier ocupou naquele dia uma parte de nossa conversa no terraço, com os braseiros do lado de fora, da *brasserie* onde nos empanturramos de ostras e onde Copi não deixou nem um só segundo de se comportar como uma ratazana. É que Copi tinha grande tendência para se identificar com os papéis que representava e por aqueles dias interpretava todas as noites sua obra *Loretta Strong* em um teatro de Paris. Nessa peça teatral contava-se a história de uma ratazana que fora enviada ao espaço e que, ao desaparecer a humanidade inteira por acidente, havia ficado sozinha no universo e monologava como uma louca.

Sua gloriosa conduta de ratazana naquele meio-dia foi o que me abriria definitivamente os olhos para a ausência de fronteiras entre o teatro e a vida e também o que me faria descobrir a imensa capacidade que outras pessoas possuem para escrever perigosamente, digamos, partindo, já desde o primeiro momento, de uma situação-limite que obriga o autor a não rebaixar nunca a alta tensão com que iniciou o drama. Eu seria capaz algum dia de escrever partindo de uma situação-limite, tal como fazia sempre meu admirado Copi? Isso me perguntava eu naquele dia, enquanto comia ostras com o escritor e com Boutade e, enquanto as comia, por um lado me lembrava de Hemingway, que quando tinha algum dinheiro em Paris, as comia "com seu forte sabor de mar e seu travo metálico que o vinho fresco limpava, deixando somente o sabor de mar e a polpa saborosa", e por outro lado eu não deixava de pensar na sorte que tinha de poder comer aquelas deliciosas ostras, de poder comê-las bebendo lentamente o frio líquido de cada uma das conchas e perder esse gosto pouco depois com o nítido sabor do vinho branco seco.

"Por que o boêmio Bouvier se dedica a acusar este bairro de ter arruinado a sua arte?", perguntou Copi com a voz que teriam as ratazanas se estas tivessem voz e, além disso, essa voz fosse rouca. Boutade permaneceu pensativa, bebeu repentinamente um copo de vinho inteiro e então disse: "No fundo, o velho é muito divertido. Não se dá conta do que se livrou em não ser um artista de sucesso". E então fez uma confusão com vários nomes famosos e chamou o pintor Miró de Pablo.

"Pensem em Tolstói ou em Hemingway, triunfantes. E lembrem-se do que aconteceu a esses e a tantos outros artistas famosos quando envelheceram", disse Copi.

"Eu ia comer no La Fragate às vezes e lá via Henri de Montherlant escondido atrás do piano, dava um asco e ao mesmo tempo uma pena incríveis, via-se que iria se suicidar. Não há um só artista que, por mais que tenha triunfado, não termine por se recolher, por se esconder quando fica velho", disse Boutade.

"Talvez o boêmio Bouvier tenha sido existencialista e namorado de Juliette Greco e por isso esteja assim", eu disse, brincando. Creio que Boutade nem me ouviu. Encontrava-se pensativa fazia alguns instantes e não me ouviu. Disse, de repente, como iniciando uma litania de reflexões: "Eles, os triunfantes, se matam, ou enlouquecem ou se tornam idiotas, ou morrem de tédio, quase nenhum suporta a velhice com grandeza. Por outro lado, o boêmio Bouvier, graças ao seu fracasso, tem uma presença e uma dignidade fantásticas, não lhes parece? Embora, isto sim, lhe sobre essa obsessão pelos prédios do bairro."

"Às vezes me pergunto se não passou seus anos de boemia precisamente em minha água-furtada e meu destino será igual ao seu", eu disse, voltando a brincar. Boutade, que tampouco me escutou dessa vez, se pôs a falar, como se de repente tivesse uma iluminação: "Estou certa de que o velho nunca nos diria por que os prédios do bairro o obcecam, e não nos diria porque esse segredo certamente é muito importante, é o que o mantém vivo, é certo que ao boêmio Bouvier só lhe resta isso, o segredo de por que age assim. *Vive desse segredo*".

"Não está mal observado", disse Copi. Mas depois ironizou: "Embora também pudesse dizer que o velho é daqueles que sabem que três pessoas podem guardar perfeitamente um segredo desde que duas delas estejam mortas".

Neste verão em Paris, passeando pelo bairro, voltei a pensar no que disse Boutade naquele dia e pareceu-me que efetivamente fazia sentido essa idéia de que talvez o boêmio Bouvier vivesse de seu segredo. Pensei muito, neste verão em Paris, naquele dia de luz inesquecível de inverno em que fui comer ostras com Copi e Boutade. Pensei tanto que comecei a olhar de cima a baixo os prédios, tratando de odiá-los para assim poder acusá-los de meu fracasso na água-furtada, naqueles anos, e de passagem averiguar afinal que tipo de segredo era aquele que dava tanta vida a Bouvier. Nada consegui, entretanto, nesse sentido e acabei confirmando que, assim como Copi e Boutade e assim como um dia acontecerá comigo, o boêmio Bouvier levou, como todo mundo, seu mais intransferível segredo para o túmulo. Já dizia Hemingway em sua tese sobre o conto, em sua famosa teoria do iceberg: o mais importante nunca se conta.

88

"Depois de viver em Paris, uma pessoa fica incapacitada para viver em qualquer lugar, inclusive em Paris" (John Ashbery).

89

Por fim, um dia decidi colocar o farol que faltava no meu carro. Como continuava sem saber aonde devia ir para que consertassem aquilo, decidi perguntar ao homem que num beco lateral da rue Saint-Benoît, em frente à minha casa, se dedicava ao negócio dos pneumáticos. A mulher do borracheiro parecia bêbada, me disse que para falar com seu marido precisava marcar hora e me convidou para sentar. Sentei-me. Apareceu um cachorro que queria subir em cima de mim. A mulher disse então: "Esses cãezinhos ficam encantados com os joelhos". O que me encantou foi a frase. Anotei-a no caderno que levava para tomar notas na rua sobre coisas que pudessem ser úteis para meu livro. Havia alguns dias que encontrara gosto em tomar notas destinadas ao que estava escrevendo. Agradava-me fazê-lo, porque percebia que isso me fazia sentir como um escritor.

Pouco depois, esperando que um mecânico da Porte d'Orleans colocasse o farol, lembrei-me da frase da mulher do borracheiro e pensei que devia estar ligeiramente bêbada e que isso era precisamente o que explicava que a frase lhe tivesse saído daquela forma tão graciosa. E imediatamente me dei conta de que havia certa semelhança entre meu breve episódio da borracharia e a famosa passagem de *Paris é uma festa* em que Hemingway explica que Miss Stein teve problemas com o velho Ford T que então guiava, e um empregado da oficina, um jovem que havia servido no último ano na guerra, não demonstrou muito interesse em consertar aquele Ford, pelo que acabou sendo repreendido pelo *patron*, que lhe disse: "Vocês todos são *une génération perdue*". Miss Stein, ao ouvir isso, acrescentou: "Isso é o que vocês são. Vocês todos são isso. Todos os jovens que serviram na guerra. São uma geração perdida".

"De verdade?", perguntou-lhe Hemingway. Para Miss Stein, todos esses jovens não tinham respeito por nada, se embebedavam até se matar. Hemingway quis argumentar que não era assim e na verdade quem estava bêbado às onze da manhã era o *patron* daquele rapaz e por isso as frases lhe saíam daquela maneira tão graciosa. "Não discuta, Hemingway", disse Miss Stein. "Não está fazendo nenhum favor ao jovem. Todos vocês são uma geração perdida, exatamente como diz este senhor da oficina."

Naquele mesmo dia, digo, o dia em que consertei meu farol, à noite, com a luz já consertada, voltei a passar pelo lugar onde remendavam pneus. Com a desculpa de agradecer-lhes por terem me indicado onde devia consertar meu farol, aproximei-me daquela borracharia para ver se a mulher do borracheiro continuava dizendo frases tão graciosas ou se sua bebedeira já a conduzira a uma dimensão distinta, talvez uma dimensão de frases horríveis. Ela não estava. Quem estava era o marido, brincando com o cachorrinho. "O que lhe ofereço ou não lhe ofereço etc.?", perguntou. Estava muito bêbado. Talvez me dissesse também uma frase graciosa, pensei. "Nada", lhe disse, com timidez, embora como sempre misturada com certa ousadia, suponho que surgida da própria timidez. "Como, nada?", disse o borracheiro, colocando o cachorrinho em seus joelhos. "Nada", disse, "vim simplesmente agradecer por ter enfim as duas luzes de meu carro colocadas, não queria esperar até amanhã para dizê-lo." Me olhou com estranha fixação e disse muito lentamente em espanhol: "Esperar o amanhã? O amanhã é hoje". O radar de frases para anotar que naquele dia existia em mim se alegrou muito de ter ouvido *O amanhã é hoje*. Tomei nota da frase e, ante a possível reação de enfado por parte daquele homem, fui embora de lá com a rapidez que alguns aplicam ao se distanciar das oficinas onde por um conserto mínimo tiveram de pagar uma fortuna. Ainda tive tempo de ouvi-lo dizer ao mecânico, possivelmente chateado: "*Bonjour lunettes, adieu fillettes*". Essa frase, no entanto, não me interessou nada. Pouco depois, já na água-furtada, com a felicidade de quem regressa de uma jornada dedicada satisfatoriamente à caça de frases, decidi antes de tudo incorporar *O amanhã é hoje* ao meu romance. *O amanhã é hoje* e não aquele que tinha pensado (*Nuvem de agora*) seria o título que daria a um suposto romance escrito pelo personagem de Juan Herrera. E, quanto àquilo de "Esses cãezinhos ficam encantados com os joelhos", colocaria na boca de Ana Cañizal, a mais afetuosa de minhas personagens femininas. "Foi um dia fértil", falei para mim mesmo, atribuindo-me certos ares de grandeza. Como se naquele dia tivesse consolidado minha vocação de escritor.

90

Lembro muito bem um dia muito frio de novembro, ou foi dezembro?, de 1974, em que afinal me decidi por fazer uma incursão à place de Contrescarpe, tão ligada à recordação dos dias de Hemingway em Paris. Sentado no terraço do bar que nos anos vinte se chamava Café des Amateurs ("era um café triste, mal iluminado, e lá se enfrentavam os bêbados do bairro e eu evitava entrar porque cheirava a corpo sujo e a bebedeira tinha um cheiro acre", lê-se em *Paris é uma festa*), vi passar por ali, em menos de uma hora, uns cinco ou seis pesquisadores da vida de Hemingway, excursionistas que subiam pela íngreme rue Mouffetard e uma vez na praça procuravam o antigo Café des Amateurs, tiravam fotos e então, como se fossem experimentados alpinistas, continuavam subindo até parar diante do 74 da rue du Cardinal Lemoine, onde Hemingway viveu em princípios dos anos vinte. Lá infalivelmente olhavam e fotografavam a placa comemorativa da passagem do escritor por aquelas paragens, diziam uma oração por seu herói e descobriam que o famoso *bal-musette*, o baile popular que ficava debaixo da casa e cujos acordeões não deixavam Hemingway escrever, havia se transformando numa humilde discoteca.

Lembro muito bem que, sentado ali no terraço do café, me veio de golpe à memória uma cena de *As neves do Kilimanjaro* na qual o protagonista, que está morrendo, relembra todas as histórias que nunca escreverá: "Sabia pelo menos vinte boas histórias do mundo exterior e nunca tinha escrito nenhuma. Por quê?".

Eu também saberia vinte histórias?, perguntei a mim mesmo nesse dia. Na verdade, não, vivera pouco, tinha escassas experiências e, se queria ser honesto comigo, devia reconhecer que não tinha vinte e nem sequer uma única história que não fosse a de *A assassina ilustrada*, livro que me convinha continuar escrevendo, e logo as musas o diriam. Mas também não era tão grave, recordo que disse a mim mesmo. Afinal, é questão de paciência, um dia serei um bom escritor. Mas também recordo que então entrei numa rede de perguntas: E por que diabos não sou agora mesmo o bom escritor que serei um dia? O que me falta para sê-lo? Vida e leituras? Falta isso? E se não chegar nunca a ser um bom escritor? O que serei então? Serei a vida toda um jovem sem experiência nem leituras, incapacitado para escrever bem? Poderei suportar isso?

Pensei de novo em *A assassina ilustrada* e dessa vez disse a mim mesmo que deveria terminá-la já para tratar de embarcar num novo projeto, num novo livro que a superasse. Mas como superá-la se não sabia fazer melhor do que estava fazendo? Como superá-la, se dedicava muitas horas a farejar em todos os livros que tinha na água-furtada em busca de idéias para escrever outro livro e não encontrava nada e isso me fazia viver todas as horas sob o ritmo de meu desespero em negro?

Se fosse um escritor de verdade, disse a mim mesmo, não teria problemas tão brutais. Devia esperar envelhecer, entretanto, para não tê-los? Algum dia chegaria a ser um escritor de verdade?

Se fosse um escritor de verdade, disse a mim mesmo, a África seria minha. E por que a África? Porque conheceria a melancolia de voltar aonde nunca estive. Porque iria a lugares nos quais já haveria estado antes sem nunca ter ido, cidades onde já estivera antes sem ter jamais conhecido.

Se fosse um escritor de verdade, eu o provaria como Rimbaud, ao *criar* todas as festas, todos os triunfos, todos os dramas. Tentaria inventar novas flores, novos astros, novas carnes, novas línguas.

Se fosse um escritor de verdade, seria absolutamente moderno. E com a aurora, armado de uma ardente paciência, entraria nas esplêndidas cidades. Se fosse um escritor de verdade, meus dias transcorreriam de forma muito distinta. Se fosse um escritor de verdade...

91

Uma noite, acordei de supetão por causa do forte temporal que caía sobre Paris. Fechei a pequena janela da água-furtada, coloquei um xale sobre os ombros, escutei com certo prazer os trovões e brinquei de sentir medo dos relâmpagos. Lembrei-me da frase de Juan Benet que ouvira havia poucos dias em Barcelona, uma frase também dita num dia de temporal. E senti de repente desejos imensos de começar outro romance, deixar para outros dias e outras noites as páginas finais de *A assassina ilustrada*. Fui para a minha escrivaninha e recordei que, afinal de contas, eu era mediterrâneo e que, apesar de detestar a vulgaridade dos veraneios dos banhistas, nem por isso deixava de me encantar com o sol e o mar. Em meio àquele temporal, me inclinei sobre a escrivaninha e anotei triunfante a primeira frase de meu novo romance: "Amo o sol, a areia e a água salgada". Preenchi toda uma página falando de meu fascínio pelo Mediterrâneo. Nunca consegui passar à segunda. "Hoje escrevi a primeira página de um romance, e não sei do que se trata, mas sei que um ano de obsessão me espera", ouvira de Benet. Eu também havia escrito a primeira página e não sabia de que tratava meu romance. Até aí tudo perfeito, tudo idêntico, mas a partir daí tudo diferente. Passei horas esperando que começasse meu ano de obsessão, e este não começava nunca. Como seria, por outro lado, um ano de obsessão? Não era tão simples como num primeiro momento havia pensado. E o que podia ser, além do mais, uma obsessão exatamente? No dia seguinte, com a tempestade já terminada, voltei cabisbaixo e humilhado para *A assassina ilustrada*. Escrevi algumas horas pela manhã e então saí para comprar jornais esportivos espanhóis e comer num restaurante chinês muito barato da rue du Bac, e no caminho cruzei com Martine Simonet. Teria dado tudo para que ela me acompanhasse para comer. Em vez disso, caminhando com rapidez, da outra calçada me fez sinais como que dizendo que a tempestade da noite anterior havia sido muito forte. E, dobrando uma esquina, desapareceu. Não me deixou nem lhe dizer que eu amava o sol, a areia e a água salgada. Talvez tenha sido melhor assim, porque nesse dia, se pudesse ter lhe dito isso, também teria dito alguma frase a mais. "Faz um ano que você é a minha obsessão", poderia ter dito, por exemplo.

92

No final de 1950, quando apareceu *Do outro lado do rio e entre as árvores*, os críticos balançaram a cabeça. Não e não. Houve unanimidade. Hemingway estava acabado. Mas ele, que não era exatamente dos que se rendiam sem mais nem menos, não iria dar tão facilmente seu braço a torcer. Era alguém que sabia se mover diante da adversidade feito peixe na água. A vida e a literatura eram justamente isto para ele: um cenário para a exaltação das virtudes mais apreciadas e heróicas do homem. Quando os críticos balançaram a cabeça, Hemingway soltou os habituais sarcasmos, ameaçou partir a cabeça de vários, mas tudo isso não ficou somente em fogos de artifício, e se pôs de novo a trabalhar duro num esforço para demonstrar que se encontrava muito longe de estar acabado. E então escreveu *O velho e o mar*.

O livro tratava da coragem de um homem frente ao fracasso e relatava a esforçada e solitária luta de um velho pescador cubano. "Era um velho que pescava sozinho em seu bote na Corrente do Golfo e fazia oitenta e quatro dias que não pegava um peixe." O livro contava a solitária luta do velho pescador com um marlim que derrotava como um toureiro mata um touro que ama. *O velho e o mar* restaurou seu prestígio internacional como escritor, comoveu o leitor comum até as lágrimas e seguramente contribuiu para que pensassem nele para o prêmio Nobel, cuja deferência recebeu com enorme fastio e ao mesmo tempo secreta satisfação. Achou horrível que lhe dessem a mesma bobagem de prêmio que haviam dado ao medíocre Sinclair Lewis ou ao inefável William Faulkner, a quem via como "um grande charlatão muito bem embrulhado em uísque de centeio". De qualquer maneira o Nobel aumentou ainda mais o sucesso e este foi tamanho que Hemingway chegou inclusive a ver como pregavam sermões baseados em seus livros e como as pessoas o beijavam chorando pelas ruas, e como seu tradutor italiano se arrastava na tradução de *O velho e o mar* por causa das lágrimas que o livro lhe produzia.

Li uma das frases de *O velho e o mar* muitas vezes na água-furtada: "O homem não foi feito para a derrota. Um homem pode ser destroçado, mas não derrotado". Li muitas vezes essa frase sobretudo ao final de meus dias em Paris, quando começou a me invadir certa sensação de absurdo mesclada com a de fracasso, e a toda hora tinha de dizer a mim mesmo que não fora de modo algum derrotado, simplesmente porque não havia entrado em nenhuma batalha. Isso, porém, não era consolo suficiente pois restava sempre a sensação de absurdo, do que poderíamos também chamar de uma sensação de "para quê".

Para que a vida, para que escrever sobre uma assassina, para que os olhos de Adjani, para que meus pais, para que Hemingway, para que Paris, para que tudo, Deus meu, para quê. Recordo que andava muitos dias pelo bairro a passos velozes, simulando que ia a alguma parte quando na realidade não existia um único lugar no mundo onde alguém me esperasse. Um dia, andando mais errante do que nunca e muito deprimido, encontrei alguém que estava ainda mais deprimido do que eu. Foi um dia no final de outubro de 1975, exatamente no dia em que enterraram o grande boxeador francês Georges Carpentier. Eu ia tristíssimo e sem rumo pelo bairro quando me surpreendeu bastante ver Alfonso sentado no terraço do Himes Bar. Era raro vê-lo ali, porque não saía nunca de seu bairro. De qualquer maneira, lá estava ele, cabisbaixo, a viva imagem de uma pessoa deprimida. Aproximei-me dele. Como gostava muito de boxe, pensei candidamente que vinha do enterro do antigo grande campeão do mundo e que seu abatimento estava relacionado àquela morte. Cumprimentei-o, perguntei se a morte de Carpentier o afetara, e me lançou um olhar de ódio difícil de esquecer. Não esperava aquilo. Nunca cheguei a saber o que o havia afetado tanto, mas o certo é que em poucos segundos, ainda não sei muito bem como, nos vimos enredados numa discussão absurda quando ele começou a dizer, com uma insistência fora do normal, que os jovens artistas daquele bairro o enchiam. "Esses, cujas vidas carecem de projeto e de sentido", disse, "esses, que fumam cachimbo e vão de café em café e crêem que têm de tomar absinto toda hora e que é uma grande proeza atrasar o aluguel da senhoria e que isso os faz mais artistas." Após essas palavras, fiquei completamente deprimido. Minha vida carecia de projeto e de sentido. Não podia ser melhor expressa esta grande verdade sobre mim.

Alguns minutos depois, ao voltar à água-furtada, o som da porta ao fechar – hermeticamente como sempre – pareceu-me nesse dia idêntico ao da fria laje de um túmulo ao cair eternamente sobre o morto. Eu tinha onde cair morto? Se morresse naquela noite, por exemplo, demorariam muito a perceber meu desaparecimento, a procurar e achar meu cadáver. Apodreceria ali dentro da água-furtada certamente durante alguns dias, até que fedesse e derrubassem a porta.

Pensar em tudo isso me levou instintivamente a tapar de repente a cara com as mãos. A solidão, a busca ansiosa, a familiaridade com o absurdo, tudo isso fazia parte de meu mundo, e, sem dúvida, não me ajudava a escrever, só a me angustiar. Eu sabia ou ouvira dizer que outros escritores tiraram grande partido de sua angústia. Mas eu não tinha nem idéia de como podia tirar qualquer rendimento de meu desassossego. Permaneci com as mãos tapando a cara até que decidi tombar no horrível colchão sobre o piso e não pensar mais, procurar que minha consciência se tornasse nula. Determinei como objetivo não querer compreender nada, não analisar. Pensei que talvez nisso consistisse a sabedoria. Mas só o fato de ter pensado em algo, embora fosse pensar que não queria pensar, voltou a me trazer a amargura, o desassossego, essa angústia que não aprendera ainda a transferir para minha literatura.

Agora, bem, em contrapartida a tanta angústia, pensar me levou a suspeitar que todos esses escritores que sabiam transferir seus problemas aos seus livros e que tinham uma visão *já pronta* do mundo eram na realidade ridículos, pois se a literatura era possível devia-se a que o mundo não estivesse *pronto*. Ou era somente o meu mundo que não estava pronto? Decidi tornar a sair para a rua e quebrar a cara de Alfonso. Dei-me conta em seguida, por sorte, de que isso era simplesmente um suicídio, pois Alfonso, entre outras coisas, era boxeador profissional. Além disso, não devia chatear-me precisamente com ele, pois tivera o cuidado de me dizer a verdade. Decidi em todo caso sair dali correndo, deixar a água-furtada que se convertera em túmulo, e fui à rue Jacob, fui tratando inclusive de não pensar que ia, tratando de não pensar em nada, não analisar nada, não ser nada (ser exatamente o que era: nada), fui deprimido até a rue Jacob para comprar um pastel de queijo, um pobre pastel de nada.

93

Jeanne Boutade – pseudônimo de Estela Carriego – costumava repetir muito esta frase: "Nenhum homem sabe quem é, nenhum homem é alguém". Atribuía a frase aos ditos populares franceses. Um dia, porém, lendo Borges, descobri que a famosa frase era de Macedonio Fernández. O mais provável era que Boutade a tivesse ouvido de algum de seus amigos argentinos e então houvesse esquecido de onde tinha saído realmente. Ela saberia quem era Macedonio? Certamente apenas de nome. Comigo acontecia algo parecido. Sobre Borges, ao contrário, nós dois cada dia sabíamos mais, eu, sobretudo, que tardara muito em descobri-lo mas agora não parava de lê-lo e de achar idéias em seus textos. O assombroso e criativo parasitismo de Pierre Menard, por exemplo, com sua réplica exata porém distinta do Quixote, que se podia resumir assim: se eu escrevo uma coisa que você já escreveu, é o mesmo, mas já não é o mesmo. O memorioso Funes, as hábeis falsificações de obras de arte, o *ser em outros* (que Pessoa diria), a crença de que "talvez todos saibamos profundamente que somos imortais", o *aleph* e a suspeita de que a poesia possa ser o nome esquivo do mundo. Se até então eu vira fotografias de pessoas ou de lugares que em algumas ocasiões acabava vendo *de verdade*, esse conto de Borges sobre um *aleph* significou um avanço em minha visão de mundo, pois vi que não somente se podiam ver *de verdade* certas pessoas ou lugares como, além do mais, existia a possibilidade – chamemo-la de assombro – de ver mais.

Em uma crítica de cinema que Borges fez de *Cidadão Kane*, encontrei algumas frases que me ajudaram a descobrir um novo ponto fraco de Hemingway. Dizia Borges que no filme de Welles existiam pelo menos dois argumentos e que um deles era de uma imbecilidade quase banal, pois falava de um milionário que acumulava estátuas, plantações, palácios, piscinas, veículos, bibliotecas, homens e mulheres, e acabava descobrindo que todas as suas coleções eram vaidades de vaidades e, ao se ver situado no umbral da Morte, ansiava por um único objeto do Universo: o pobre trenó com que brincava quando era um menino pobre e feliz.

Como havia começado a ler o mundo medindo-o pelo crivo de Borges, pareceu-me impossível não olhar com certa compaixão para Hemingway, que tivera uma vida apaixonante, ganhara o Nobel e a quem meia humanidade havia adorado ou invejado e, sem dúvida, no final de seus dias, com a mesma imbecilidade quase banal do Cidadão Kane, escreveu em *Paris é uma festa* que sentia nostalgia dos dias de sua juventude em Paris, dos dias em que foi pobre e feliz. E só faltou dizer que sonhava com um trenó.

Não parava de achar idéias em Borges e também naqueles que comentavam sua obra e diziam, por exemplo, que remetia a uma tradição, porque o mundo moderno aparecia como lugar de perda e deterioração, que por sua vez remetia à noção de mudança literária, porque a literatura afirma o valor do novo. Borges reescrevia o velho, isto é, algo que o principiante que eu era prontamente entendeu à perfeição. Com ajuda de alguns textos que Boutade me passou, me pareceu intuir que Borges inventara a possibilidade de que nós, os modernos, pudéssemos, em rara proximidade com o genuinamente literário, praticar também o exercício das letras, quer dizer, que pudéssemos simplesmente continuar escrevendo.

Por esses dias, como não parava de achar idéias em Borges, não tardei em vê-lo de novo associado a Orson Welles na noite em que fui com Jeanne Boutade ver *F for Fake*, filme no qual, a partir de entrevistas com o falsificador de quadros Elmir de Hory e com Clifford Irving (autor de uma biografia apócrifa de Howard Hughes), brincava-se com as noções de verdade e mentira na arte. Os temas do filme eram borgesianos: a falsificação, a lábil fronteira entre realidade e ficção, por exemplo. *F for Fake* me fez lembrar de Vicky Vaporú na fila do pão, perguntando-me se não era verdade que ela era uma falsificação verdadeira. O filme, embora nunca nomeasse Borges, para mim revelou tramas, fraudes e labirintos sobre os quais podia escrever se continuasse querendo chegar a ser um escritor de verdade. Para sê-lo, tinha de saudar a invenção do verdadeiro, do mesmo modo que tinha de inventar a mim mesmo se de verdade quisesse ser escritor. *F for Fake* fez com que aumentasse minha paixão pelos livros apócrifos, pelas resenhas de livros falsos, pelo mundo dos grandes impostores, dos homens que se fazem passar por outro, homens que são alguém e que não são ninguém.

A influência, a sombra daquele filme seria prolongada, mudaria os passos do principiante que eu era. Já começou a que influenciar no momento mesmo em que saí para a rua e minha amiga Boutade comentou entusiasmada: "Eu te disse. Nenhum homem sabe quem é, nenhum homem é alguém. Nem Epimênides sabia disso". Perguntei-lhe se Epimênides era o seu namorado. Riu, negou com a cabeça. "É um sábio antigo", disse, e então citou as palavras pelas quais havia entrado para a história: "A frase que se segue é falsa. A frase que a precede é verdadeira".

Voltei naquela noite à água-furtada convertido no homem que não sabia quem era. E pouco depois, após ler um conto de Borges sobre *cuchilleros*, imitei os falsificadores do filme de Welles em *A assassina ilustrada* e, citando sem citar Borges, falei de "um *cuchillero* que vai deixando sua força em sua arma e no final a arma tem uma vida própria (como para Hoffmann tinha aquele diabólico violino de Krespel) e é a arma que mata, não o braço que a maneja". Foi a primeira vez que, sem citá-lo, porém com vontade de aço, citei um homem chamado Borges, *fui outro*, citei um homem que era alguém, fui um homem que não era ninguém.

94

Uma noite na água-furtada li que Kublai Khan, no século XIII, sonhou um palácio e o edificou conforme a visão que tivera. E então li que no século XVIII o poeta inglês Coleridge, que não sabia nada desse sonho do imperador mongol, tomou um dia um hipnótico para dormir e sonhou um poema sobre o palácio e despertou com a certeza de haver composto ou *recebido* um poema de uns trezentos versos que recordava com singular clareza e dos quais pôde transcrever cinqüenta, o fragmento que perdura em suas obras com o título de *Kublai Khan*, cinqüenta versos porque o resto se perdeu por culpa de uma visita inesperada.

Adormeci após ler a história do poema ditado e sonhei que minha mãe era minha irmã e que era uma irmã mais velha muito jovem com quem eu mantinha práticas incestuosas. Ao acordar, pareceu-me que recordava com singular clareza o episódio sexual que acabara de sonhar e me lancei sobre a escrivaninha para transcrevê-lo na íntegra. Bastou sentar-me diante da mesa e esqueci grande parte do que supostamente uma voz inspirada havia me ditado. Com os restos do sonho, quer dizer, com a única imagem que mais ou menos retive, e acrescentando elementos de lavra própria, compus a página 3 do manuscrito central de *A assassina ilustrada*, uma página da qual me sinto orgulhoso, pois nela pela primeira vez – apesar de que não se tratava de um fato real e sim de um sonho – levei a cabo a reconstrução e a distorção de algo vivido por mim anteriormente, porque um sonho deve ser considerado vivido, do mesmo modo que os sonhos se infiltram em nossa realidade cotidiana e até nos ajudam a saber manipulá-la através da escrita: "E recordou então um episódio de sua vida: quando menino entrou um dia sem aviso prévio no quarto de sua irmã, surpreendendo-a nua em frente ao espelho. Ariadne, que tinha o dobro de sua idade, se enfureceu e com crueldade castigou-o duramente. Amarrou-lhe os pés e as mãos e flagelou-o com dureza até conseguir que o sangue cobrisse seu pequeno corpo. Correu então para desamarrá-lo com a expressa condição de que, ajoelhando-se diante dela, beijasse seus pés e agradecesse o castigo recebido. Ele assim o fez e foi então que, sob o chicote e inclinado frente à beleza de sua irmã, despertou nele pela primeira vez uma sensação de gozo e de prazer estreitamente ligada ao seu descobrimento da mulher. Sempre pensou que esse episódio iria se apagar de sua memória e se equivocou. Porque não tinha outro desejo senão o de reencontrar sua irmã morta e voltar a se ver rodeado pelos muros de então; sentir que Ariadne continuava a chamá-lo com aquele tom de voz que, desde as longas febres da infância, lhe havia sido tão familiar".

95

De todas as minhas lembranças de tédio juvenil emerge sempre, não sei por que, o mesmo instante de profundo aborrecimento, um só, o de uma tarde, pelo visto inesquecível, em Paris. Realizo um esforço mínimo e me situo no preciso instante de aborrecimento daquele dia: estou em minha água-furtada olhando pela janela minúscula em direção ao campanário da igreja de Saint-Germain-des-Prés. Estou dizendo a mim mesmo, uma vez mais, que vivo no centro do mundo e de repente descubro que já havia dito isso mil vezes e que me repito, que é um sinal claro de que me aborreço. Lembro-me então de que alguém disse que é mais certo que o centro do mundo esteja no lugar onde trabalhou um grande artista e não em Delfos. E eu sou um grande artista para pensar que estou no centro do mundo? E creio de verdade que Saint-Germain-des-Prés é o centro de algo? Parece mais uma ingenuidade de minha parte. Mas não me convém ser tão lúcido, de modo que aparto de mim tais perguntas. E volto a me aborrecer.

Que horror. Por acaso já não sei mais estar comigo mesmo? No colégio me diziam que, segundo Erasmo, quem conhece a arte de estar consigo mesmo nunca se aborrece. Parece que me esqueci dessa arte. Não estou no centro do mundo e, além do mais, me aborreço. A inteligência não serve para escapar ao tédio? Somente ela pode me ajudar nisso. Deixo minha mente em branco, brinco de encontrar a saída de meu instante de aborrecimento. Digo repentinamente a mim mesmo que se aborrecer é comer o tempo. Anoto a frase numa pasta em branco que estava destinada para *A assassina ilustrada*, a famosa página em branco que tanto medo, dizem, provoca nos escritores. Anotei-a com o lápis que, faz um ano, ao chegar à água-furtada, encontrei na caixa de cima do pequeno armário que fica debaixo da janela onde há alguns segundos eu me aborrecia. Esse lápis muito consumido deve ter pertencido a um dos antigos inquilinos da água-furtada. Pertencera a Copi? Ou a Javier Grandes? Ou à atriz de teatro búlgara? Ou o terá deixado aí meu vizinho, o negro, quando se deitou com a atriz búlgara? Ou o lápis foi do cineasta Milosevic, outro antigo inquilino? Ou de Amapola, o travesti que passou alguns meses na água-furtada? Ou foi de Mitterrand e então gerações de inquilinos da água-furtada preservaram da destruição o lápis como homenagem ao mais ilustre dos antigos ocupantes deste reduzido espaço de boemia?

Já quase não me aborreço mais. Dedico-me ao exercício mental de imaginar o que fez o *camarada Morand*, ou melhor, o senhor Mitterrand durante os dois dias em que esteve recluso entre estas melancólicas paredes. Seguramente tinha uma pistola para defender-se. E um lápis, o lápis que ainda está aqui e que poderia ir para um museu de símbolos da Resistência francesa. Imagino Mitterrand frente a este mesmo espelho diante do qual estou agora. Tem o lápis sobre a orelha e sorri. Anota uma frase que lhe disse não faz muito tempo o camarada René Char e que o encanta: "A perdição do crente é encontrar sua igreja".

Depois, guarda o heróico lápis no armário para que o encontrem e o conservem como uma relíquia os desditados boêmios que ao longo dos anos vão passando pela água-furtada. Ri de novo, volta ao espelho, saca a pistola. Já não me aborreço nem um pouco. Gosta de si mesmo nessa atitude. E eu, de minha parte, descubro que esse descontrolado ou inconsciente fluxo de minha maré imaginativa no espelho tem pontos em comum com o exercício da literatura, com a invenção de personagens, por exemplo. Mitterrand se olha, ri, bang bang, brinca com a pistola, diz em voz alta: "As pessoas sem imaginação crêem que os outros também levam uma vida medíocre".

96

Ouvi Romain Gary dizer numa conferência que os personagens sempre têm de ser reais para o escritor. Eram-no para mim os de *A assassina ilustrada*? Pelo contrário, quase todos tinham minhas iniciais ou, ainda, eram como prolongações de meu nome e de minha personalidade. Talvez, por acaso a narradora e assassina, por possuir os olhos de Adjani, tinha algo de real para mim. E talvez minha mãe, que eu apresentava como minha irmã. E talvez também a pobre Ana Cañizal, que diferentemente dos outros não tinha minhas iniciais e além disso tinha certa vida própria porque ela ao menos eu havia sido capaz de imaginar, ou, melhor dizendo, de localizá-la dentro de uma reprodução de um quadro de Balthus que vira na casa de Vicky Vaporú.

A misteriosa atmosfera daquele quadro – uma anã abria uma cortina e a luz, entrando pela janela, deixava ver uma bela mulher assassinada – era a que eu desejava que tivesse meu romance. Era à atmosfera que se referia Duras em sua apostila com instruções quando falava da enigmática seção *cenários*? Não me parecia que estivesse muito claro. E o que pensar da seção *diálogos*, que era a menos enigmática de todas, o que não a eximia de ser, como as demais, muito problemática, ao menos para um principiante como eu? Porque os diálogos exigiam geralmente a reprodução das trivialidades e isso parecia difícil de combinar com a boa literatura.

Aparentemente era o mais fácil de resolver das instruções da apostila de Duras, parecia muito fácil reproduzir diálogos e, sem dúvida, podia acabar sendo o mais difícil de tudo. Isso eu pensava, e me perguntava, por outro lado, se era lícito utilizar os travessões para os diálogos e assim encher páginas com rapidez. Ou haveria de me valer de uma esferográfica e não de uma máquina de escrever e utilizar o sistema de aspas tentando obter páginas densas, cheias, que fossem como grandes manchas de escrita, onde a tinta ocupasse tudo, buscar o menor espaço em branco possível numa página de letra compacta, sem fissuras aparentes?

Era jovem, inclinei-me pelo primeiro, pelos travessões. O outro, o sistema das aspas, ocupar a página inteira como se esta fosse um campo de batalha, logicamente me aterrorizava. Um dia, porém, li na revista *Tel Quel* que incluir diálogos nos romances era o mais antiquado e reacionário que existia, dava na mesma se eram diálogos com travessões ou entre aspas, era retrógrado. Li isso tomando um chá com leite no Café Bonaparte, ao lado de minha casa. Pensei que aquilo iria muito além, inclusive do que previra sobre o assunto dos diálogos. Meu desconcerto foi tão notável que tirei do bolso traseiro de minha calça a enrugada apostila com as instruções de Duras que sempre estava comigo. Onde se podia ler *diálogos*, anotei ao lado "reacionários". Depois, não querendo desorientar-me totalmente, fui em busca de alguma certeza e evoquei Hemingway, mestre da arte de dialogar nos relatos. Continuando, olhei ao meu redor e comprovei que em todas as mesas do Bonaparte havia gente dialogando. Sem dúvida, esta segunda certeza não mudava tanto as coisas. Todas aquelas pessoas que dialogavam certamente eram eleitoras do político de direita Giscard d'Estaing e, além disso, se notava nelas que não tinham poética, eram de uma vulgaridade conclusiva e o que diziam provavelmente também. Tratei de manter a calma antes de tomar uma decisão radical a respeito dos diálogos de meu romance. Paguei minha conta e fui à água-furtada e, após uma nervosa reflexão, suprimi todos os diálogos que até então havia escrito, salvo três que considerei ineludíveis; pagaria uma pequena cota de reacionário, mas não estava disposto a mudar meu romance inteiro.

97

Necessitava ter algum segredo e ser malvado às vezes, sentir-me perverso, me notar por dentro muito diferente do *situacionista* que era por fora, ter algo de Jekyll e Hyde. Ou, melhor dizendo, ser Hyde alguma vez, não estar todo o tempo sendo tão cândido, tão boa pessoa e tão radical de esquerda. Creio que acertei em cheio ao pensar em Hyde concretamente para meus planos de transgressão, pois com o tempo descobri que na realidade o tema de fundo do romance de Stevenson – eu então, em Paris naqueles dias, ainda não o lera, mas *sabia* o argumento, como todo mundo – é o fascínio invejoso que a pessoa convencionalmente boa sente por suas possibilidades de maldades *não aproveitadas*.

Dito isso, talvez fique também explicado por que, por exemplo, em certa ocasião, um dia em que busquei pela manhã o reembolso postal de meu pai, brinquei de me sentir rico e de ter uma alma apodrecida e capitalista e fui deliberadamente ao Café La Rotonde beber champanhe e lá, sem que naturalmente ninguém pudesse se aperceber disso, me dediquei a desafogar-me interiormente e a flertar com minha mente e em ir transformando-a numa mente monstruosa na tentativa – hoje vejo muito claramente – de não deixar de *aproveitar* todas as possibilidades de ser o grande sacana que eu tinha para comigo que podia ser, se assim o quisesse.

Mas eu era tão bom no fundo, tão cândido e estúpido que sempre que tentava isso acabava me envergonhando de mim mesmo, que é o que sem mais delongas aconteceu naquele dia. Fui ao La Rotonde e no sétimo copo de champanhe decidi deixar minha mente livre de toda amarra moral e política e evoquei a figura de um antigo cliente daquele café, o artista Domergue – um pintor de mulheres deitadas, uma estrela do que podemos chamar *arte de almanaque* –, para em seguida poder evocar por sua vez a figura de seu empregado no lugar – "minha criada", chamava-o Domergue –, um homenzinho de testa ampla e barbicha escura, que às vezes se sentava com os amigos pintores de Domergue no café e tomava um copo com eles, embora nunca tomasse a palavra.

Dediquei-me a rir interiormente desse homenzinho – para isso exclusivamente tinha ido ao La Rotonde –, me dediquei a rir como um sacana daquela pobre "criada". Cuspi sobre a lembrança do homenzinho, ainda que tenha ficado fascinado com a anedota recordada, envergonhado de minha conduta de cusparadas e arrependido da irreverência excessiva que tivera com aquele homenzinho que nunca falava no La Rotonde ou, melhor dizendo, que falou um dia quando os amigos pintores de Domergue lhe perguntaram se limpava outras privadas, ao que o homenzinho respondeu que não. E, quando os amigos de Domergue lhe perguntaram a que então dedicava o resto do tempo, disse que a olhar pintores e a derrubar o governo da Rússia. Todos riram da dupla ocorrência. "A essa última nós também nos dedicamos", lhe disseram. Não sabiam que o homem era Lênin.

98

Durante muito tempo considerei a seção *experiência* da apostila de Duras como uma nota de humor que ela havia incluído para não me asfixiar totalmente, mas um dia comecei a suspeitar que talvez a seção *experiência* também fosse a sério, não havia motivos para o contrário. Se fosse assim, seria realmente enfadonho. A palavra *experiência* soa sempre horrível, mas na época em que se é jovem soa ainda pior. Uma vez ouvi alguém dizer: "A experiência é como um pente para um calvo." Eu não podia estar mais de acordo com isso. Estava certo de que a experiência não servia para nada. O que ainda não sabia é que era necessário ter experiência para saber por que não servia para nada. Por outro lado, eu sabia realmente que não tinha experiência? Nem sabia nem deixava de saber, simplesmente não queria pensar muito no tema, já que este me parecia enormemente enfadonho, próprio do não menos enfadonho mundo dos adultos.

Mas um dia dei repentinamente com a *experiência* e foi uma experiência que não se repete. Fui ao Studio des Ursulines ver um documentário sobre escritores americanos em Paris, sobre *a geração perdida*, e escutei Hemingway falar de sua *teoria do iceberg*. Havia lido coisas sobre essa teoria, porém nunca as escutara ao vivo, com a voz do próprio Hemingway. Embora ele já não fosse meu ídolo absoluto, sua presença na tela e suas palavras me impressionaram. "Trato de escrever", ouvi-o dizer, "de acordo com o princípio do iceberg. Somente uma décima parte é o que vemos do iceberg, o resto está debaixo da água. A história que não está no conto, a que está debaixo da água, se constrói com o não-dito, com o subentendido e a alusão."

E pouco mais adiante: "*O velho e o mar* poderia ter mais de mil páginas, mas não era isso o que eu procurava. Tratei de eliminar todo o desnecessário para transmitir a experiência ao leitor, apesar de que experiência no mar, por exemplo, eu tinha de sobra. Essa experiência, no entanto, não aparece de forma explícita, mas certamente *está ali*, embora não se veja. É muito difícil fazer isso, mas eu fiz. Eu, por exemplo, vi a cópula dos marlins, de modo que é algo que conheço. Isso não conto. Vi um cardume de mais de cinqüenta baleias, e numa ocasião arpeei uma de quase dezoito metros de comprimento, e a perdi. Enfim. Não conto tudo isso. Mas essas experiências são as que constituem a parte submersa do iceberg".

Na saída do Studio des Ursulines, tive a impressão de que tinha aprendido mais sobre a *experiência* que no resto de minha vida. Mas ter essa impressão não me trouxe precisamente alegria. Saí dali formulando incessantemente esta pergunta: Que espécie de experiência pessoal é a que, na hora de narrar, posso deixar na parte submersa do iceberg? Se queria ser honesto, devia reconhecer que na disciplina da experiência a nota que recebera era um zero. Qual espécie de experiência acreditava estar adquirindo com minha vida de água-furtada e vadiagem?

Para não me angustiar muito, quer dizer, para poder continuar escrevendo *A assassina ilustrada*, dediquei-me a convencer a mim mesmo de que tudo aquilo sobre a experiência era muito discutível e que certamente se podia escrever sem ela, exemplos não faltavam. Bastava mudar o Kilimanjaro de Hemingway pelo de Raymond Roussel, o autor de *Impressions d'Afrique* e escritor extremamente cerebral que não explorava nunca suas experiências pessoais, mas se dedicava, graças a um método de combinações fonéticas que inventara, a narrar histórias que surgiam da própira prosa, uma espécie de gélida poética narrativa que estava diretamente conectada com, por exemplo, sua estranha maneira de viajar, no pólo imediatamente oposto ao de Hemingway.

O autor de *Impressions d'Afrique* não viajava para ter experiências que então lhe servissem para contá-las em seus livros ou para deixá-las caladas na parte invisível do iceberg. Roussel não viajava para descobrir nada de novo, mas para ver de perto universos exóticos que povoaram sua infância na forma de contos ou romances, não para ter histórias para contar ou para ocultar enquanto contava parte delas, mas somente para comprovar que existia o que lera na infância. Dele são estas palavras maravilhosas: "Quero que conste um fato bastante curioso. Viajei muito. Em 1920-1921 dei a volta ao mundo seguindo a rota de Índia, Austrália, Nova Zelândia, as ilhas do Pacífico, China, Japão e América. Conhecia já os principais países da Europa, Egito e todo o norte da África, e mais tarde visitei Constantinopla, Ásia Menor e Pérsia. Saliente-se que, sem dúvida, em nenhuma dessas viagens procurei o menor material para meus livros. Pareceu-me que valia a pena assinalar esse fato pelo quanto mostra de modo muito palpável a importância que tem em minha obra a imaginação criadora".

Meditando sobre esse assunto da imaginação criadora e da necessidade ou não da experiência para escrever, terminei consultando Raúl Escari sobre minhas dúvidas. "Tudo você pergunta para mim", me disse Raúl, "já se deu conta?" Deixei para lá a carinhosa impertinência e não respondi a pergunta, me dediquei a contar que, devido à minha falta de experiência e para isso não me prejudicar na hora de escrever, começava a me sentir inclinado a me alinhar com Raymond Roussel e sua concepção de escrita fria e muito cerebral numa clara oposição aos fogos artificiais do clássico homem *expert* em quase tudo, Hemingway, aquele que vive.

Como Raúl permanecia em silêncio e tudo parecia indicar que não aprovava muito minha tendência a narrar histórias que surgissem da própria prosa, perguntei-lhe se achava que eu estava sendo injusto com Hemingway. Ele então, com um gesto que não esquecerei, encerrou o assunto desta maneira: "Olhe, é muito simples. Se Hemingway fosse na realidade um sujeito rasteiro e raquítico que tivesse passado a vida fantasiando e inventando em seus livros as histórias que dizia ter vivido ou que estavam por trás do que contava, isso não mudaria em nada as coisas, continuaria sendo o grande escritor que foi. O fato é que, além de tudo, não era rasteiro, nem era raquítico".

99

Há passagens de Paris nas quais sua cerrada atmosfera parece estar pressagiando o fim de algo. De nosso mundo, por exemplo. De nossos dias em Paris, como aconteceu comigo. São essas *passages* longamente estudadas por Walter Benjamin, passagens cobertas que às vezes podem parecer muito belas, mas cuja asfixiante atmosfera pode acabar nos recordando de nossa alma quando em momentos melancólicos se impregna de realismo e nos diz a verdade, nos anuncia que o fim está próximo. Dizia Louis-Ferdinand Céline em *Morte a crédito* que a sinistra *passage* Choiseul, a própria passagem, acabara se tornando consciente de sua abjeta asfixia. E também dizia que com seu cheiro de urina e vazamentos de gás e outras sutilezas, essa passagem, onde sua mãe trabalhava como vendedora e na qual passara metade de sua vida, era mais infecta que o interior de uma prisão, e, além disso, pressagiava o pior. Um dia eu, quando menos esperava e no lugar menos imaginado, na passagem de Panoramas, cruzei bruscamente com Petra, a quem havia meses não via. Bastou vê-la, e não sei como foi que farejei imediatamente a urina e o vazamento de gás, e senti a asfixia daquela passagem coberta, como se não quisesse desmentir Céline. Ao lado dela, tão feia e tão no fundo menosprezada por mim, caminhava um fornido cafetão, um cafetão, digamos, de verdade, não o que eu acreditava ter sido quando estava com ela.

Petra, como se tivesse captado de imediato em meu rosto toda a angústia do mundo e, além do mais, movida por um certo ar de vingança, me disse algo que já me dissera um dia e que, se então me deixou indiferente, nessa ocasião deixou desmantelada minha frágil moral: "Deveria voltar para Barcelona, você aqui está perdendo tempo. Eu também estou perdendo, mas ao menos tenho namorado e emprego". O pior de tudo foi que não lhe respondi, não retruquei por um miserável temor à reação violenta do cafetão. Hoje penso que, apesar de que naquele momento não fui consciente disto, aquele cruel e deprimente incidente teve algo de um presságio de que algo para mim iria acabar, certamente foi o princípio do fim de meus dias em Paris.

100

Em 29 de outubro de 1965, Ben Barka, o líder da oposição marroquina ao rei Hassan II, havia ficado de comer com um jornalista e um cineasta na *brasserie* Lipp do bulevar Saint-Germain, em frente ao Flore. Quando se dispunha a entrar no restaurante, dois policiais da *brigade mondaine* – o inspetor Souchon e seu subordinado Voitot – se identificaram e o convidaram amavelmente a subir no carro onde o esperava Antoine Lopez, agente do serviço de contra-espionagem francês, que disse ter ordens de colocá-lo em contato com uma alta autoridade de Estado. Sabe-se que partiram rumo a uma vila em Fontenay-le-Vicomte, onde se perdeu para sempre o rastro do político marroquino.

Dez anos depois, no final de outubro de 1975, fui almoçar, como costumava fazer muitas vezes, na cafeteria-restaurante da loja de conveniência de Saint Germain, logo ao lado da Lipp, também em frente ao Flore. Costumava comer ali sempre sozinho, entrincheirado atrás dos jornais esportivos espanhóis, *Marca* e *Dicen*, que lia de cabo a rabo. Nesse dia, acabavam de retirar o primeiro prato e aguardava a chegada do segundo quando se aproximaram dois homens muito altos e fornidos, dois *gorilas* de notável envergadura que se identificaram como policiais secretos e me convidaram discretamente a acompanhá-los até o lavabo, onde me colocaram com perceptível nervosismo contra a parede e me revistaram e perguntaram por que eu estava tão nervoso. "E vocês", lhes perguntei, "por que também estão tão nervosos?" Eles tinham seus motivos para o nervosismo, pois acreditavam que eu podia ser o terrorista venezuelano Carlos, o mesmo que havia pouco colocara uma bomba que deixara uma esteira de mortos naquele local; o mesmo a quem antes do atentado viram – segundo as declarações das camareiras – comer várias vezes no restaurante e ler ali jornais de língua espanhola.

Os dois policiais, que logo viram que tinham se equivocado, acabaram me convidando a acompanhá-los até minha água-furtada da rue Saint-Benoît (a qual eu, tratando de que soubessem que estava relacionado com uma pessoa importante, lhes dissera que me havia sido alugada por Marguerite Duras) e comprovar ali no local que efetivamente não fabricava bombas e era somente, tal como lhes dizia, o inocente escritor de um primeiro romance intitulado *A assassina ilustrada*.

Aquele incidente também teve algo de princípio do fim de meus dias em Paris. Assim eu intuía enquanto, sob a custódia dos dois *gorilas* imensos, me dispunha a atravessar o bulevar Saint-Germain a caminho da água-furtada. Uma nota de humor pontua hoje na lembrança que aquilo significou para mim viver um momento difícil. E olhem que por sorte eu nada sabia de que exatamente dez anos antes, em circunstâncias parecidas e também diante do Flore, dois policiais fizeram desaparecer para sempre um homem que iria almoçar no Lipp. Creio que se soubesse esse antecedente de Ben Barka teria morrido de medo. O fato é que a lembrança daquele dia está pontuada por uma nota de humor quando, justo ao passar pelo Flore, um amigo de Arrieta – um pintor *gay* que se esforçava para parecer fisicamente com Andy Warhol – não se deu conta de que eu era escoltado por dois policiais e me gritou ao passar: "Hoje sim, você está bem acompanhado!".

Teriam más intenções, Souchon e Voitot, aqueles policiais que me revistaram no lavabo da loja de conveniência e depois subiram à minha água-furtada e, após uma breve inspeção, ficaram alguns minutos lendo as primeiras páginas de meu manuscrito de *A assassina ilustrada*, talvez acreditando que meu livro ainda inacabado pudesse ser um conjunto de documentos secretos do terrorismo internacional? Não creio. Pelo contrário, ao final daquilo tudo me pareceram bastante inofensivos. Em todo caso, isso não poderei saber nunca, como tampouco se eles foram os dois policiais que algumas semanas mais tarde foram assassinados pelo terrorista Carlos, quando tentaram detê-lo num apartamento de Paris.

Os dois *gorilas* inspecionaram a água-furtada, viram que ali ninguém preparava bombas, deram uma longa olhada n'*A assassina*, e finalmente o *gorila* mais alto me perguntou se já tinha lido Simenon. Eu não sabia qual era a melhor resposta e preferi dizer a verdade, disse que não. "Bem", disse o *gorila* mais baixo, "já vamos." Pareciam repentinamente de bom humor, como se tivessem se livrado de um trabalho incômodo. E, embora não tivessem pedido desculpas ao jovem inocente cujo almoço interrompiam, o *gorila* mais baixo teve uma delicadeza quando já haviam deixado a água-furtada e apontado no patamar que os conduziria ao buraco da escadaria. Voltou-se de repente e me disse com toda a ternura irônica de que um policial pode ser capaz: "Não é bom viver sozinho nestes antros". E o outro policial acrescentou: "Não é bom viver na espessa solidão dos criminosos". Essa última me surpreendeu bastante. A frase era estranha, tanto pronunciada por um policial como por qualquer cidadão. E, por outro lado, será que ele acreditava que porque escrevia sobre uma assassina ilustrada eu era potencialmente um criminoso solitário? Muito anos depois alguém me disse que "a espessa solidão dos criminosos" era uma expressão que Simenon empregava com freqüência.

101

Uma manhã de inverno, passeava com Arrieta pelo Jardin du Luxembourg quando numa alameda secundária divisamos um pássaro negro e solitário, quase imóvel, lendo o jornal. Era Samuel Beckett. Vestido inteiramente de preto da cabeça aos pés, estava ali numa cadeira, muito quieto, parecia desesperado, dava medo. E quase parecia mentira que fosse ele, que fosse Beckett. Nunca previra que pudesse encontrá-lo. Sabia que não era um clássico morto, mas alguém que vivia em Paris, mas sempre o imaginara como uma presença escura que sobrevoava a cidade, nunca como alguém que uma pessoa encontrasse desesperado, lendo um jornal num velho parque frio e solitário. De vez em quando virava a página, e o fazia com uma espécie de raiva tão grande e uma energia tão intensa que não estranharíamos nada se o Jardin du Luxembourg tremesse inteiro. Ao chegar à última página, ficou entre absorto e ausente. Dava mais medo que antes. "É o único que teve o valor de mostrar que nosso desespero é tão grande que nem palavras temos para expressá-lo", disse Arrieta.

102

Na *Vita Nuova*, Dante nos diz que certa vez enumerou em uma carta sessenta nomes de mulher para incluir entre eles, secretamente, o nome de Beatriz. Borges pensa que na *Comédia* Dante repetiu esse jogo melancólico, suspeita que erigiu o melhor livro que a literatura alcançou para poder intercalar alguns encontros com a irrecuperável Beatriz. E tenho a impressão de que – salvando, claro, as insalváveis distâncias – eu levei esse melancólico jogo a cabo inconscientemente em *A assassina ilustrada*, tenho a impressão de que escrevi o livro todo para nele poder intercalar um poema, um só poema, o último que escrevi em minha vida e o único que publiquei. Assim vistas as coisas, *A assassina ilustrada* toda teria sido uma desculpa para poder me despedir da poesia através destes versos: "Proscrita andarás sem lágrimas nem tumba/ e navegarás próxima do tempo ido e dali, / além e *ao longe*, / com os olhos frente ao Nunca Visto, / em direção a Circe, bela morta, / lá onde, passando em silêncio / por cidades sem sol, me encontrarás. / Serei a destroçada nave que tocará / a praia da amiga em vão celebrada".

Hoje em dia *A assassina ilustrada* me parece basicamente uma despedida da poesia de minha parte. O argumento oculto do livro seria a surda tragédia juvenil daquele que se despediu da poesia para cair na vulgaridade da narração. Se a Hemingway, por exemplo, esse tipo de transfusão da poesia à prosa não o preocupara minimamente ("a faculdade lírica da adolescência, tão fugaz e enganosa como a própria juventude"), a mim, pelo contrário, me afetou muito. *A assassina ilustrada*, com sua atormentada descrição da morte de um poeta, dá pleno testemunho disso, fala não somente de meu drama pessoal mas do drama de muitos escritores jovens que no princípio de seu processo criativo, caso sejam imaginativos, costumam construir mundos poéticos próprios, forjados em grande medida por suas leituras, porém mais adiante, à medida que a intensidade imaginativa vai diminuindo, vêem como se acomodam à realidade, caem na prosa cotidiana e isso faz com que sintam ter traído seus princípios poéticos da primeira hora. Alguns, os mais inteligentes e obstinados, resistem a se render tão facilmente e mantêm a fé em sua poesia alguns anos mais, mas o que não sabem é que, por mais que o façam, a poesia já os abandonou faz muito tempo. Ninguém escapa a essa lei da vida poética tão demolidora, ninguém. Ou, melhor dizendo, dela escapa a imensa maioria da humanidade, todas essas pessoas transtornadas e achatadas pela tirania da realidade e que tiveram a duvidosa sorte de nunca haver feito distinção entre prosa e poesia.

103

"*M. D., qui a beaucoup lu, aujourd'hui lit très peu*" ("M. D., que leu muito, hoje em dia lê muito pouco"), começava dizendo Benoît Jacquot num dos artigos de um livro coletivo que a editora francesa Albatros acabara de publicar sobre Marguerite Duras e que comprei para ficar em dia sobre o mundo criativo de minha senhoria. Lacan e Maurice Blanchot, entre outros, colaboravam naquele livro. Lembro que essa primeira frase do artigo de Jacquot entusiasmara Raúl Escari de uma forma fora do normal, já que durante alguns dias se especializou em repeti-la para todo mundo, inclusive para Duras. E também lembro que havia no livro uma espécie de celebração coletiva do filme *India Song*, que ela acabava de estrear com êxito em vários cinemas de Paris. Seu segundo marido, Dyonis Mascolo, dizia, por exemplo, que *India Song*, embora tivesse o precedente de Dreyer, significava o verdadeiro nascimento do cinema, e vaticinava para essa arte jovem um grande futuro, graças em parte aos caminhos que Duras abrira com o filme. Maurice Blanchot se perguntava o que era *India Song*. Se podia dizer que era um filme ou talvez um livro ou nenhuma das duas coisas? Ao acabar de ler o artigo de Blanchot, tive a impressão de saber menos coisas sobre Marguerite do que sabia antes de começar a ler o artigo. Jacques Lacan, por sua parte, dizia ter ficado de boca aberta quando leu *Le ravissement de Lol V. Stein*. E dizia também outras coisas que esqueci ou, melhor dizendo, que não entendi, sem que isso me preocupasse tanto, pois me acostumara a não entender Lacan.

Aquele livro coletivo sobre Duras era aberto por algumas palavras dela em que confessava que escrevia para estar ocupada de algo. E acrescentava: "Se eu tivesse a força de não fazer nada, não faria nada. É porque não tenho a força de não fazer nada que escrevo. Não há nenhuma outra razão. É o mais verdadeiro que posso dizer sobre esta questão". Impressionou-me a sinceridade dessas palavras. Alguns dias depois de ler aquele livro, cruzei com Marguerite na rue Saint-Benoît e a breve conversa de calçada derivou rumo a terrenos tão literários que me ocorreu – sabendo já o que podia me responder – perguntar-lhe por que escrevia. Pensei que, enquanto começasse a responder com sua resposta previsível ("é porque não tenho a força de não fazer nada..."), eu a interromperia com um amplo sorriso nos lábios para lhe dizer que já sabia como continuaria a frase, já que a havia lido (assim ela veria que me interessava por seu mundo) no livro coletivo sobre sua obra que eu acabara de comprar, interessado como estava em todos os livros que falavam dela.

Tive uma boa surpresa, contudo, porque esperava uma resposta e encontrei outra. "Escrevo para não me suicidar", disse laconicamente. Aturdido, balbuciei algumas palavras meio incoerentes, não sabia o que dizer nem como continuar. Por sorte, Duras quase me ordenou que lhe abrisse passagem na rua, pois devia ir ao Flore, disse. "É horrível", acrescentou, "porque marquei com Peter Brook, que sempre me traz má sorte, a última vez que o vi quase um carro me atropela em frente ao Flore."

Escrevia para estar ocupada com algo ou para não se suicidar? Com qual ficávamos? Ela era muito sincera ou fazia literatura o tempo todo? Havia que se esperar um autor desaparecer para que um biógrafo pudesse contar sua vida tal como a viveu e não tal como a contava ele mesmo? Eu tinha lido, não sabia onde, que André Gide dizia que um artista não devia contar sua vida tal e qual a vivera, mas vivê-la tal e qual iria contá-la. E, em meio a tudo isso, o que eu pensava fazer? Viver minha vida tal como a pensava contar? E como se fazia algo nesse estilo?

Fui meditando sobre tudo isso, até que cheguei à água-furtada, entrei ali extenuado por tantas perguntas. Depois, com o tempo, soube que Duras era uma grande especialista no negativo, uma profissional do *pathos* ou de sua simulação estrita. Poucas frases são tão sedutoras, tão hipnotizantes como essa que encontramos em seu livro *Écrire*: "A escrita: a escrita chega como o vento, é nua, é a tinta, é o escrito, e acontece como nada acontece na vida, nada, exceto isso mesmo, a vida". É uma frase fascinante. Mas devemos crer ao pé da letra no que ela diz? O que diz afinal? Se realmente diz algo, esse algo é muito fácil, na realidade. É algo na verdade muito simples – diz, tão-somente, que a literatura é igual ao vento –, porém há que se reconhecer que está especialmente bem colocado. Marguerite sempre gostou de brincar com fogo, agora eu sei, então não sabia. Marguerite, agora sei, adorava evidenciar o desafio da incessante palavra vã.

Naquele dia, extenuado por tantas perguntas, entrei na água-furtada, voltei a olhar o livro sobre *India Song* e Duras, e de súbito conheci alguns minutos de felicidade inesperada quando minha atenção pousou distraidamente na legenda de uma imagem do livro: "Marguerite Duras, 17 anos, Sadec (Cochinchina)". Toda a minha atenção centralizou-se na última palavra, a que nomeava essa região lendária. Até então nunca tinha levado em conta, mas minha senhoria nascera em Saigon, uma cidade à qual estivera ligado meu bisavô materno, que participara em meados do século XIX da expedição espanhola que combateu junto com os franceses naquele lugar longínquo e ocupou em Saigon, embora o mando francês tenha içado sua bandeira e ficado com a pilhagem e considerado os espanhóis tropas auxiliares. Meu bisavô, porém, esteve lá, entrando em Saigon com o general Palanca, e por lá permaneceu alguns anos.

Quando criança, minha mãe – como tantas outras mães espanholas da época – me ameaçava enviar à Cochinchina se me comportasse mal. Mas, diferentemente das outras mães, a ameaça da minha tinha certo sentido, dada a ligação que tínhamos com esse remoto lugar, ligação que parecia de repente continuar com as relações que eu tinha com Duras, a escritora vinda da Cochinchina.

O descobrimento dessa conexão oriental deu passagem a uma longa cena de enganosa felicidade quando nos minutos seguintes, tombado sobre o colchão que tinha no piso – aquela cama horrível em que se consumiam meus dias –, fiquei especulando sobre a misteriosa relação que unia minha família com a Cochinchina, e me ocorreram algumas histórias estranhas, exóticas, apaixonantes. Foi como se estivesse escrevendo, mas me divertindo muito mais do que se escrevesse, já que não devia me submeter às rígidas normas da apostila de Duras. De uma hora para outra, com as viagens de minha imaginação, descobri durante alguns minutos inesquecíveis que minha prosa mental era capaz de navegar por superfícies tranqüilas tal como uma barca desliza velozmente com um vento favorável. As histórias de meus familiares e a Cochinchina deslizavam e se escreviam sozinhas com esse vento, livres e sem amarras. Descobri as excelências de unir essa escrita imaginária sobre o vento com "a força de não fazer nada", que diria Marguerite. Fiquei feliz da vida e dormi subitamente, como se a felicidade de não escrever tivesse a faculdade de deixar alguém adormecido.

Horas depois, acordei. Fiquei na cama quase sem me mexer, olhei a janela, olhei meus joelhos, lembrei de minha felicidade de antes do sono, escutei os ruídos – como sempre incompreensíveis – do negro da água-furtada ao lado. Passei de repente da felicidade com que adormecera para o remorso por não ter escrito nada na realidade, apenas traços imaginários no vento. Se pensasse bem, era espantoso. Havia adormecido de felicidade, sim. Mas também de burrice e de pura folga. Disse a mim mesmo que se escrever me dava tanta preguiça por que não viajava até aquela luz extrema e estrangeira da Cochinchina, por exemplo? Lá ninguém me obrigaria a escrever, poderia inscrever histórias no vento. Poderia realmente inscrevê-las? A Cochinchina havia mudado de nome fazia tempo e agora se chamava Vietnã e era um inferno e não havia lugar para os folgados. Se é certo que lá ninguém me obrigaria a escrever, o mais seguro é que não me deixassem dormir de felicidade e que, além do mais, me visse obrigado a trabalhar. Acordei quando minha mãe, ao notar que eu simpatizava com idéias de esquerda, me dizia: "Pois muito bem, se é comunista, vá para a Rússia. Você vai ver como lá logo te farão trabalhar".

104

Sentia que *A assassina ilustrada* caminhava para o seu final e, para dar um pouco de moral a mim mesmo, dizia que a trama de meu livro era no mínimo muito original. Subitamente porém, em 12 de janeiro de 1976, soube pelo *Le Monde* que Agatha Christie acabara de morrer e fiquei totalmente consternado quando numa nota de rodapé fiquei sabendo que ela havia escrito um romance policial, *O assassinato de Roger Ackroyd*, no qual o leitor descobria no final que o narrador do livro era precisamente o assassino. Não esperava algo assim. Perdera dois anos de minha vida escrevendo *A assassina ilustrada*? Eu acreditava que era muito original e única no mundo minha idéia de matar o leitor através de uma narradora que não revelava que era a assassina até a última linha. Ver que não era bem assim me fez cair num notável desânimo, pois eu tinha a impressão de que, se havia algo interessante no livro, era a originalidade da armadilha que se estendia ao leitor.

O que tinha de fazer? Voltar ao início?

Tudo está inventado, disse a mim mesmo. Ou acaso acreditava que alguém ainda podia ser original?* Passei alguns dias um tanto desalentado até que uma tarde, de repente, num arroubo de bom humor, decidi substituir a fotografia de Virginia Woolf (que como um pôster presidia a água-furtada me lembrando que eu também tinha *um quarto todo meu*) por uma fotografia gigante de Agatha Christie, a verdadeira assassina ilustrada e grande Dama do Crime. E disse comigo, brincando sozinho, que o inquilino seguinte daquela água-furtada seria um escritor de romances policiais. Logo me dei conta de que em outros dias não teria me ocorrido pensar no inquilino seguinte daquela *chambre*. Era como se, feito *A assassina*, meu tempo em Paris também fosse caminhando para o seu final.

* Naquele dia disse a mim mesmo que tudo já havia sido inventado, porém me faltava comprová-lo a partir de um novo ângulo de visão, que poucos dias depois me proporcionou um breve fragmento do *Molloy* de Beckett, lido ao acaso numa das bancas dos cais do Sena: "Não inventamos nada, acreditamos inventar quando na realidade nos limitamos a balbuciar a lição, os restos de alguns deveres escolares aprendidos e esquecidos, a vida sem lágrimas, tal como a choramos. E à merda".

105

Não inventávamos nada? O narrador de *Molloy* estava certo quando dizia isso? E aprender? Também não aprendíamos nada? Seriam, por exemplo, os tão desgastados e vividos e tão prestigiosos anos de aprendizado de um escritor mera falácia? Vivíamos sem aprender nada e então simplesmente, como diria Beckett, íamos à merda? Será que a única coisa que podíamos aprender neste mundo era que não inventávamos nada? O golpe de misericórdia me foi dado por Arrieta, presenteando-me com o romance *Jakob von Gunten* de Robert Walser. Abri-o na primeira página, comecei a ler: "Aqui se aprende muito pouco, faltam professores e nós, os garotos do Instituto Benjamenta, nunca chegaremos a nada, quer dizer, no dia de amanhã seremos todos pessoas muito modestas e subordinadas".

Bonito panorama.

Lembro de um dia de chuva, sentado na terraço do Café Rien de la Terre da rue Sainte-Anne, em finais de janeiro de 1976, pensando no livro de Walser e me perguntando se não seriam realmente um falso mito os famosos *anos de aprendizado*.

"Aprendi algo sim, nos últimos tempos, aprendi a escrever à máquina, isso é certo", disse a mim mesmo pouco antes de chamar o garçom, pagar a conta e abandonar aquele café e de passagem abandonar os anos de aprendizado. "E à merda", lembro que pensei.

106

Uns dias depois, fui a uma estréia de teatro, uma peça chamada *Cairo*, escrita por dois jovens amigos inseparáveis, os argentinos Javier Arroyuelo e Rafael López Sánchez. Fui com Raúl Escari, que conhecia bem os dois, e com Julita Grau, amiga de Aiguafreda, um povoado da Catalunha onde, quando adolescente, eu fora em veraneio com meus pais. Julita, que sempre se destacara por seu intelectualismo precoce, acabava de chegar de Barcelona e tinha ido me ver na água-furtada. Embora me inquietasse porque não sabia o que ela queria ali, vê-la me alegrou bastante e recordamos algumas festas e certos jardins da horrenda Aiguafreda. Acabei convidando-a para ir ao teatro à noite, enquanto a enrolava com mil desculpas para evitar que quisesse ficar na água-furtada.

Em *Cairo*, Paloma Picasso, que pouco depois se casaria com López Sánchez (e anos depois se divorciaria e a separação de bens lhe custaria uma verdadeira fortuna), colaborava na montagem teatral com o desenho das jóias que os atores usavam e, de carona, agregava *glamour* e público à obra daqueles dois jovens argentinos, que faziam parte da contracultura teatral de Paris e eram dramaturgos do Théâtre TSE, dirigido por outro argentino, Alfredo Rodríguez-Arias.

Desde o primeiro momento já me dei conta de que não entenderia muito da peça. Para que não entendesse absolutamente nada, contribuiu de forma inestimável Julita Grau quando, ao final do primeiro ato, tentando me ajudar, disse que se tratava de uma peça de teatro bem *à moda psicanalítica em sua vertente mais dura, mais lacaniana* e que o fato mesmo de faltar o artigo *O* na palavra *Cairo* já era uma pista. Uma pista de quê? Não obtive resposta. Ao terminar a apresentação, Raúl foi ao camarim cumprimentar os autores, e o acompanhamos. E, não sei como, acabamos no grandioso Mercedes conversível de Paloma Picasso fumando alguns charutos gigantescos e percorrendo com ela e com Raúl e com Julita e com os autores de *Cairo* as ruas recém-lavadas de Paris, a caminho da discoteca Le Sept, da rue Sainte-Anne. Nunca na vida me senti poderoso daquele jeito. Ali, sentado no banco de trás do magnífico conversível, com música de Glenn Miller no rádio, brinquei de ver a mim mesmo como o rei da *dolce vita* parisiense, como se acabasse de conquistar a cidade e fosse o herdeiro, em todos os sentidos, de Pablo Picasso.

O triunfante catalão Ricardo Bofill era um joão-ninguém comparado comigo. Paris não tem fim, pensei. E me demorei na agradável recepção da idéia de que eu era o rei de Paris, um jovem deus muito acima das pessoas vulgares, flagelo dos idiotas. E lembrei de Jacques Prévert, que dizia que tinha um pé na Rive Droite, outro na Rive Gauche, e o terceiro na bunda dos imbecis. E também lembrei de Martine Simonet e pensei que seria fantástico que ela estivesse andando àquelas horas como uma pobre cinzenta pelas ruas e nos visse passar e ficasse impressionada ao ver o quanto havia melhorado minha vida boêmia. E também disse a mim mesmo que seria perfeito que num semáforo estivesse esperando para atravessar meu vizinho de água-furtada, o negro impertinente. "Adeus, *tubab*, adeus", diria, jogando-lhe na cara a fumaça de meu charuto.

Estava pensando em tudo isso quando Julita Grau me perguntou se andava escrevendo algo e lhe disse que estava terminando um romance que assassinava seus leitores. E, ao perguntar se preparava algo mais, dei uma grande tragada no charuto e me ocorreu de súbito o título de uma obra de teatro que se intitularia *Al sur de los párpados*. E, quando ela quis saber de que tratava essa obra, aproveitei uma pausa na conversa de Paloma Picasso com os dois autores argentinos para olhar o céu estrelado de Paris e dizer com falsa modéstia, embora sem poder ocultar a voz altiva daquele que se crê a séculos-luz de seus contemporâneos: "Bem, não estouremos os rojões, mas intuo que será uma obra interessante, é um estudo psicanalítico do olhar". Picasso e os dramaturgos me olharam com estranheza. Não me inquietei por nada, muito pelo contrário. "Psicanalítico do olhar", repeti. Estava plenamente convencido de ser o rei do mambo.

107

O que será de mim agora?, perguntei a mim mesmo, e pensei: ontem deveria ter dormido com ela. De fato, tenho para mim, as mulheres querem somente uma coisa, que os homens queiram se deitar com elas. Mas, se querer dormir com uma mulher pode deixá-lo fodido, não querer pode ter o mesmo efeito.

Lembrei de um romancezinho inglês que tinha lido havia pouco onde se descrevia a colorida fantasia feminina de estar sentada num jardim ao cair da tarde, lendo e esperando o homem que todos os dias volta ao seu lar e aos seus braços. Será isso o que quer?, perguntei-me. E, se ela me confessar que é isso o que quer, deveria acreditar nela? Por outro lado, minha fantasia consistia em voltar para casa num trem de subúrbio abarrotado com uma pesada pasta e me encontrar com uma mulherzinha intelectual que passou o dia deitada despreocupadamente lendo Unamuno?

"No que está pensando?", perguntou ela. "Em nada, veio para se despedir?" "Não", me respondeu lacônica. Fiquei muito nervoso.

"Diga a verdade, o que você vê em mim?" Não pareceu surpresa. "Provavelmente uma versão melhorada de você mesmo", respondeu com grande serenidade. "Não entendo." "Vejo em você", disse, "uma pessoa completa, e não a salada confusa que você vê em si mesmo."

Ficou sete dias na água-furtada. De um sábado à sexta-feira da semana seguinte. Na manhã dessa sexta, descobri casualmente que meu pai a contratara para que eu me apaixonasse e me convencesse a voltar a Barcelona. Descobri e fiquei aniquilado, destroçado mentalmente. Ela chorou.

108

Em janeiro do ano em que iria se matar, Hemingway, um homem velho e frágil, com o cabelo todo branco, pálido, de membros enfraquecidos mas aparentemente um pouco melhor de suas últimas crises, foi autorizado pelos médicos a retornar a Ketchum. Seu amigo Gary Cooper acabara de dizer que um homem feliz é aquele que durante o dia, devido ao seu trabalho, e à noite, devido ao seu cansaço, não tem tempo para pensar em suas coisas. Mas Hemingway tinha esse tempo. Pediram-lhe que contribuísse com uma frase para um livro que seria entregue ao recém-empossado presidente dos Estados Unidos, John Fitzgerald Kennedy.

Trabalhou o dia todo e não conseguiu a frase. "Não vem mais", balbuciou ao seu amigo George Saviers. E chorou. Não voltou a escrever nunca mais. Quando chegou a primavera, dizem que nem a viu e que nem se inteirou de que havia chegado. Vestido sempre de preto, a cabeça baixa, vivia em permanente estado de desespero.

Alguns heróis de seus livros, com sua estóica fortaleza na adversidade, com sua extraordinária elegância no sofrimento, passariam à história e ficariam, ao menos durante um tempo, na memória da humanidade. Ele, contudo, estava desesperado e seu estóico vigor soçobrava. E não podia fazer muita coisa. Quando se está em meio a adversidades é tarde demais para ter cuidados. Transferiu do depósito de armas para um armário uma velha escopeta de caça e dois cartuchos. Sua mulher descobriu e avisou o médico e o médico pediu que devolvesse a escopeta ao depósito. Tiveram de voltar a interná-lo, mas, antes de subir no carro que o conduziria ao avião que o levaria ao hospital, correu até o depósito de armas e pôs uma arma carregada na garganta. "*Shanghaied*", disse. Foi somente uma antecipação do que acabaria fazendo em julho.

109

Não creio que demore para ir embora daqui. Irei com minha consciência, que sempre foi para mim uma ironia em crescimento que, à medida que se tornava forte e grande, tendia ao mesmo tempo, paradoxalmente, a desaparecer. Foi algo que fui descobrindo à medida que vivia e aumentava essa consciência, que nada seria sem a ironia. Irei daqui para dissolver-me, dissociar-me, desintegrar-me, estilhaçar toda ameaça de personalidade ou de consciência, qualquer nostalgia de Paris. Afinal, ironizar é ausentar-se.

Hemingway voltou do hospital e se encerrou ainda mais em si mesmo. Como dizia Jeanne Boutade, muitos escritores, por mais que tenham triunfado, terminam por enclausurar-se, por se esconder quando ficam velhos. Mas o que acontecia exatamente com Hemingway? "Talvez", disse Anthony Burgess, "uma crescente tristeza pelo fracasso em ser seu próprio mito; mais possivelmente uma incapacidade sexual que, considerando suas proezas em outros terrenos da ação viril, o desconcertava profundamente. Com a fama, ou, de qualquer maneira, com qualquer tipo de sensação de reconhecimento de méritos, pode-se esperar a aparição de uma melancolia crônica, que se expressa como uma ânsia de morrer. Ou, mais simplesmente, Hemingway se enxergava como exceção à famosa regra de Thoreau de ter, como todos os homens, de viver uma vida de sereno desespero: não pôde fazer frente à tensão de que a maioria dos homens padece elegantemente, era muito parecido com um deus para que se esperasse dele que tivesse de enfrentá-la."

"Ao final de sua vida", disse Borges sobre Hemingway, "sentiu-se acossado pela incapacidade de continuar escrevendo e pela loucura. Doía-lhe ter dedicado sua vida às aventuras físicas e não somente ao puro exercício da inteligência."

"Na semana passada tentou se suicidar", um garçom velho disse de um cliente do bar no conto de Hemingway *Um lugar limpo e bem iluminado*. E, quando o garçom jovem pergunta por que, recebe esta resposta: "Estava desesperado." "Por quê?", volta a perguntar o jovem. "Por nada."

Hemingway trocou o sol e a alegria dos cafés limpos e bem iluminados de Cuba por sua desolada casa de Ketchum, Idaho, uma casa perfeita para se matar. Um domingo pela manhã, em 2 de julho de 1961, levantou-se muito cedo enquanto sua mulher dormia, encontrou a chave do quarto onde estavam guardadas as armas, carregou uma escopeta de dois canos. Em *Um lugar limpo e bem iluminado* há uma oração: "Nada nosso que estás no nada, nada é teu nome, teu reino nada, tu serás nada no nada como no nada". Carregou a escopeta, pôs o cano duplo na testa e disparou. E à merda.

III

Muitos anos depois, também Marguerite Duras se encerrou em si mesma. Isso ocorreu vinte anos depois de eu deixar a água-furtada. Minha biografia daqueles anos não deveria terminar no momento em que deixei a cidade, mas vinte anos depois, quando Marguerite se encerrou em si mesma, se afastou do mundo e deixou de escrever para sempre, deixou seu combate *corpo a corpo* com a escrita, deixou de ver seus amigos. A notícia chegou a mim em Barcelona quando Javier Grandes, que agora vivia em Maiorca, me disse que ao passar por Paris telefonara em sua casa para cumprimentá-la e ela lhe dissera que não o conhecia, que não se lembrava dele, que voltara ao estado selvagem da infância e que não se lembrava de ninguém, só de Saigon.

Sabe-se que ela disse a mesma coisa a muitas outras pessoas, sabe-se que nos seus últimos dias só falava da morte e dos anos selvagens da infância e da doçura da terra natal. Uma noite, levou as mãos à garganta e pronunciou o nome de um de seus personagens. "Anne-Marie Stretter", disse. Foi só a antecipação do que iria lhe acontecer, a antecipação da chegada da monção mortal e da cena final no leito, onde dizem que afirmou que depois da morte não resta nada. "Só os vivos sorriem uns para os outros, e se apóiam." E à merda.

112

Quando comecei *A assassina ilustrada* tinha pensado em escrever o livro pelo primeiro capítulo, depois o segundo etc., mas logo me deixei levar pelo acaso, avançando às vezes inclusive em zigue-zague de modo que, como já disse antes, as oito cadernetas do caderno assassino (que vão no centro do livro) e a frase que encabeça o romance foram redigidas no final de tudo, algo que sem dúvida não haverá de estranhar quem se lembra do que dizia Pascal: "A última coisa que se encontra ao escrever uma obra é aquilo que há de figurar no princípio".

A oitava e última caderneta do caderno central descrevia a morte do poeta, que era no fundo, sem que eu soubesse, uma cópia de mim mesmo e de minha trágica passagem à prosa *criminosa* após minha renúncia da poesia. Eu não sabia que aquela oitava página seria a última do manuscrito, mas intuí, porque afinal de contas narrava a morte de um poeta, de um poeta qualquer, que era o objetivo ao qual haviam conduzido as cadernetas anteriores. Escrevi nessa última página: "Jorros de vinho saíam de suas orelhas, e suas pernas varriam o solo como dois mastros cegos. Tudo terminou ao alvorecer [...] Abracei-o, pronunciei seu nome. Como antes sua irmã, nas longas noites de inverno, chamei-o com um tom de voz que lhe era familiar. Mas já não podia me ouvir. Tudo estava calmo, chegaram os primeiros pássaros da manhã. Cheiro de clausura, de tabaco de cachimbo e de sedas velhas e velhos pergaminhos. Estava (agora o sabia) abraçando um cadáver".

Era um dia em que chovia muito, me lembro muito bem. Escrevi essas frases do manuscrito assassino, escrevi essas frases que falavam do encerrar-se de um escritor que ficou velho, escrevi-as e entendi que o romance seguramente chegara ao seu final. Era 30 de janeiro, me lembro perfeitamente. Antes de sair à rua para dar uma volta e comer algo e pensar se já estava terminado ou não o manuscrito central e com ele meu livro, fui ao Relais Odéon para ver se encontrava Martine Simonet e a felicitava, porque era o dia de sua santa. Era 30 de janeiro de 1976, Santa Martine. Chovia muitíssimo e as pessoas titubeavam antes de cruzar as ruas, como se mais do que ruas fossem torrentes. Os carros circulavam devagar, com medo de derrapar. Eu, de minha parte, tinha medo de haver terminado o romance, mas ao mesmo tempo dizia a mim mesmo que se era assim devia encarar a realidade. Não encontrei Martine e acabei entrando num bistrô da rue de Seine onde nunca estivera. Devia ser um restaurante ruim, porque estava meio vazio. O menu era escrito com giz numa lousa grande, as toalhas eram de papel, as mesas muito pequenas, e as jovens que serviam usavam um uniforme branco e preto. Enquanto comia uma bisteca com batatas, pensei que podiam voltar a me confundir com o terrorista Carlos. Mas não tardei a me dar conta do ridículo que era ter pensado uma coisa assim. Pedi outro *pichet* de tinto. A jarra deixou uma mancha com reflexos de cor rubi no papel branco da mesa, e isso me fez recordar o que terminara de escrever na oitava caderneta: "Jorros de vinho saíam de suas orelhas, e suas pernas varriam o solo como dois mastros cegos...". Dei-me conta de que de uma forma tão direta como inesperada alguma Musa oculta me mandara um sinal que me indicava que não cismasse mais com o assunto: o romance estava terminado.

Devia considerar que aquele era o momento mais extraordinário de minha vida? Acabara de terminar meu primeiro romance (não sabia ainda que faltava uma frase, a que abriria o livro) e portanto devia começar a ter consciência de que me encontrava num dos pontos culminantes de minha existência. Ou não? Pensei bem e vi que, a bem da verdade, o mais honrado era reconhecer que nada parecia sublinhar a importância do momento, pois, por mais que me esforçasse, tudo estava acontecendo sem solenidade nem emoção alguma. Levei o vinho aos lábios e surpreendi os olhares que as jovens garçonetes trocavam entre elas. Havia tão poucos clientes que elas se aborreciam e certamente tinham se fixado no quão estranho eu era e riam. Pensei: Ai, se soubessem que acabo de terminar um romance. Orgulhei-me. Pensei que, muitos anos depois, *A assassina ilustrada* seria traduzida na França e alguém escreveria: "Paradoxalmente, esse intento de assassinar o leitor assinou a ata de nascimento de um escritor".

Quando saí do restaurante, parara de chover, o ar serenara, o céu estava clareando. Iniciei minha volta para a água-furtada. Mas ao chegar à rue Saint-Benoît pareceu-me que não tinha mais nada o que fazer ali em cima, em minha casa. Afinal, o romance estava terminado. Eu sentia o famoso vazio que diziam se apoderava de um escritor quando terminava seu livro? Não, não sentia nada disso. E sim, por outro lado, sentia uma vontade imensa de encontrar Martine e felicitá-la pela santa. Voltei a me dirigir ao Relais Odéon, tive para comigo que talvez com a mudança de tempo ela teria por fim decidido sair e a encontraria por lá. E me encaminhava para o Relais quando, andando pelo bulevar Saint-Germain, passou como uma força do Mal, roçando-me de propósito, com a música a todo o volume, o Mercedes conversível de Paloma Picasso e minhas calças ficaram totalmente empapadas de água. Não vi quem dirigia, mas no carro ia Paloma e ao seu lado, cobertos com chapéus espetaculares, os dois dramaturgos argentinos. Tudo foi muito rápido. Me salpicaram as calças de propósito e então se afastaram brincando, com grandes risadas, de minha careta de estupor de pobre boêmio humilhado.

113

Alguns dias depois, ao entardecer, eu estava na água-furtada dispondo-me tranqüilamente a limpar o cachimbo quando cortaram a luz. A princípio, inclusive brinquei comigo mesmo e pensei que aquilo era como dizer adeus às luzes da boemia. Mas à medida que passavam os minutos e ia caindo a noite fui me dando conta de que o assunto era sério. O vizinho negro me emprestou de má vontade uma vela e passei a noite com o quarto à meia-luz esperando que se fizesse dia para ir ver Marguerite e contar o que tinha acontecido. Devia me mostrar indignado?

Perto das dez da manhã, desci ao terceiro andar e toquei a campainha da casa de Marguerite, que devia estar bem atrás da porta, porque a abriu no ato. Estranhou me ver aquela hora. Se não entendi mal, me perguntou do romance. "Já o terminei", disse. Ela achou muita graça nisso, como se a assombrasse ou achasse inverossímil que os livros pudessem ter um ponto final. Riu com aquela sua forma inesquecível de rir, um riso malicioso, infantil, brincalhão, um riso que no fundo tentava comunicar certo sentimento de amizade. Mas, na verdade, pouco depois chegou o jarro de água fria. "E veio só para me dizer que terminou o romance?", perguntou. Não sabia como lhe falar do problema com a luz. Havia, por outro lado, mudado a expressão de sua cara, já não ria, agora dava certo medo. "Não estou para ninguém, nem para mim", disse, confirmando meus temores. Quis morrer ali mesmo. "Volte depois", disse, e fechou a porta.

Perto de meio-dia e meia, voltei a tentar. Meu pulso tremeu ao tocar a campainha. Quando menos esperava, a porta se abriu. "O que está acontecendo?", me perguntou. Com certo medo no corpo, lhe disse que o relógio de luz não estava funcionando. Tive de explicar, em meu francês *inferior*, umas cinco vezes. Até que por fim ficou claro o que acontecia. Então permaneceu imóvel me olhando. Ficou bastante tempo assim, me olhando. Imóvel. De repente, disse: "Um momento, já volto." Em pouco tempo voltou com uma pasta de couro, onde havia um monte de contas e recibos. Deu-me a pasta e eu não sabia o que fazer com ela. Com um de seus típicos gestos muito enérgicos, me arrebatou as mãos e disse: "Bem, vamos até a EdF".

Alguns minutos depois, com a pasta de couro, estávamos no 69 bis da rue de Rennes, diante do monstruoso edifício da EdF, Électricité de France. No mezanino nos recebeu uma funcionária que durante alguns minutos ficou falando com Marguerite em uma linguagem burocrática impenetrável para mim. Ficaram manipulando papéis com muitas cifras e falando longo tempo em termos sumamente arrevesados até que a funcionária, quase nos dando uma ordem – como se de súbito tivesse se sentido ofendida por algo que Marguerite lhe dissera –, nos enviou ao segundo andar do edifício, onde nos recebeu num escritório um senhor muito bem vestido, de quem recordo, sobretudo, sua estranha mania de introduzir continuamente na conversa o nome do ator Gérard Depardieu. De vez em quando, Marguerite levantava a voz, irritada com alguma coisa. Tudo era muito confuso. "Desde quando você não paga?", ela me perguntou de repente. Mas não estou certo de que foi exatamente o que me disse, havia começado a falar em seu francês *superior*. Não esperou minha resposta. O senhor bem vestido sacou mais papéis e iniciou um sermão estranho que acabou com a recomendação de que fôssemos a um escritório do primeiro andar, onde um burocrata muito educado nos reenviou à janelinha ao lado da janelinha da funcionária que nos recebera a princípio. Nessa nova janelinha e, após uma conversa na qual juraria que falaram basicamente de uma loja de guarda-chuvas que ficava no 73 da rue de Rennes, um homem parecido com o ator Lino Ventura acabou dando a Marguerite um papel, um único e sóbrio papel, lotado, isto sim, de cifras e sinais em vermelho.

Na saída daquele edifício, em plena rue de Rennes, ela me entregou o papel e disse algo que não entendi de jeito nenhum, parecia dito de propósito em seu francês *superior*. Não entendi o que ela me dizia, mas sim o que estava escrito no papel. Entendi perfeitamente que devia pagar mais de quarenta anos de recebimento de luz, quer dizer, que não somente devia me encarregar dos gastos das luzes da boemia de Copi, Javier Grandes, da travesti Amapola, do cineasta Milosevic, da atriz de teatro búlgara, do amigo do mago Jodorowsky, mas que também era responsável por pagar a conta de luz atrasada da Resistência francesa, a do camarada Mitterrand em seus dois dias na água-furtada.

Marguerite me fez, em seu francês *superior*, comentários que não entendi, só entendi a última coisa que me disse, isso compreendi nitidamente, pois se tratava do mesmo e famoso conselho que a ela anos antes tinha dado Raymond Queneau, esse conselho criminoso – no fundo eu o merecia, por ter escrito um livro criminoso – que se recebia como herança e que a amarrara para sempre a uma cadeira e a uma escrivaninha e que a mim me condenou ao mesmo. "Você escreva, não faça outra coisa na vida", me disse.

Creio que se pode dizer que fui até Paris somente para aprender a escrever à máquina e receber o criminoso conselho de Queneau.

Mas, é claro, nesse dia eu ainda não sabia disso. Escutei o conselho de Queneau mas, abatido ao ver que devia pagar as luzes da boemia de no mínimo três gerações de artistas, não fui capaz de agradecer a Marguerite esse conselho, acompanhei-a até a portaria do edifício da rue Saint-Benoît e com uma silenciosa reverência lhe agradeci pelas gestões na Électricité de France. Embora não pudesse sabê-lo, seria a última vez que a veria. Fiz a reverência e então acrescentei com humor e timidamente, recordando uma frase do boêmio Bouvier: "Esta noite, na água-furtada, acenderei um palito de fósforo para não ver nada".

Saí de sua vida como se sai de uma frase.

Depois, fui comer um *croque-monsieur* no Flore e bebi um licor de amoras e analisei a situação. Seis dias fiquei analisando e no sétimo voltei a Barcelona. Quando meu pai quis saber por que tinha voltado, disse-lhe que era porque me apaixonara por Julita Grau e porque, além disso, em Paris sempre chovia e fazia frio e havia pouca luz e muita neblina. E é tão gris, acrescentou minha mãe, suponho que se referindo a mim.

Publicado no Brasil mediante acordo com a Editorial Anagrama S.A.

Imagem da capa: Ernest Hemingway e seu gato Big Boy Peterson em sua casa em Ketchum, Idaho (detalhe), 1959.
Foto © John Bryson/Sygma/Corbis/LatinStock.

Coordenação editorial: Alexandre Barbosa de Souza
Projeto de capa: Kiko Farkas – Máquina Estúdio
Projeto de miolo: Jussara Fino
Preparação: Diego Molina
Revisão: Raul Drewnick e Lucimara Carvalho

Dados Internacionais de Catalogação na Publicação (CIP)
(Câmara Brasileira do Livro, SP, Brasil)

Vila-Matas, Enrique [1948-]
Paris não tem fim: Enrique Vila-Matas
Título original: *París no se acaba nunca*
Tradução: Joca Reiners Terron
São Paulo: Cosac Naify, 2007
248 pp.

ISBN 978-85-7503-682-2

1. Paris (França) – Ficção 2. Romance espanhol
I. Título

07-9023 CDD-863.64

Índices para catálogo sistemático:
1. Romances: Literatura espanhola 863.64

COSAC NAIFY
Rua General Jardim, 770, 2º andar
01223-010 São Paulo SP
Tel [55 11] 3218 1444
Fax [55 11] 3257 8164
www.cosacnaify.com.br

Atendimento ao professor [55 11] 3218 1473

COLEÇÃO VILA-MATAS

A viagem vertical
Bartleby e companhia
O mal de Montano

Próximo lançamento
Suicídios exemplares

FONTE	Adobe Garamond
PAPEL	pólen soft 80 g/m²
IMPRESSÃO	Cromosete
TIRAGEM	3.000